『眼撷花』文丛

野莽 主编

我冷我想回家

何凯旋 著

中国言实出版社

图书在版编目（CIP）数据

我冷我想回家 / 何凯旋著 . —— 北京 : 中国言实出版社 , 2019.10
（ "锐眼撷花" 文丛 / 野莽主编）
ISBN 978-7-5171-3195-3

Ⅰ . ①我… Ⅱ . ①何… Ⅲ . ①中篇小说—小说集—中国—当代
②短篇小说—小说集—中国—当代 Ⅳ . ① I247.7

中国版本图书馆 CIP 数据核字（2019）第 210255 号

出 版 人：王昕朋
总 监 制：朱艳华
责任编辑：崔文婷
责任校对：胡　明
出版统筹：史会美
责任印制：佟贵兆
封面设计：竹　子

出版发行　中国言实出版社
　　　　　地　　址：北京市朝阳区北苑路 180 号加利大厦 5 号楼 105 室
　　　　　邮　　编：100101
　　　　　编辑部：北京市海淀区北太平庄路甲 1 号
　　　　　邮　　编：100088
　　　　　电　　话：64924853（总编室）　64924716（发行部）
　　　　　网　　址：www.zgyscbs.cn
　　　　　E-mail：zgyscbs@263.net
经　　销　新华书店
印　　刷　北京中科印刷有限公司
版　　次　2020 年 1 月第 1 版　　2020 年 1 月第 1 次印刷
规　　格　880 毫米 × 1230 毫米　1/32　9.375 印张
字　　数　200 千字
定　　价　39.80 元　　ISBN 978-7-5171-3195-3

山花为什么这样红

——"锐眼撷花"文丛总序

在花开的日子用短句送别一株远方的落花，这是诗人吟于三月的葬花词，因这株落花最初是诗人和诗评家。小说家不这样，小说家要用他生前所钟爱的方式让他继续生在生前。我从很多的送别文章里也像他撷花一样，选出十位情深的作者，自然首先是我，将他生前一粒一粒摩挲过的文字结集成一套书，以此来作别样的纪念。

这套书的名字叫"锐眼撷花"，锐是何锐，花是《山花》。如陆游说，开在驿外断桥边的这株花儿多年来寂寞无主，上世纪末的一个风雨黄昏是经了他的全新改版，方才蜚声海内，原因乃在他用好的眼力，将好的作家的好的作品不断引进这本一天天变好的文学期刊。

回溯多年前，他正半夜三更催着我们写个好稿子的时候，我曾写过一次对他的印象，当时是好笑的，不料多年后却把一位名叫陈绍陟的资深牙医读得哭了。这位牙医自然也是余华式的诗人和作家：

的小圆耳朵，聆听时一颤一颤的。

"哥——蓝翅膀儿！"

他臆想中的鸟儿全是蓝翅膀。我不愿意打扰弟弟美丽的梦想。他于是就经久不息地欠着身喊：飞呀飞呀——张着双臂，做出鸟儿飞翔的姿势，半截身子探出来，在我头顶一蹿一蹿地欢呼。我咬紧牙关忍着弟弟忘我的颠簸，暗自滋生着对他的仇恨。

那时刻，正是那个无比美丽的秋日黄昏。满院里翻飞着无数甲壳虫，嗡嗡嘤嘤灌满耳鼓。遍地麦秆上栖息着飞累的甲壳虫，闪烁着斑驳的色彩，像一面面小镜子。我终于按捺不住冥冥中猝然膨胀起来对弟弟的仇恨，心脏怦怦跳着，鞋壳里五个脚趾激动得汗水淋漓，大脑里闪出一团菊黄的光芒。我蓦地挺直脖颈，勇猛地昂头，似觉有人当胸一拳，极其痛快而又极其敞亮，脚下蹒蹒跚跚地拌开蒜。弟弟依然极其嘹亮地欢呼：飞呀飞呀——张开双臂做着一副鸟儿飞翔的姿势。

那时候，祖父还挺愉快地倚着我家老屋的墙根回忆他的往事。

我家老屋那个美丽的黄昏像一幅油画：大坯垒墙，外面抹一层黄沙泥，屋顶苫着老厚的茅草。风剥雨蚀，茅草黑了，空中流浪着的各种各样的草籽儿一落上面，便应运而生。于是灰菜蓝花草狗尾巴花野葵花……荒芜得葳蕤又美丽。墙上的黄沙泥年年新抹上去，粗粝的沙子清晰闪烁，光彩夺目。

我叫什么东西绊得缓缓仰倒遥望出去的目光首先撞到祖父枯槁的老脸上。夕阳里，映衬着祖父白发飘飘老脸的是屋檐下垂挂成串成串的红辣椒，像他生日里点燃无数支红蜡烛。

"哥呀——"

这一声惊灿的呼唤，多少年后还时时打我骨髓缝里痛苦地流淌出来。不知道跌在什么地方什么东西上，我觉得后背压在弟弟身上古怪地响动了一声，我顾不上落得满脸满头的甲壳虫，极其害怕弟弟会大哭，赶紧捂住了他的嘴巴。

祖父黯淡的眼窝里挤出来两粒浓稠的夕阳，低垂的目光如三角蛇般恶毒地爬过来。突然，山坡上的红蒿白草间响起一阵沉重的马蹄声，夹杂着父亲的吆喝声与母亲的喘息声。

"哥呀——马——大马回来了，是不是？"

弟弟的喘息沉重，可仍像每次听到马嘶与马蹄声时激动不已地问我。

"回来了！"

我松口气，放下手。祖父怒目圆睁地打墙根下缓缓站立起来。

"大马啊大马！"

弟弟脸上挂满摔痛的泪珠，却一如既往地沉湎于兴奋与欢乐之中。

弟弟心目中的老马就像他心目中的麻雀同样美妙动人。那匹老态龙钟的走马在我们兄弟来到人间之前就已经度过它辉煌灿烂的年华。它是那种骨骼庞大的三河马。它的故事在祖父的嘴里总是惊心动魄无与伦比。祖父早年在集宁附近的查布辉腾锡勒草原至新疆塔克拉玛干沙漠之间当马帮头目的时候，一个钟情他的蒙古族女人骑着这匹高大健壮的栗色马，千里迢迢投进祖父怀抱。这壮举出自一个草原牧主之家。极度的疲惫与兴奋，使女牧主两天后便幸福地死去。在后来的日子里，这匹高大的三河马，就伴随着祖父浪迹天涯创下了许多人间奇事。现在它依旧长鬃披散，胸廓宽阔，体魄雄伟，成了偏僻山庄公认的头号走马。只遗憾从未下过马驹儿。庄民们对它生育的渴望如同盼望一场春雨。他们打千里之外弄来优良种马，专门请来一个兽医侍弄三天三夜，眼巴巴看着它们交配了无数次。无数次大汗淋漓之后，就有无数次震撼人心的嘶鸣，摇动着整个不眠的山庄。种马走后，庄民们抓阄儿争夺它的头胎，牧笛依偎着巫婆的咒语依偎着篝火昼夜相伴，可惜最终都化为泡影，然而却没有影响祖父神秘与显赫的声望。后来城市拥来许多年轻人，一见到这匹刚烈走马，又听到瞎眼说书人在自己歌谣里横加赞美之后，便遥望星空，如醉如痴地联想一番，于是原谅了祖父在草原上犯下的罪恶。再后来，许多私人马匹被砍头剥皮吃肉的日子，它那些美妙传说已经有口皆碑了，一些勇武凶狠的屠手，面对它那宽阔脸膛下突突跳动的心脏以及一双灼如炭火的蓝眼睛，终于扔下了血淋淋的屠刀。尔后，它在封闭的马厩里度过了暗无天日的几年，狂暴任性，使得它浑身添满鞭伤与刀痕。两山相夹的山庄，夜夜回荡着狂啸的蹄音与嘶鸣，揪人心脾。祖父彻夜难眠，在阒寂无人的街道上如鬼魂般踟蹰到终于忍无可忍的时刻，便在一个星光森然的黑夜悄然离去。

我永远忘不了我两岁时一个湿漉漉的早晨，衰弱疲惫而依旧身材高大的祖父出现在我家园障前面的红蒿白草中间。那时候，榆树墙还很低矮也不茂密，再往前面便是一条野狼出没的山谷。

"有个人……"

我在院落里正好奇地看着刚刚降生人间而紧闭双目的弟弟吮吸着母亲粉红色的乳头，听见一阵磕磕绊绊的足音。家园偏僻，每一个骤然出现的陌生人都要惹起我的兴奋与激动。

"哦——"

母亲抬头望一眼雾气迷漫的山坡。她那时年轻壮实得如九月的山葡萄，丰腴迷人的身躯正日日夜夜承受着父亲猛烈情欲的冲击。他们不分昼夜翻滚在土炕上面，此起彼伏的呻吟与大叫令我幼小的心灵迷惑不解却又刻骨铭心。

"你——你爷爷！"

母亲那双欲火旺盛的环眼如两只雪兔闪烁着幽蓝的恐惑之光。那天，我家家园四周空空荡荡的山野平静而又自然。

"怎……么啦呀……"

母亲喃喃自语着。

"他……他……说过……的，不再找你……你……爹……的，不找你……爹的！"

那天，父亲天蒙蒙亮就去远处的水库工地干活去了。我家住处十里之内没有别的人家。日子就依靠父亲每个晚上背回来的粮食，和母亲打那长满红蒿白草的山谷采回的苣荬菜荠菜，活得挺艰苦。可父亲说这比外面平安多了。

祖父阴沉着脸没有丝毫的笑意，油渍累累的单帽下面戳出来钢丝般的硬发闪烁着银白色的光泽，紧闭的嘴唇干涩得像冬天树丫上残留着的黑黢黢的沙果，黝黑的脸皮褶皱着，眼光黯然又幽远地凝视着我家荒芜的房顶。

"我就在这里住下来了！"

祖父谁也不看地卸下肩头上一个老大的帆布口袋，随手一扔，一屁股坐在院地的半截石磨上，仰头久久地凝望湛蓝湛蓝的天空一言不发。我后来回忆起弟弟在母亲怀抱里激动得嚅动着小小的圆嘴巴，灵活的耳朵像两只小老鼠来回来去地颤动不已。我还记得母亲脸色慌然而又惶然没有半点儿血色。唯独弟弟茸毛丛生的脸蛋上幸福而痴迷地微笑着。我想这就注定后来他们之间演绎着那种无人知晓的爱与恨的默契与相守。

祖父从此就沉默而威严地在我家山墙根下伫立下来。他迅速衰老以至于死亡的黄褐色老牙一颗一颗成功地扔到屋顶上。

我以为父亲和祖父全然不是一对父子而纯粹是一对冤家对头。可父亲那张高颧骨上方凹陷的鼠眼，凸突的前额，又地地道道地承袭了祖父的血脉遗传。

终于有一天，一声长嘶打我家前面山坡谷地传来，祖父跳起来老腿灵活地奔跑着，孩子一样张开双臂，那匹老马蹒跚地出现在我家山坡顶上已经历尽沧桑。它满身灰土，长鬃参差，四肢踉跄。

祖父抚摸着老马浑身的伤痕，马便伸出淡白灰暗的舌头舔净祖父老脸上的泪痕，马眼里大颗浑浊的泪珠滚动着。

父亲那天擎着一只蓝花细瓷的大碗看着这一切，他冷漠的眼里流露着轻蔑与藐视的幽光。

那正是我被取名为大狗，弟弟被取名为二狗的美好日子，也是我背负着二狗老弟并对他产生仇恨念头的开始。对于紧闭眼皮的二狗老弟，父亲母亲早已不抱任何希望，唯独我梦中还有一种徒劳的渴望——那是为自己获得解放而期望梦境成真。二狗老弟说话很早，我清楚地记得在他七个月零两天一个多雪的早晨，距离那声马嘶和随之而来的祖父的呼唤大概有一百天的光景。他响亮的一声"娘"令我家老屋四壁生辉。现在，他口齿伶俐得如同一只讨人喜欢的八哥鸟了。

"哥——什么？"

二狗老弟兴高采烈地露着一口洁白如奶的小狗牙。

"马，一匹马。"

我当时深刻地感到父亲眼里流露出不快与鄙夷的幽光。

"马？一匹马！"

二狗老弟随即在我背上蹿动着欢呼起来。

“喊——你喊个蛋！”

父亲用筷子敲着瓷碗边沿儿怒吼道。

二狗老弟即刻闭了嘴巴，小脸上丰富的表情倏然逝去。

母亲正在一块磨石上蹭着那把俄式钐刀，听到父亲骤然的怒吼，她便扔掉钐刀奔过来打我背上抱过二狗老弟用劲地亲吻着，随后撩起自己的斜襟小褂，露出鼓胀的乳房。粉红色的乳头塞进二狗老弟的嘴巴里。

“大狗、二狗——你们俩往后就听吧！我讲给你们俩听，就讲给你们两个听！它一跳就跳过好几十米宽的折罗河……我们那一回是、是去偷运古董，有官家的快枪在后面撵着屁股追……一处山崖绝了路，别的马都吓得拉尿，原地打转儿。它，就它没怕，它后面打转的啪啪啪一排盒子炮全都给毙了。就它一跃而起，一跃而过，一蹄子开了个拎盒子炮国军脑袋壳儿……听吗？你们听吗？我说——”

祖父满脸的笑意沾着一道道马舌舔过的湿痕。父亲脸色阴沉没有吭声。二狗老弟吐出母亲的奶头，又一次灿然地叫道：“爷——我呀，我听、我听啊……”

“好好好……来吃一口、吃一口吧！”

母亲赶紧把奶头硬往他嘴里塞着。母亲旺盛的奶水白天供养着二狗老弟，夜里让父亲吮吸滋补他虚弱的肾。

“好好好——好你妈的个蛋！”

父亲扬手将半碗黄澄澄的碴子粥摔在半截石磨上，一把将二狗老弟夺下来扔我背上，回手拽着耸立乳头的母亲，拽过磨亮的俄式钐刀，喘着粗气出我家院落之前，回头恨恨地啐过一口黏痰。祖父毫无察觉完全沉浸在自己的遐想之中。

后来的日子祖父就倚在老屋墙根下，呷着廉价的烧酒，满面红光地讲述过去关于老马的故事。老马在他喋喋不休的故事里，总是谦恭地低下头，嘴巴抵着地面，伤痕累累的马背上这时候总有一团如雾似云的绿色气息经久不散。痴迷的二狗老弟总要我背着摸遍老马的浑身上下，他把马腿说成是柱子，把马背说成是墙壁。然而对马头和它粗重的喘息解释得却大大出乎我的预料：他说是灶火门和大水缸。那时候，我想二狗老弟心目中这匹老马愈加神奇而又伟大甚至辉煌灿烂起来了。

我家的牲口棚是祖父亲手用草辫子沾上泥拧在柞木杆上面的。祖父显然老啦，钉铺板时腰弯不下去，腿像木偶那样一屈一伸。老马安静地住下来，白天独自去我家前面山坡上踯躅。这时候，或是有雾或是阳光灿烂的山谷下面，总有几条草色狼垂涎三尺地对它窥视，可总也不凑近跟前。祖父坐在墙根下凝视着它漠然与狼们相伴的栗色身影。祖父筋骨凸突的老脸上完全是一副沉湎的神色。后来一个多雾的早晨，父亲要老马去耕地。

"它老了！"祖父面色冷峻地闭上眼帘。

"可它不能白吃饭吧！"

祖父倏地睁开一双怒目，瞪着那张酷似自己的面容。父亲却不以为意地吸着烟，吐着烟圈儿。

这时，那匹老马悄然地走出了牲口棚。它看见了祖父和父亲之间凝结着的那把利刀，在雾气里闪烁着绿意森森的光芒。

这时，一张明晃晃的五铧犁已经摆在了院地当中。老马走过去低头嗅着那上面散发出来的铁腥味儿，掉过屁股摆出驾驭的姿势等待着。

"哈哈哈……它可够知趣儿的！"

父亲转身打偏厦房里把一副棕绳套子、木桄和钢嚼统统抱出来。

那天，老马拖着沉重的五铧犁消失在我家前园雾气迷蒙的山坡下面。母亲和我背上的二狗老弟久久地凝望着。

从此，祖父沉默着如同一尊塑像目不转睛地盯着前面的山坡。半夜牲口棚里总有老马的喷嚏和嘶鸣传出来。我家前面山坡地很快翻了种上了土豆。不久土豆地开满白的蓝的红的花朵芬芳而又迷人。秋后一个夕阳无比辉煌的土豆地里，重又翻了重又散发出泥土深长的气息。

"它……怀孕了！"

晚上归来，父亲指着老马凸突的肚皮，惊喜的脸上放射着不知疲惫的红光。

父亲说他春翻地时去下面背风的沟里拉屎的工夫，一匹长鬃披散的枣红马忽而出现在山谷的边缘，愣怔了一瞬间，就像一团野火迅雷不及掩耳地扑过来。它们在齐腰的深草里伫立着交媾得无声无息，缠绵悱恻，却又自然迅速，枣红马忽儿便消失在深深的红蒿白草间。

"就是这样怀的孕，我万万没想到那么一下子它就怀上了！它要下驹啦！"

"这回该让它歇了，给它多加些豆饼吧！"

祖父看着蹒跚的老马，面对惊喜若狂的父亲没有任何表情。

"这真是匹好马！我把犁一拴上，不用赶，它就知道顺着垄沟走过来，回头再错一步再开条垄……不用赶不用哄……"

"该让它休息了！"

"我看它不懂得累，哪像老头儿老太婆……牲口是不会老的！"

父亲旋即瓮声瓮气地讪讪道。

"爹——"

我背上的二狗老弟头一回声调无比哀伤无比悲愤。我发现他的小脸上对世界表示出忧郁和憎恨的表情，就是打那无比美丽而又迷人的黄昏时刻开始的。那时刻，有一行大雁鸣叫着掠过我家的上空。有一只孤狼在山谷内嚎叫不止。我家葳蕤的房顶上盛开着奇异的花花朵朵。

"爹、爹、爹别叫它耕地去了，爹——它该去马棚睡觉去了……"

父亲久久地盯着二狗老弟仰着的那张痛苦不堪的脸蛋儿，没有吭声就回到屋里去了。

"哥——背我摸摸去。"

我朝着地面上老马拖长而凝重的影子走过去，渐渐听清了老马那粗重的呼唤和不间断的喷嚏。

"喔——我摸摸肚子，对嘛，这儿……"

二狗老弟的手在马背上哆哆嗦嗦。

"往下，再往下……对了！"

"好湿呀！汗……出了这么多汗……"

二狗老弟喃喃自语地摸着老马滚圆的肚皮。

"疼吗？你生下马驹来吧！生下来我就喂它骑它，可以吗——喔——骑上小马驹就不用再骑我哥了啊，可以吗——"

二狗老弟一遍又一遍地将自己的梦想说给老马听。老马低头龃着乌黄的板牙，垂下眼皮已经昏昏欲睡。一条白涎打嘴上颤着落到地上。

转天，父亲又悄然地牵着老马耕地去了。下午，我家前面荒地燃起熊熊烈火，大股的浓烟卷着虫儿似浮游的草灰满天里飘飞。我知道那是父亲点燃的。

现在，已是那片荒火熄灭后许多个下午之后，父亲母亲走下光秃黢黑时而飘飞一股烟灰的山坡。老马两条后腿间拖着一团白色透明的胎衣，马眼里流露着筋疲力尽的黯淡之光。这时的祖父越发沉默越发乖戾如同刚来我家时的那些日子，他抓着那个疤节累累的桦木拐棍儿，干瘪的嘴巴咕噜噜地回响着。

"我也不知道，不知道它是怎么回事。"

父亲的语气第一次渗透着不安与歉疚的成分。

"上午它还好好地翻着地哪，过了中午就有点儿喘。我看没事儿，又耕了半个点儿，喘得厉害了……一下子卧下去，卧下去就流出好大一堆这玩意儿……"

父亲浑身沾满灰的土和白的黏液。

"哥呀——是马？"

"是马！"

"马、马、马怎么啦哥——"

二狗老弟仰着脸断断续续地问我。

"马、马——"

我望着拥过院落的神色紧张的人和疲惫的马。祖父这会儿只是惊愕地看着那人那马。父亲牵着老马往牲口棚走去时，夕阳正穿过榆树墙洒满院落。老马两腿间劈得很开，那团黏糊糊的胎衣耷拉在地上沾满了土，浑身湿淋淋的绒毛，像被火燎过没有丁点儿光泽。

"它……好吗？马啊——"

二狗老弟有气无力地询问着。

"好——它好！"

"它好，它好啊——"

老马没有走进牲口棚便一头栽在院地上。园障前面那排榆树上吵雀阒寂无声，一股烧布条燃棉花的气息打这时开始弥漫。我家老屋落下的长影几乎和地面一种颜色，地上的草棍儿和刚才翻飞的甲壳虫不见了踪迹。云彩也已经深紫，长空仍然明亮，尚有一抹夕光在黑色的木障上闪着斑驳的圆圈儿。

"咋……办……呢？！"

母亲的五官模糊不清。她的语气疑惑不安颤颤巍巍。

牲口棚旁边的地上蠕动着老马褐色的一团。它不断地挣扎与呻吟的声音在院落里回荡。借着身边昏暗的光线，我看见二狗老弟洁白的狗牙铮铮有声地磕响着。

"哥——呀！"他旋即又问我，"它怎么啦？"

"没怎么！"

"没……怎么……你是不告诉我……呀！"

二狗老弟无力得像那匹老马。

"它要下马驹？"

二狗老弟嗅到了生产的母马鲜腥的气息。

"要下驹了。"

"是那样吧？是不是呀？！"

二狗老弟再一次惊喜地嗫嚅道。脸上的沉迷与痛苦交织着扭成一团。

暮霭的山坡上流下大股大股的白雾，弥漫着前面那条山谷迷蒙又苍茫，然后一点一点挤进那排榆木木障。我不知道从前的景物是什么样子，可那天的情景却够人一辈子怅惘不已的。

"我没有抽它，一鞭子也没动它，它就倒下了，咋办哪？我没动它半个指头……"

父亲的口吻再没有了平日的骄横。母亲围着老马六神无主地兜着圈子。祖父立在暮色下凝然不动，唯独满头白发在一缕微风中缭乱到额头上来。

老马的喘息越来越令人有一种小便失禁的错觉。它仍顽强地一次又一次向祖父这边投过对生命极度渴望的一瞥。

"大狗——"

祖父猝然张口，恰巧应和了屋顶上一声骇人的猫头鹰的怪叫声。我又惊又喜地打地下蹿起来。屋顶上依稀可见蓝莹莹的狗尾巴花儿，摇曳地晃动。

"大狗——把我的帆布挎包找来！"

祖父没等我奔过去又大声说明道：

"我来你家背的那个帆布包！"

"喔——"我再扭头往屋里懵懂地跑动时，眼前跳动着大片鬼鬼祟祟的白雾上面，浮现出来另一个白色的清晨：祖父端坐在石磨上仰望着蔚蓝天空时是有一个皱皱巴巴的挎包放在他的脚下面。

"在哪儿呢？我记得它，可它现在在哪儿放着呀？！"我站在门槛上蓦然回首道。

"我住的小屋墙头上的木架上。该死的——你们什么都忘了你们——"

祖父继续大声地怒吼道。

我怀抱着一堆荡满尘土沉甸甸的帆布包再一次出现在院落的时候，四周已经看不见任何景物，只嗅得白雾潮湿湿的味道，还有老马胯下流出来血腥的鲜臭味儿。前面山坡上有几对蓝莹莹的幸福的光斑，贼亮贼亮地急促地闪动着渴望着。

"狼——"我想到它们。

父亲按祖父吩咐在院中央生起一堆柴火，熊熊火焰照亮了牲口棚和我家居住的黄泥老屋。顷刻间它们的影子铺满院地直接打到园障上面，随着不断升腾的火焰跳动着变幻着。老马躺在火堆旁边，一颗顽强的头颅不断抬起又沉落，叩得地面咚咚直响，一双浊重的老眼凸突着瞪着熊熊火焰。

祖父刺啦一下拉开那个帆布口袋，打里面拿出一把柳叶形的折刀，掰开来，手指抹去上面一层黄油，刀刃白晃晃的，足足一尺多长，极薄极细。祖父攥着刀把将刀刃伸到焰火上去烤。火光中，祖父面庞冷峻而又凝重得像院里陷入地面中那一盘石老磨，贴在宽阔额头上的白发叫火苗吹拂着一起一伏。慢慢地，刀刃上一滴接一滴地流下来大颗大颗的黄油滴子，坠入篝火里刺刺啦啦地响，爆起蓝火花儿撞在祖父脸上。刀刃渐渐由黄变白如一钩弯月。父亲母亲惑然凝视着一言不发却又巍然屹立的祖父。地上的老马痛苦地蹬动着四肢。我看清它侧身躺着肚皮越发地鼓隆得像一块褐色高地，一道道黑皮蛇一样的血脉一跳一跳地颤动。

这时候，我们一家人都忘记了二狗老弟。

背对着火堆，祖父高大的身影在墙上和地上跳跃。房顶上的猫头鹰的怪叫与园障外的蓝色狼眼交相呼应。祖父脱下蓝布上衣和圆领汗衫。他的骨骼很大，卵黄色的肉皮在裤腰上松弛着堆成一堆。赤裸的胳膊挺粗挺硬也耷拉着黄黄乎乎的一层皮肉。

那把柳叶刀叼在祖父嘴上。

"捆住——把它给我捆起来！"

说罢，祖父蹲下去，大手摸了好一阵老马的脸。我们捆好它。马脸上大颗大颗汗水淋淋漓漓地闪动。它在祖父的抚摸下一下接一下用劲地摇头，地上便不断地扩大着湿湿的马脸印子，咣叽咣叽地像和起了泥。

"用铁丝、用铁丝捆它足踝处！"

我们又找来铁丝换下麻绳，在蹄踝处牢牢拧上两道。

祖父将马头抱在怀里，脸挨上去叽里咕噜了好一会儿，才蓦然昂首。

"看什么看！"

祖父的脸色在扑朔迷离的火光中阴森可怖。父亲驯服地避开祖父的目光俯身假装绑着马腿，手在光影里不知所措地哆嗦。

马不再折腾，只是呼呼地喘气。马腿和马腹上筋脉凸突着跳动，牵动浑身肌肉颤动不已。

"大狗——你走开！"

祖父忽然对我说。

"我不走！"

我不知怎地就搂住老马绑牢的双腿，马腿在我怀里簌簌地哆嗦。那股腥臭的气息虫儿似的爬进鼻孔里来，痒痒的。

"你……看他多难受啊！"

母亲蹲在老马另一侧向祖父恳求道。

"走开——这不是小孩子看的场面！"

"我——不哭！"

我蓦然觉得四周的黑暗向我压过来，眼前跳动着噼里啪啦的火星。

"大狗，你去看看你二狗弟弟，你把他放在哪儿啦？"

母亲的提醒令我浑身一颤。

"二狗——"我耸一下轻松的背失声叫道,"二狗——呀!"我再一声呼唤便唤出了对二狗老弟刻骨铭心的爱与恨交织在一起的感觉了。

"哥、哥呀——我在这儿……在这里哪!"

二狗老弟幽幽的声音极其微弱地传过来的时候,篝火燃成一团暗红色的灰烬,我家老屋和牲口棚重又陷进漆黑夜幕里,一阵小风吹动屋顶上的花朵飒飒地摇曳。那只永远忠实为我家守夜的猫头鹰又惨惨地叫起来。

"你在哪儿呀——"

我对着四下的黑暗苦苦地寻找。

"这儿——哥——我在这儿!"

我抓住二狗老弟那尖厉的猫一样的叫声,就像抓住一棵树或是一把草那样真实。黑暗中,我首先发现二狗老弟那口漂亮的白牙,闪烁得像一朵盛开的白玉兰花儿。我走近他。二狗老弟居然独自倚着牲口棚的草辫子墙壁,仰面朝着星空凝视。

"你……怎么啦?!"

我头脑里骤然响起猫一样的尖叫声,却是直接贴在了二狗老弟头上。二狗老弟宽阔明亮的脑门确实那样熠熠地闪动了一下。

"没、没怎的!"

二狗老弟这回用正常声调回答令我心安。

"哥——我知道!"

"你知道什么?"

我习以为常地蹲下去像马那样等待着二狗老弟骑上来。

"我、我知道!"

"你知道什么呀?"

我想再一次地搪塞他。

"它……要死啦……"

二狗老弟细软的胳膊搭在我肩上。我感到它传导过来那窸窸窣窣的哆嗦,像秋水上一只破败了翅膀的蜻蜓。

"它不过是要下驹了!"

我的心就像告诉他麻雀翅膀是蓝色的一样平静。

"哥啊——你骗我!"

"我骗你什么?"

"你骗我!"

"不是我骗你,是你自个儿骗你自个儿。"我的心这时候开始气愤开始哆嗦开始忐忑也如同敲响一面鼓。

那天夜里没有一丝风,园障外越集越多绿森森的眼光,无声无息地晃动中撞响了茂密的蒿草,弥漫过来一种腥气愈加令我的二狗老弟颤抖不已,终于颤抖地躲进我怀里。

"哥——狼吧?"

我仔细地看一眼园障外的情景。

"不……"

"快——快把火点起来。"

祖父在那灰烬行将熄灭时勃然大怒。祖父的怒吼令我和怀里的二狗老弟为之一颤。

父亲往灰烬里加了些干透的蒿草和木桦,篝火在一阵火星四溅后重新点燃。浓黑的烟随着阵阵微风越过我家院前一块园田地。浓烟弥漫了园障前的山谷,那些灿若晨星的绿色光点开始骚动。随即一片低沉幽远的嚎叫,像无数可怜的弃婴。

"抱麦秸,抱麦秸来!"

母亲在祖父又一次的怒吼中来回来去往返于通亮的院落和黢黑的草垛之间。麦秸全都塞进老马的腹部下面。

"够了！"

母亲便倏地凝立在祖父的断喝中。

"你躲开！"

"我、我、帮帮你的忙吧！"

父亲蹲在篝火那边正面朝我们。父亲脸上跳动着青白的火光。

"躲开！"

祖父宽阔的背脊猛然地颤动了一下，柴火便呼地腾起一团暗红的火星。

"我——"

火星在院落中一点一点地熄灭着降落着。

"你——滚——开！"

"啪"地一响，像折断的干柴。父亲惊骇地一捂脸，随口骂道："我操——"

"你——再'我操'！"

"啪——"又一声脆响，父亲就再一捂脸，再倏地一跃而起。

"操——"再度提高的畅骂中狠狠地朝火里啐去一口痰，父亲便昂首挺胸地消失在黢黑的屋影当中。

母亲目睹了这一幕后，就开始嘤嘤地抽泣起来。地上的老马在母亲的哭声中发出咳咳的鼻息声。

"走开——你也给我走开！"

"啊啊……"

母亲极顺从地茫然四顾一番，低着头朝黑洞洞的山墙奔去了。

二狗老弟伴着角落里骤起的莫名的呜咽声开始在我肋下不安

地蹿动得像只猫了。同时，屋顶上嗖嗖地掠过风声，障外窸窸窣窣已有了草的晃动声，狼们用爪扒得柞木障子噼噼啪啪地响。

"冷吧？"

我问二狗老弟。

"冷！"

二狗老弟真像冻着似的哆嗦了一下。

"怕吗？"

我再问二狗老弟。

"怕！"

二狗老弟真像害怕了似的跳动一下白牙，磕碰得嘎嘣一声响。

"真——的？"

我有生以来第一次这样盘问二狗老弟。

"真的……假的……假的……真的……"

二狗老弟那尖细如猫的声音令我疑惑不解。火苗依旧旺着，我这回才清楚地看见了马流出来的血。原来马血是黑色的，浸透了黄澄澄的麦秸，浸进地里。祖父用手托一下那团白莹莹的胎衣，老马鼓隆的肚皮便猛缩一下，捆牢的四肢无望地挣扎一番，颀长的脖颈平静而自然地舒展开来。

"它……要死吗？"

我突然听到二狗老弟鼻翼发出微弱的颤音，蓦然感到一惊。

"闭上你的嘴巴！"

我低声然而又严厉地喝道。

这时候，一股聚集于胸剧烈的恶气愈加浓稠，黑暗里我直想吐出来。祖父用那把柳叶刀小心翼翼地剖开白晶晶薄乎乎的胎衣，即刻流出一摊灰白色的污水，愈加浓烈地恶臭起来。胎衣里眼睛奇大无比，散发着幽幽的蓝光，却不像初生的婴儿那样明亮那样纯洁，迎着夜晚的篝火散发着与生俱来的哀伤与悲幻之光。

我的惊呼没有惊动祖父和那匹灰马驹，祖父依然如故地跪在老马旁边像尊泥塑；初入人世的灰马驹面对着暗淡下来的篝火闻着嗅着。

我话音未落，父亲便打院墙角落黑暗中蹿出来，母亲紧紧尾随其后。他们的步履显得拖沓而沉重。

"大狗，大狗，大狗你说你说你再说一遍！"

没等我再说一遍父亲就拽着二狗老弟凑近火光。

"哪他妈的睁开啦！大狗——"

父亲愤愤的诘问令我吃了一惊，慌忙地凑近火光。火光中，二狗老弟的眼皮确实像从前一样死死地关闭着。

"二狗——你睁开！"

我用力摇着他的双肩。

"大狗——你骗你爹哈？！"

父亲凶狠地瞪着我。

"大狗没骗你！大狗——我哥没骗你！爹——"

二狗老弟接过话茬说道。

"嗯——二狗！那你——睁开眼睛！"

"我——不睁，我睁不开！"

"你睁开——"

"我不能睁开啊！爹——"

"啪——"父亲的巴掌打在二狗老弟的脸上很响。二狗老弟龇一龇白色的牙齿，笑得极其生动。

"你不睁？"

"我不能睁！"

"啪——"又一巴掌极响亮地落在二狗老弟的脸上。

二狗老弟的笑容更加无声地灿烂起来。

"你、你、你……"父亲无奈地退回到黑暗里。火堆这会儿仍然很温暖，通红的灰烬温暖着我和二狗老弟的脸颊。

"二狗——你操蛋透了！"

我暗暗地骂他。二狗老弟没吱声，微微颤动的眼皮中间夹住两颗饱满的泪珠，晶亮地闪动着泪花，越来越大的泪花却又不坠落下来。

"二狗呀二狗呀——"

母亲亲切地呼唤着奔来时，我正惑然地瞅着火堆和火堆下的死马回想着发生在二狗老弟身上的一切。四周沉寂，马驹一步一颤地奔着老马勾拢的头凑近鼻孔嗅开来。

"二狗呀二狗呀——"

在母亲沁人心脾的呼喊声中，老马望一眼灰马驹安然吐尽最后一口长气，勾拢的脖颈舒展开来。火堆升腾起火星和青烟，四周沉沉如墨。园障外继续着汹涌的狼嗥。

"娘——"

二狗老弟在灰马驹咴咴嘶鸣中叫了母亲一声。这声发自肺腑的呼唤像暴风雨中迷途的羊羔呼唤母羊，充满着对母亲与生俱来的依恋之情。

微光中我再次看见二狗老弟睁开一双幽蓝的眼睛，仍然透着迷茫与悲哀的光芒。

"二狗我的老儿呀——真的，你真的是睁开眼啦！"

母亲将二狗老弟揽在怀里，发狂地亲吻起二狗老弟的眼睛来。

"睁开眼了睁开眼了！"

母亲对着黑暗中喊道。

"放开我吧娘——"

二狗老弟猝然地挣脱母亲的怀抱。

"它……死了？"

二狗老弟冲着打黑暗中奔出来的父亲询问道。

"喔——睁开眼了！"

父亲面对二狗老弟一双蓝莹莹的眼睛激动得长舒一口气。

"怎么……怎么会死哪？爹——就怨你！就怨你！"

"嗯——怨我啥？"

父亲直逼着二狗老弟的目光发出绿色。

"它死了……"二狗老弟闭上了眼。

"好了——这回可好了！"

父亲马上上去拍着二狗老弟的肩胛骨。我发现二狗老弟的后背这时候佝偻下来。父亲的巴掌每一次拍下去的时候，二狗老弟都要咬紧牙关忍受着阵阵疼痛。

祖父依然跪着一动不动，他那飘飘白发依然闪动着遮着脸，巨大的身影映在夜幕上凝固着。牲口棚上像有一只夜鸟在叫唤。起风了，风从外面山坡上呼啸而来，我家屋顶上空呜呜地回荡着风声。

"起来吧！"

父亲终于说话了。他的兴致很好，语气中全然没有了最初的畏惧不安。

"这……这样会着凉的！"

母亲也对祖父悄声说。

"它……死了！"

二狗老弟仍在小声地唠叨着，硕大的头颅仍在摇摇晃晃。

"死了还不好吗？"

父亲回头瞪着二狗老弟。

"不好——就怨你！"

"谁说怨我？"

"就怨你！"

"放屁——放你娘的罗圈屁！"

二狗老弟面对父亲勃然而怒一声不吭地微笑着。他的后背这工夫驼得更加厉害。

"吃饭吧，还没有吃饭哪。走——我的地再也耕不了……唉——还没到开窖地时节哪，我还要开个窖地哪……"

父亲接下来的嘀咕又像往日那样自如了。

"你……你们滚吧！我烦透了你这唠叨的老娘儿们嘴……"

祖父并没怒吼却完全出人预料地甩一下潇洒的白发。

"那我们可以去吃饭了啊？"

父亲居然学着祖父的口吻对我、二狗老弟和母亲说。

"滚蛋吧！"

祖父又一甩他漂亮的白发。

"呵呵……滚啦啊！"

父亲冲着祖父凝然不动的背影冷冷地笑着打趣道。

"呸——"我们害怕跨进家门听见祖父那么一声痰响。二狗老弟蓦然地站立住，昂着头，喉咙节上咕噜噜一阵回应。

"快走——快走！"

随着父亲的断喝声，二狗老弟一个趔趄扑倒到我的背上，我也一个趔趄扑倒到母亲的背上，母亲一个趔趄撞到一面墙上。

历一场早降的霜冻，一切茁壮的残喘的生命的绿叶猝然死亡得那样凄凉那样肃杀。

二狗老弟和老马的遗腹子——瞎眼的灰马驹——也就打那天起好像因了某种机缘，死死地连接在一起了——

第二年，走过荒火的山坡上迅速地建起一座壮丽无比的旋窑。我家窑地后面无力耕种的土豆地丛生了红红蓝蓝白白绿绿色彩奇异的苜蓿草。茁壮的草丛疯了一般成长得铺天盖地，势不可挡。

我家院地里，就在老马死后日日夜夜的牲口棚里没有了任何嘶鸣与足音。双目失明的灰马驹沉默孤独却又顽强、自由地成长起来。

睁开眼皮的二狗老弟也像那匹灰马驹那样自由自在地孤独地成长着。白天，他总是躲在房山的阴影里眺望山坡上的窑地。窑地在毒日的照耀下，影影绰绰地活动着赤裸脊背的父亲和穿男人背心的母亲。那个时候，他们俩正像两棵盛开在夏日里的向日葵，蓬勃而又旺盛。

猝然老态龙钟下去的祖父，剩下最后两颗门牙支撑着他那残余的生命之门。

祖父依然倚靠着墙壁，软软的白发在温暖的秋阳里极其漂亮如婴发那样飘扬闪烁，富有魅力。可他所有顽强的生命气息却在那个夜晚消失殆尽，连同他对父亲的仇恨也已烟消云散。

"大狗——你听打雷了！"

一整天里，只见祖父严肃地挥着满是树节的桦木拐棍儿，仰头对着蓝得如海洋般辽阔的天空，黯然无光的眼窝上急促地眨动着眼皮，枯干瘦长的脖颈绽放着条条青青紫紫的筋脉，筋脉盘虬滚动。

"天晴着哪——你没看见天晴着哪！"

我用铁锹翻着霜打过的园田地。父亲一大早嚼着饭对我再三嘱咐：晚上要掘完地别净想疯跑疯玩。你不像你废物的二狗老弟和那匹废物的瞎马驹。我在早像你这么大扛着一麻袋老玉米种逃出你爷爷手掌独自闯关东来到这里。父亲说着回头瞪一眼我的二狗老弟。我们在饭桌上吃的饭已经不一样：我和父亲母亲吃馒头喝土豆粥，二狗老弟和祖父就只喝土豆粥，不能吃馒头。现在，小屋里嗡嗡嘤嘤地回响着祖父的梦呓声。二狗老弟谜一样地面对着黢黑发亮的墙壁，羸弱的身板敏感地哆嗦一下，一双漂亮的蓝眼睛好似激动又好似疼痛地闪烁不已，恰如一盏油灯明明灭灭，两腮正叫一口热粥撑得滚圆。他就这样含着一口热粥悄然无声地走出门槛，走进房山里面去。我去外面倒一盆漂着油星的洗碗水，偷偷地朝他瞥过去一眼。那时候，微明的晨曦刚刚探出山坡，阳光还没有斜射过来，房山和房前一样明亮。二狗老弟消瘦的肩膀倚靠着潮湿的墙壁，双手插在裤兜里面，我发现他那双忧郁的眼睛正蓝莹莹地微觑着眺望着长空。天空并不碧蓝，好像有淡淡白雾，雾中独有一颗迷惘的晨星。二狗老弟蜡黄的脸上神秘的微笑自然又幽远恰似这会儿惆怅的天空。父亲怀揣着厌恶的心情喊我的时候，我正迷恋二狗老弟迷人的神情，竟然忘了该回到现在寂静下来的小屋里。它的寂静恰恰是祖父打噩梦中醒来时候的信号，我在这以前就已经习以为常了。

我在想着祖父软塌得没有光泽的蜡质皮肉和干枯得暴起无数白色皮屑的脚趾间积满皴泥儿的时候，那匹瞎眼的灰马驹浑身铁灰色绒毛抖擞着撞开牲口棚的门栏一步一晃地朝房山走去。它的表现在他那异常成熟的口吻上面。

秋阳渐渐燠热起来，房山阴影里面飘逸出来一股又一股白色的湿气。二狗老弟冲我凄迷地一笑便又把大头缩进潮湿的房山里面去了。

四周重又寂静下来，一辆马车满载着红砖摇摇晃晃地驶下窑地，红砖上坐着几个戴着鲜红色天蓝色橘黄色头巾的女人。色彩各异的头巾迎风招展着，夹杂着她们前仰后合的欢笑声。

铁锹翻过的园田地里，黑黢黢一片，叫阳光一晒冒出缕缕白汽。白汽里面有着浓烈的土腥气味儿，大块大块的土疙瘩上面有许多的圆洞，有的洞里有红蚯蚓黑蚯蚓一伸一缩地隐现其中，有的依然是空洞。它们即使被拦腰切断，也能活着一样伸缩着成长。事先我就预备了一个盛过橘子瓣儿的罐头瓶子，一根儿一根儿地揪出它们投进瓶内。没多少工夫，红的白的黑的蚯蚓们越发地多得团成一个黏糊糊的蚯蚓疙瘩，吐出白色的黏液儿，沾在蚯蚓疙瘩上面一层儿，泛着白泡儿。

"老弟，咱们下午钓鱼去吧！"

我不时把罐头瓶举过头顶冲着湿气迷蒙的房山里晃一晃。

"喔——钓鱼去！"

二狗老弟回答我的语调并不轻松愉快，完全是应酬我的意思。

我又埋头刻苦地劳动着，院落东面角落下牲口棚窸窸窣窣地响过一阵，那匹孤独的马驹走进院落，灰嘟嘟的马背上生出来零星的栗色的斑点儿，紧闭的双眼皮完全是一种青紫色儿。它踩着自己踏出的那条小径，耸立的耳朵听着屋顶上飒飒的风声。我一直不明白它为何与我二狗老弟会成为天然的朋友。它每一次走过去，房山下面就响起二狗老弟的磨牙声和马驹的响鼻声。现在，磨牙声和响鼻声又一次响开了。

"哥啊——你看咱妈！"

我在二狗老弟的呼唤声里抬起头，目光越过园障下那排茂密的榆树冠。母亲总是在我视线里弓着腰，拖着一辆填满黄土的双轮车，一步一步爬到塘坝的斜坡上面。父亲用母亲打塘坝下拖上去的黄土和上细沙扣出来的土坯烧成砖。这砖有的有裂纹儿，有的完好无缺。

二狗老弟从不放过母亲艰难爬坡的场面。

现在，天色已经逼近正午时分。秋阳依旧如夏日那般毒辣。我家前面黄澄澄塘坝上面，原来那些丛生的红蒿白草已被那场荒火烧得干干净净，拖拉机推出来的坝，坝里的积水建成鱼塘，塘上是我家那片坯场，塘里养着草鱼和鲫鱼，沿塘坝看过去是一排歪斜的坯棚。那堵崭新的旋窑正喷吐着浓黑的烟雾。晚上看上去这烟雾里闪着无数道的火星子。旋窑四周都是火门儿，昼夜呜呜作响，呜呜地喷着火舌。烧好的红砖码得整齐，像一堵砌好的墙壁，晒干了的红砖坯子乱七八糟地堆了一地。

又有几辆马车停在坯场上面，戴着黑色草帽的车把式们在一匹马背上比赛着鞭头儿的准度，鞭声和马嘶声也就响彻云霄起来了。

"哥——你说坡上从前长着什么来着？"

我正凝视着黄土坡上面母亲拉车的情景，猛一愣怔以为二狗老弟又要困惑地询问我窑地下面和塘坝上面从前的景象，我告诉他从前上面下面都生长着草和树，他就会摇着头愁苦地对我微微一笑。

"你那时候啊——哥——你可不是这么说的！哥你不是的，我那时候到底怎么啦？哥——"

我无数次告诉他你不过是没有睁开眼睛，你舒舒服服地吃着喝着跟好人没有什么两样。二狗老弟一听便自由自在地摇着硕大的头颅，蓝色的目光中蕴藏着的忧郁令我内心深处为之一阵战栗。

"我不骗你，你是——"

我耐心地对他循循诱导着，却又不知该怎样安慰他那莫测的灵魂。

"我知道——哥你的用意——"

二狗老弟镇定自若地回答。

"可你那时可不是这样对我说的！"

二狗老弟的声调似乎悠悠闲闲却实实在在有一种自嘲成分更令我自责。

"我，我就听了信了就做着一个个梦了……"

二狗老弟的笑容灿烂辉煌起来。

"梦见什么？你梦见什么……"

我最初问他是在一个初春的日子：阴霾的天空浓云滚滚地孕育着第一场春雨。父亲赤裸着臂膀，时而抢着那把俄式钐刀，时而高举鸭嘴镢头，奋勇地向枯草向灌木砍去。塘坝上活动着他那疲惫的身影儿。祖父这会儿头脑也不算清醒，满头披散的白发粘在潮湿的墙壁上，枯槁的脸上异常安详地朝着父亲母亲干活的方向张望。

"我梦、梦见都是你讲的……"

"我讲的什么？！"

那时隐隐约约的雷声正回荡在幽蓝幽蓝的远山深处。山坡上的蒿草叫风吹得来回来去地摇动着，发出沙沙的响声。母亲被风吹鼓着背心对父亲暗哑地喊道："别干啦要下大雨了……"

"哥——我那时候总听见一匹马叫，你就跟我说它打山坡上怎样怎样走下来了，我就梦想着怎样怎样走下来了……"

"怎么走下来了……"

我马上又感觉到骑在我脖子上抠着我喉咙令我窒息的滋味儿：打骨髓中流出二狗老弟曾经热切地喊我哥啊哥啊时候的气息。屋顶上已有了滚滚而来的雷霆之声。我感到前胸和后背一阵紧似一阵猛烈的抽搐。

"你——怎么啦？"

二狗老弟佝偻的目光像他后背的罗锅也像灰色天空中出现的曲里拐弯的闪电。我忙转过脸去，发现此刻阴暗的牲口棚下面闪动着一双灵活得如狡兔般闪烁的耳朵儿：灰马驹对二狗老弟跺着蹄子打着响鼻儿。

"我在你那悦耳的声音引诱下看见了那匹老马蹒跚地走过夕阳西下的红蒿白草间了……"这时候阴沉的天幕下面，祖父的脑门上闪过一道道暗蓝色的弧光，微微开启的瘪嘴巴里面，有老牙磕碰发出的响动声。

"记不清、记不清了，我就是梦想啊就是梦想啊……白的马红的马黑的马……所有的马高高大大像咱们家的房子的模样儿——"

二狗老弟黯然神伤起来，眼睛里困惑而又迷惘地望着我家前面的山坡。

二狗老弟是亲眼看见老马惨死在院地里的。我眼前骤然出现那天晚上的篝火和那天晚上那股令人窒息的血腥气味儿，以及风中飘摇着的野狼的绿色眼睛……

"咱妈——"

二狗老弟又一声惊呼将我从臆想中唤醒。他那幽蓝的眼光闪动着无限柔情。

"咱妈咱妈咱妈……"

二狗老弟接二连三地呼喊着，并努力地挺直佝偻的后背，打蜡黄的脸上渗出一层细密的汗珠儿，眼窝里盈满了晶亮的泪珠儿。

"喔——"我蓦然回首：塘坝下面那面陡峭的斜坡上面，一辆手推车一歪一崴地爬行着，斜阳安然地照射着坡上橙黄色的黏土，母亲褐色的背心汗漉漉的，粘在乳房上粘在后背上，一条长绳嵌进肩膀肉里面。母亲佝偻着的壮实的后背上，散乱地摊开着湿发，缕缕的白汽萦绕在母亲的头顶上方。母亲的头一点一点地向前拱着，一寸一寸向前前进着。四周寂静，坯场上旋窑的烟气吐得悠扬自然，唯有斜坡上面那辆手推车咔吱咔吱地怪叫着艰难地爬着坡。车上的黄土用锹背拍得瓷瓷实实，像抹子抹出来的模样，两道深深辙迹印在斜坡上面，车辙之间一排脚窝坑儿，母亲的脚尖每跳进一个坑里，车轮便咔吱地叫一声，土车随即便向前移动一寸距离，母亲背上颤动着的一团热浪潮水般地蒸腾起来了。

我和二狗老弟屏住呼吸遥望着塘坝上面的情景。二狗老弟双手薅着自己蓬乱的黄发，嘴巴里一声一声嘀咕着："咱妈咱妈咱妈……"

陡坡越缩越短了。土车马上就可以露出头来的时候，我听见二狗老弟松了一口长气。园障周围榆树树冠上面有一只紧张的黑色鸟儿倏地弹射出去。

"噢呜——"

祖父轻松又漫长地吐出一口蓝色气息的时候，二狗老弟正蹒跚着往他迷恋的阴影深处走去。我弯腰捡起园地里的锹和爬出罐头瓶的红色蚯蚓。牲口棚又如往日那样窸窸窣窣地响开了。阳光依旧安然平和依然自然温暖，老屋的沙泥墙上闪烁着晶亮的沙砾。

"狗爹——狗爹——狗爹——狗他爹呀！"

猝然回荡起来的母亲召唤父亲的沙哑嗓音弥漫整个土坡和土坡下面我的家园的上空，同时响起一阵轰轰隆隆的车轮声。

后来出现了我同祖父同二狗老弟永世不忘而又永世不解的景象：满载着黄色泥土的小推车箭一般打高高陡坡顶上滑了下来，速度越来越快。刚才静谧自然的黄土坡上，荡起来大股大股的黄尘如云朵一般在那里奔驰而下。惊马似的小推车拖带着母亲，母亲开始踉踉跄跄地退下去，后来一头栽倒在陡坡上，浑身裹在黄尘里面，迷迷蒙蒙。

"狗爹狗爹狗爹啊……"

越来越大的黄尘里面传出来母亲的叫唤声极其响亮极其激动人心。

这会儿陡坡下面那团潋滟的深水还闪着微漪，随着山响的车轮声，平静而神秘的水面罩上了丝丝缕缕的雾气。雾气是打四周土里滋生出来的，迅速笼罩住了整个的水面。这是一个午后阳光灿烂晴朗美妙的天空上面白云朵朵的时刻……

我那又瘸又罗圈的二狗老弟像离弦的箭一般射向那个塘坝去了。他佝偻的后背上面凸突的大包一伸一缩着，跌跌撞撞如一头勇猛又怪异的野兽。

"二狗二狗二狗……"

碰到墙上再折回来的是祖父那热切的呼喊声。他那一刻极其清醒地挂着疤节累累的桦木棍子颤抖着站立起来，枯瘦如柴的肩上逛里逛荡地架住长衫。每喊一声二狗祖父长衫便皱起大片的褶子。

"二狗呀——"

祖父枯干的眼窝蓦然盈满泪滴的时候，二狗老弟已经在塘坝上迅速地跑起来了。他背上那鼓隆的大包上面跳荡着一团卵黄色的骄阳。

"妈妈——"

我的二狗老弟艰难地昂起硕大的头颅，枯瘦的双臂张开来，面对着一泓险恶的秋水呼唤着母亲。

"二狗——"

母亲最后的目光里映满了二狗老弟蜡黄的长形脸上飞扬着的一颗又一颗光彩夺目的泪珠儿。

"妈妈妈妈——"

"二狗二狗——"

"妈妈妈妈妈妈——"

"二狗二狗二狗——"

"妈妈妈妈妈妈妈妈——"

"二狗二狗二狗二狗——"

飞奔而下的车轮毫不迟疑地栽进水里，散开粉色的喇叭形的水花儿。喇叭花芯里的母亲又朝着塘坝上面跳动一下眼皮儿。那上面的坏场上仍轰轰烈烈地响着马嘶声响着皮鞭声。始终没有父亲的身影儿出现，母亲绝望的眼睛圆圆瞪着盼望着……

"二狗二狗二狗二狗——"

母亲肩上的绳子将她径直拽进没过下颏的深水里面。母亲对二狗老弟的呼唤戛然而止于水面上。母亲苍白的脸上最后双目凸突地瞪着上面沸腾如潮的坏场。

"妈妈妈妈妈妈妈妈妈妈——"

我亲眼看见二狗老弟毫不迟疑地朝陡坡下一个栽歪滚了下去，就像一截树桩一个磨盘，没有任何规则地滚动着，带起尚未平静下来的黄土如尘如雾般弥漫开来。尘雾里面仍回荡着一声高于一声的二狗老弟尖厉的呼唤母亲的声音。

绿色的雾气悄然散尽之后，水面重又如镜子一样平静得波光潋滟起来。

其实我那时刻没敢去看那个场面，我把头栽进松软又温暖又湿润的土里面，听着母亲的叫喊想象着母亲听着二狗老弟的呼唤想象着二狗老弟栽歪下去的情景，于是他们就像树那样清晰而自然地打土里生长起来，于是我大口吞噬着大股大股蒸发上来的土腥味儿，牙嚼着土粒咔嚓咔嚓地响，后背让冰凉的阳光照出来一阵凉汗过后，立即变成湿漉漉的气息，渗透我的衣衫散发出来。

"大狗你个王八羔子，胆小如鼠的大狗你撅着腚干吗你！还不快去救你弟弟二狗去呀！"

我打土腥气息的世界里胆怯地昂起头。热乎乎的嘴唇上沾满湿湿的黏土粒子。祖父仍然拄着拐棍儿，大衫上的褶子哆哆嗦嗦地抖动起来，枯槁的老脸上黄黄白白地抽搐着，跳跃出来无比灿然无比喜悦无比亢奋的光彩，如同上了釉彩的美丽的瓷瓶表面。

这会儿，整个家园上空都是一片嗡嗡嘤嘤的聒噪声，像一架飞机在上面盘旋不止。

我踩着松软的尘土奔跑中慌忙地回头看一眼——家园的那排榆树冠上满满当当地站着幽蓝的乌鸦——它们有的聒噪，有的扇动着翅膀掀起欢乐的风声。

我看见渐渐逼近的塘坝下面母亲仍然生动地活着，水面和她的肩胛平齐，露出的脸膛在冰凉的阳光里冻得乌紫乌紫，嘴唇已不再颤动，一双幽黑的眼睛闪烁着必胜的信念，闪烁着旺盛的生命的火焰。水面上的母亲，张着双臂，五指分叉开来，像冬天枯槁的树枝，直指天空。

我那畸形怪状的二狗老弟在我抵达之前，就已经漂浮在水面上。二狗老弟不会凫水，我愕然地看见二狗老弟嘴边的水不时咕噜噜地冒着成串成串的水泡儿。他依然朝着母亲奋勇前进着，悬浮在水面上的大头却一次比一次地矮下去，水泡儿一次比一次地扩大起来……

我刚踏上塘坝，就看见父亲魁梧地出现在那里。

"大狗——救你弟弟二狗去呀！"

我清楚地听着祖父的呼唤向着塘坝下面冲下去。水面上面，父亲已经挟起二狗老弟挥臂往上一甩，二狗老弟扑通一声坠到浮土上面，浑身湿着一滚沾满一圈黄土。二狗老弟紧闭双目，脸若死灰一般，肚皮鼓隆着撑起灰布裤子像塞进去了一个大西瓜。父亲抬脚用力一踩，一股黄水打二狗老弟嘴里和鼻孔中间一齐射出来。父亲舒了一口气，再用力一踩，嘴里鼻子里再一齐射出大股的黄水，一股一股洇湿大片的黄土。肚皮便渐次地瘪得跟裤子一样宽松了下来。

"妈——"

我走近他们。二狗老弟已经睁开一双蓝莹莹的眼睛呆滞地瞪了我足足两分钟之后才愤然一喊，又一口浊黄的水射出来。

"二狗老弟——"

我呼唤着他，对他抱歉地瞥一眼便冲下水去救母亲。脚面刚一沾湿，就听见水面上漫过父亲极其凄凉的一声呼喊：

"狗娘——狗娘——狗他娘呀——"

母亲是被小推车绳子活活勒死的。

母亲至死身躯依然坚硬地伫立着，浮在水面上的双臂笔直地舒展向前，直视前方的双目如同活着那样温柔那样生机勃勃。这温柔是留给二狗老弟的！我想起从前母亲将乳头塞进二狗老弟嘴里时的情景不禁潸然泪下。

二狗老弟打过一串饱嗝儿后苏醒过来，自己爬着硌在一块硕大石头上挤着肚子里最后一些残留的黄水。

父亲怔怔地对着母亲的遗体伫立发呆。二狗老弟觉得肚子里空空荡荡之后，便转身爬着扑到母亲身上，大头深深埋进母亲敞着领已经叫水泡白的颈窝里面，久久地没有动静。

"狗儿——"

父亲俯身拽他起来。二狗老弟紧闭的双眼猝然睁开，幽蓝的眼睛里面比平时放射出来更奇异的光芒。

"放开我！"

二狗老弟对父亲极其冷漠地说。

"狗儿——"

父亲悲哀地一撒手。二狗老弟两腿一软，又跌到浮土里。

"你——哭啦？"

二狗老弟纳闷地对父亲说。脸上充满了疑惑。

"喔喔喔……"父亲痛苦地甩得泪珠四溅。"我、我在上面、在上面正卖着、卖着砖……没听见、没听见……呀！"

"你哭什么？"

"我哭你妈！"

有两辆马车停在了塘坝上面，打上面走下来一老一小两个车把式。老的黑面，小的白脸儿。他们不动声色地看了一眼躺在地上的母亲的遗容，开始给父亲点钱。花花绿绿崭新的票子噼噼啪啪直响。

"多……多少？"父亲抽噎着眯起眼缝儿，两颗泪珠打里面流出来。

"四百二十块整！两份！"

"四……四百……二十……太少……"

"不少！一块砖一毛钱！你看我的大车板上码四排，每排五十块，两层，正好一车板摆齐了，不信你自个儿看去。"

黑脸老板对父亲说着扭身离开时又瞥了一眼去世的母亲。

"哪是……哪是一毛……我早、早说、说过一毛一分，少半分、少半分、我、我、我是不干的，你等着啊——狗娘！待会儿我再来哭你……"

父亲继续抽噎着追上去。他们在阳光普照的塘坝上面比画着盘算着。半小时之后，马车才沿着堤坝咔吱咔吱地走远了。父亲衣兜叫钱撑得鼓鼓囊囊着回来看一眼躺在土上的母亲，用劲地眨一下眼皮，又开始放声大哭起来。

"哈哈哈……你、你哭、哭我妈？！"

二狗老弟冷漠的眼里笑出仇恨的泪珠。蜡黄的脸皮颤抖着，蓬乱的脏发摇晃着，飞溅出来大颗大颗的泪珠和水珠，在阳光里闪烁着七彩之光。

"二狗——操你妈的——我哭——你还笑？"

父亲愣怔着抽泣几声，扬手打在二狗老弟脸上。二狗老弟咚地一头栽倒下去，正好斜着倒在母亲湿淋淋的身上。母亲温柔地经久不息地望着二狗老弟。他仍旧无声无息地瞪着父亲，仍旧是一副鄙夷与不屑的笑容。

"操你妈的你再笑！"

父亲抬脚狠狠踢过去。二狗老弟轻得像个皮球我是深知的。

皮球被踢得一尺多高，又轻飘飘地落下去，砸起一层又一层的黄尘。二狗老弟在黄尘里的笑容冷漠而又高傲像一条美丽的眼镜蛇，寒冷阴森。

"笑？再笑？你再你妈的笑！"

父亲在二狗老弟那蛇一样寒冷的笑容里哆嗦一下，马上又狂怒地吼叫着扬手原地转了一个圈儿，重重地打在二狗老弟脸上。二狗老弟蜡黄的脸上慢慢地红起来，继而肿起来，馒头一般地凸突起来。这些创伤仍然没有遮住二狗老弟轻蔑孤傲的笑容。二狗老弟脸上的笑容像熟透的苹果那样漂亮起来，紫色的眼皮夹着两颗凝然不动的泪珠儿，蓝的水晶一般地闪动。

"混蛋——败家子儿——混蛋——"

祖父遥远的呼喊冲破家园，回荡在塘坝上空。父亲的大手扬起来划一条漂亮的弧线，停在空中却没落下去。

"喔——"

父亲木然地四下张皇中，看见祖父停在空中乌黄的桦木拐棍儿。

"你个王八羔子的狗爹——你个酱油淹的油锅炸的……大狗背你弟回来，你个王八羔子快背你弟弟回来！二狗叫大狗背你回来，二狗呀——"

祖父亢奋的谩骂声中没有意识到母亲已经死去了这个铁的事实。我想。

二狗老弟顺从了祖父的话爬到我背上来。我们兄弟俩在阳光浓稠的塘坝上像好多年前我背着他那样，我重温他那轻于鸿毛的体重时却已倍感亲切起来。

"二狗——你——哭吧！"

我脖颈上面一凉，随即就痒痒地爬下来一长溜儿水珠，像爬过一条又一条的毛毛虫。

"妈——妈妈——"

二狗老弟颤颤的牙齿噔噔地磕响着。

"妈——"我心里这会儿蓦地一紧，眼眶涩涩地溢满了泪水，扑扑簌簌地砸到干燥的黄土里面。

"妈——我吃你的奶吃了好多年——你的奶呀——娘啊！"

"爹也是！"

我的眼睛透过泪水觉得脚下黄土模糊一片。

"他也是？！"

"爹是晚上吃你是白天吃！"

"喔——娘啊妈啊，你把奶塞我嘴里我都记得娘啊妈啊你奶的滋味儿哪！哥——你记不记得？"

"我不记得了！"

二狗老弟的蓝眼睛刺得我脊背隐隐作痛。

"哥啊——放开我吧——娘！"

二狗老弟喉咙里咕噜噜地响一阵，便挣扎着要我放下他。他的头打我的颈凹处向一边蹿着，愤怒地瞪着平静的水面。水面闪闪波光像无数条银鱼。二狗老弟满眼里生出绿色的锈迹。

我紧紧地抠住二狗老弟两条腿，任他在我背上痛苦地颠簸扭动。黄黄的土坝下面传过来父亲一声高一声低的呜咽。二狗老弟泪水四溅得如雨般浇得我的头脸淋淋漓漓。现在，我的泪水也四溢着，铜钱一般大地印在黄土道上。泪里包含着对母亲和二狗老弟的爱，就希望这样背着二狗老弟永远走下去，走到我迷恋又畏惧的每日太阳沉落再升起的紫色的崇山峻岭当中。然而，山坡却很短，我们很快就走进我家的园田地。罐头瓶里空空如也，蚯蚓们沿着光滑的瓶壁怎样钻进松软又鲜腥的土里我全然不知。我踩着松土低头仔细地盯着阳光下黑油油的土却没有蚯蚓的踪迹。

"二狗——"

松土上映出园障参差的暗影时，祖父喑哑地喊道。

"娘——"

二狗老弟声泪俱下的长嚎如同骤起的汽笛，惹得我耳朵里一阵嗡鸣。

我泪眼迷蒙地走着走着，终于又像过去那样看见一群搬家的黄蚁：它们头大腿长肚子短而圆，前爪推着比自己还大的白色蚁蛋，欢呼着自夸着对着风伯说看我劲儿多大呀！我听着盯着黄蚁们的欢呼向祖父映在地面拖长的阴影走过去。

蚂蚁打祖父身上爬下来，爬过他的黑布长衫，爬过他的脚背，沿着祖父的灰色影子爬向我。黑的黄的蚂蚁痒痒地挠着我的浑身上下，我在一种奇痒难忍的折磨下挣扎着怀恋着我那用奶水喂养二狗老弟和狗爹的母亲……

祖父听说了母亲的死讯看一眼卵黄色的坝下仰天长哭的父亲，骤然抖搂一下黑色长衫上满满当当的蚂蚁。我在蚂蚁如雷贯耳的欢叫声中大汗淋漓地痛哭着凭吊着我善良的母亲。

许久，阳光西下的卵黄色的土坝变成紫色的时刻，一声嘶叫打窑地后面的苜蓿地里传出来。我霍然闻到了苜蓿花的香气：铺天盖地，沁人心脾。二狗老弟无动于衷地呼唤着娘我是你的奶养大的我知道你的奶是咸的甜的苦的……我想你呀娘——

牲口棚这会儿已经空空荡荡我并不知道。灰马驹倏然而逝如一缕青烟那样飘逸而去了……

二狗老弟说，灰马驹打那天开始就时隐时现地游荡在我家窑地后面旺盛而又绮丽的苜蓿地里。二狗老弟说他亲眼看见亲耳聆听了灰马驹引颈长嘶，搅得红红白白的田野里弥漫的苜蓿花风起云涌。

母亲惨死后就埋在那片向阳的坝上。祖父打那以后便不再以为晴朗天空雷霆滚滚了。祖父终日贴在墙上或垂目凝思，或极目眺望，就像前面山坡上有匹老马谦恭地踽踽独行。

我家的园障前那排榆树冠愈来愈茂密丰厚，母亲丧生时招来的那一群黑乌鸦再也没有离开榆树树冠。乌鸦们早晨铺天盖地地飞向遥远的蓝色山脉，黄昏归来便黑压压一片站在枝头上聒噪。

父亲那些年极其惧怕彻夜不息的嘶鸣和榆树上栖息的黑乌鸦。他健壮的身躯是因为乌鸦聒噪的折磨还是后来我去坯场帮父亲振兴衰败的窑地发现他惊人的隐秘而后而一天天消瘦下去的呢？父亲晚上独自躲在屋里喝着闷酒。酒醉以后，深夜父亲的鼻息便时时发出母亲在世时那种抽水机似的呻吟声。打那以后土炕上骤然的寂静与我家窑地失去一个褐红褐红的裸背似乎有某种联系。长长坝下便逐渐荒芜得再一次丛生起来了红蒿白草。每天早晨乌鸦们飞走后，父亲才喷着酒气捎一摞坯模子穿行于荒蒿野草间。这是父亲形影相吊踽踽独行的开始。

牲口棚空了，却依然矗立着，阴暗幽深。草辫子泥墙上许多的窟窿不时散发出一股股酸腥的气息，在阳光下泥墙是褐红色的。

二狗老弟整天沉默不语。那房山愈显灰暗、幽静、神秘莫测。天天有一阵低沉的啜泣打那里徐徐传来。

"大狗，二狗哭哪，你不哭？"

"我哭啥？"

我那时正式为我家前面枯败的塘坝日益萧条的窑地而开始伤心焦虑。

　　"你说你让我哭什么？"

　　祖父倚着墙坐在木椅里。他的面孔在阳光下消失了往日的迷蒙与恐惑。飘飘白发下一双和善又温柔的目光静静地关注眼前的一切。

　　"二狗是个好孩子呀！"

　　"喔——好孩子……"

　　荒蒿野草围困着的那个塘坝水面上生满了绿苔。其间横横竖竖漂浮着的几块木板上也生满藓苔。成千上万的蚊子上上下下地攒动着，远远看去如一团不散的紫雾。

　　母亲躺在她日日爬过的陡坡上，盖满黄土，黄土坡又如从前荒芜不堪了。不过那里面自打夏天以来就有一只巨大的蝈蝈或是蟋蟀，尤其是在骄阳下叫得甚是毒辣得令人心悸。

　　"大狗，你把它逮了去吧！别让它叫了——"

　　蝈蝈或是蟋蟀的尖叫声中，祖父苍苍白发垂在胸前痛苦地飘摇。

　　我便顺着园田地去逮那只巨大的蝈蝈或是蟋蟀。蒿草密实，我一进去，扑面而来的蒿香几乎要将我推倒。我跟跟跄跄着，阳光在每一片灰白蒿叶上跳跃，喇叭花缠在蒿秆上开放。黄的和紫的喇叭花上栖息着蝴蝶和野蜂，它们被我的闯入打扰了，嗵地一跃而起。我看见一条小蛇打缠满青苔的木板上探出头，蛇头是圆的，两只眼睛是鼓的，像青蛙的眼睛，舌头红而透明，两条长长的蛇信子发出噗嗞嗞的声音，每叫一声就有一只蝴蝶吸进嘴里。我被蛇的举动吓了一跳，狂奔着逃出蒿丛。蝈蝈或蟋蟀才又毒辣地叫起来。

"你把它逮了吗？该死的！"

祖父的太阳穴上跳动着两条青白色的筋脉，就像两条盘缠一起的蛇，一双枯手在胸前拼命地抓搔，头低垂着摇动。

"我逮不着！"

我没有说我害怕那条水蛇。

"你就叫它叫吧——"

"我一进去它就不叫了。"

"你待一会儿，别惊动它它就又叫了，又叫了你再悄悄过去逮它……"

"我……害怕！"

"你怕什么？"

"我怕——"

我看见骄阳炙烤的屋顶上一片蔫了的灰菜和灰菜上盘旋着的麻雀。

"爷——叫它叫吧！"

二狗老弟在我无言以答时从房山下探出一张苍白的脸来。

"喔——"祖父软弱无力地仰面翻了个白眼，"叫、叫它叫吧"！纹路纵横的脸上抽搐了一阵。

"叫吧叫吧……"二狗老弟畅快地喊着喊着，屋顶上就有一只蝈蝈或是蟋蟀响应起来。

"哎——"

祖父在椅子里痛苦地辗转、挣扎。

"嘻嘻……"

便有窃笑打房山里传出来。

我在二狗老弟和祖父的欢乐与痛苦中眺望着我家这时候的窑地：偶尔有父亲身影闪动。他在那里再不是披荆斩棘的形象啦。父亲时而面对窑地后面大片苜蓿地眺望，时而面朝我们住的老屋久久伫立。

"爹——"

我总在父亲出现时喃喃自语。

"你说什么？"

"我、我说……什么……"

我蓦然回首正撞上祖父一双探询的目光，打墙上弯曲着爬过来。

"我……我说蝈蝈……"

我不愿告诉祖父此刻我对父亲孤独身影的恋情。

已经有许久我家那条塘坝上寂静得没有马车或汽车来往啦。这天下午，终于有一辆破烂的牛车慢慢吞吞驶向我家窑地。牛把式是个蓬乱着黄发的女人，壮实的体魄一摇一晃着。她在摇晃中用低沉的嗓音唱着一支歌：

> 我家没有一条像样的狗
> 我家没有一条像样的毯子
> 我家没有一张像样的床
> 我家没有一个像样的院落
> 我家没有一个像样的男人
> 啊哈呀——
> 这架破烂的牛车唷——
> 便是我的家院我的床呀

啊哈呀——

我第一次被歌声打动，在歌声中陶醉下来。这天晚上，父亲穿过低飞的乌鸦翅膀在夜幕降临许久才推开家门。外面那粗哑的嗓门再一次将那歌声带走。

冬天了。

前面塘坝下封了冻。母亲坟上一片枯草。那里仍是朝阳地带，没有风，经常栖息着几只幽蓝的乌鸦，它们凝神静气地站在坟上直到下雪了。整个大地白得肃穆。我家窑地后面和前面，再也没有任何生命的迹象。我想：母亲躺在白雪下面一定很舒服的。祖父仍早早坐到墙根下，裹紧皮袄、戴上棉手套，面对白雪皑皑的家园发出蓝色的神秘微笑。这微笑包括白的空气和空气里阳光的微粒，其间翻飞着大群的黑乌鸦，它们并不乱，却是低沉凝重，间或倒有几只喜鹊上上下下随着苜蓿地地势翻飞显得轻浮而又可笑地叽叽喳喳吵吵闹闹。

我在祖父蓝色的神秘微笑中热爱起乌鸦来了——乌鸦们始终飘摇在雪国中直至黄昏将至：落日下垂到遥远的雪际线上，由深紫到微蓝铺展过来一片。一道金色光芒镶嵌在蓝色雪地中间，乌鸦们这时才栖息在我家前园光秃秃的榆树冠上面，瑟缩成漆黑的一团，极有秩序地排列着。最后静静听着遥远的落日沉落下去的回声，才一齐冲着一束殷红的夕阳凄凉地叫几声，证明它们是活物。

我的整个冬天都是在对乌鸦的遥望中度过的，便没觉出春天是怎样悄然而至的。

一个春日，父亲早早地打窑地归来。

"大狗——"

父亲推开栅栏门喊我时我正和二狗老弟数着苜蓿地里零零星星的花朵。

"嗯——"我应一声，二狗老弟打我眼皮下佝偻着身子躲进他的房山里去了。

"大狗——坐下来！"

"爹，你没吃饭吧？"

这些日子我被乌鸦和苜蓿花迷住了。父亲日益沉默不语鬼魂似的躲闪着树上的乌鸦们。整个春天父亲怎样愈加瘦下去怎样蹒跚地走过荒芜的塘坝我都记不清了。坯场上已经逝去了那热火朝天的场面，那眼旋窑依旧如期地冒烟了。青白色的烟气缭绕着我和父亲正式交谈的那个春日的下午，缥缥缈缈扶摇直上，黄昏时刻弥漫开来，缠绕着红砖和坯场下的荒蒿如雾般成堵墙了。

我们坐在院里的那截石磨上面。父亲眯起由于失眠密布着血丝的眼睛，瞅着自己嘴上的纸烟，吸吐中缓缓升腾着轻盈的一缕。

我无声地嗅着打父亲身上散发出来的热烘烘的气息：汗的甜味儿和油泥的苦味儿。我翕动着鼻翼努力地呼吸着，一种未曾体验过的感觉萦绕到脑海蠕动到心灵，逼迫得我双唇簌簌地颤抖起来。

"爹——"我呼唤的时候，暮霭已经悄然挤进园障。乌鸦徐徐归巢。父亲低头咬紧牙关，牙却噔噔地撞响着。

"喔——大狗！"

嘴上叼着的烟头闪烁一下又黯淡下去。

"大狗你大了！"

雨后的蘑菇那样迅速地壮大起来。

"我大了！"

我裤裆里的东西猛然挺立了一下子：它极灵活地站立许久许

久。我切实感到：我大了。

"你看——窑地！"

"喔——我看见了！"

旋窑四周窑眼都亮着时不时喷出火光来。

"你娘死了就我自个儿了……"

"就你自个儿……"

我想父亲为失去母亲的奶汁而难过了。

"你看你大了我才跟你说！"

"说吧！"

乌鸦的翅膀拍得屋顶上的野草簌簌地响。父亲浑身一哆嗦。

"我睡不着觉，成夜地睡不着！"

我静听着父亲的述说。同时还听见小屋里祖父的梦呓。

"这些乌鸦……乌鸦从前是没有的！"

"是没有的！"

"怎么回事哪——大狗？"

"不知道！"

"你……你们应该知道它们……"

"我不知道——"

我在父亲无力的语调中感到难过了。

"喔——那你弟弟知道！"

"我不知道'他知道'。"

"你们兄弟……现在不一样，你长大了！"

"我长大了！"

"你弟弟长不大！"

"他——"

"他就是乌鸦——我失眠做梦，梦见好多次他就是两个翅膀的乌鸦……"

我疑惑地扭头看看父亲。黑天里父亲只是个蠕动的影子。

"呵呵……"父亲自嘲着自己的梦魇，"好了，你明天去吧！"

"我去！"

我心里这会儿忽地亮了一片崭新的天地。

"还有——"

父亲把半截话含在嘴里没有吐出来。

"还有什么？"

我久久等待着。暮霭落到我脸上手上头发里，湿漉漉的。磨盘凉下来。

"喔——睡觉去吧，我也困了。"

"还有什么？"

我舔着发苦的暮霭挺立着。

"睡觉去吧！"

又一阵乌鸦翅膀噼里啪啦的悸动声。父亲倏地跳起身蹿进屋里去。一道幽光掠过我的眼前，紧随着咣地撞在紧闭的门板上。

第二天早晨，我就捡起第一只脑袋粉碎的黑乌鸦，它摊开着翅膀趴在门板下面。我对着旭日展开它的翅膀。看见乌鸦的羽翎很美丽，油光锃亮并且透明，霞光在上面跳着舞蹈。

"哥，给我——"二狗老弟伸手要它。我蓦地想起父亲的梦魇，就赶紧递给二狗老弟。

就打乌鸦撞碎脑袋那天起，我有生以来第一次光脚踩在平坦如砥的坯场上。正午的毒日晒得沙粒滚烫滚烫，我的脚板钻心地疼痛着。父亲蹲在前面教我用水洗坯模子用铁丝划泥。

"烫！"

我说。

"烫烫就好了！"

父亲鸭蹼一样分开的脚趾纹丝不动。

腰酸腿疼的一天下来，我在夕阳西下时一瘸一拐地踏进我家院落。

"大狗，你来看我牙松了。"

祖父倚在夕光里，张大嘴巴，用手掰着一颗松动的老残牙。

"哥，你该看一眼去！"

我筋疲力尽得无心看祖父的老残牙。二狗老弟目光幽幽地瞅着我。

"你滚开——真烦人。"

我瞅一眼墙角那儿倚着的侏儒老弟，愤愤地叫道。

"哥——你累了！"二狗老弟仍心平气和地说。

"我累了！"我的喉咙猛然一阵发哽。

"哥——我也累着哪！"

"你、你放屁——"

我那天无端的怒火是让二狗老弟心平气和的口吻惹出来的，还是让坯场上毒日活脱脱晒出来的，我不知道。

我家旋窑每隔三个月要出一次砖。我第一次看见出窑的场面是在我的脚板烫出一层茧子以后，能像父亲那样在半分钟内洗净坯模、刮泥、提板，完好无损地在洒满沙粒的坯场上脱出四块完好的泥坯。

那次出窑之前我曾见过那个女把式赶着牛车独来独往过几次。她这会儿已经不再唱那支令我如醉如痴的歌了。她美丽健壮得像头母狮。

父亲听到牛哞哞地一长串的嚎叫之后便放下运泥的叉子。我说的秘密就是指这一桩：他们在我家窑地的坯棚下如漆似胶地翻着滚着的时间，大概是日头在瓦蓝瓦蓝的天空滑过两百米的距离。

我迷恋脱坯甚至忘了那轰轰烈烈的场面。后来是那骤起的牛哞使我蓦然回首：太阳斜斜地射着我家晒黑的坯棚，一堆苫坯的草帘攒动着，撅出来父亲卵黄色的屁股，斜阳落在他一起一落如葵花般灿烂的屁股上闪闪烁烁。一阵极有韵律的喘息中，我听见他们那刻骨铭心的呼唤——

我的小宝宝！

我的小牛牛！

……

牛车停在光秃秃的坯场上。牛瞅着我。牛眼里时刻放射出绿油油的光芒引诱着我。我是怎样扔了坯模怎样跳过坯场上高高拱起的土坡一步一步逼近那处轰然作响的草帘我全然不知。我满眼映着窑地后面那片苜蓿花，满鼻孔吸汲着苜蓿花浓烈的花香。毒日下，红红白白蓝蓝黄黄紫紫的苜蓿花弥漫如海地放射出五彩缤纷的光芒。

我倚着牛车听着牛哞，伫立着想象着父亲和那女人赤裸裸地呈现在太阳下面的情景。他们无数次攒动着，那簇草帘被弄得窸窣地乱响。我的耳鼓里灌满了那种彼此的呼唤：我的小宝宝！我的小牛牛……我又一次全然不知地跨过高高拱起的一堆黄土和一条荆棘丛生的土沟。我后来猜想我是像鱼那样游入花海里的，第一次踏进辽阔无边的苜蓿地，苜蓿花摇撼着晕眩着我的目光，我在苜蓿花灿烂无比的海洋里第一次遗精。我那雄壮的阳具经久不息地勃然昂扬起来。

我家出窑那天，那女人前一天用牛车拉来了一头活猪。父亲像从前老马惨死时那样生起一堆柴火，柴火上坐上一大锅开水。活猪直接放进去，用一铁片刮去猪毛。那女人那天盯着我问我做你娘你干吗？她在阴天的光线里，黑红的脸蛋神采奕奕，浓密乌黑的头发沾满金色的麦秸。她又说你看你家多需要我呀——尤其你爹。那时候，父亲正从猪蹄上豁开的豁口给它吹着气，吹得猪膨胀起来像个气球在开水锅里翻动。

"爹——你不放它的血吗？"

我冲那女人仰脸一笑，便摸着煺去毛的白猪。它这时仍奄奄一息地翻着白眼。

"你来捅吧——小伙子！"

父亲用脚尖踢过来一把牛角刀。我捡起刀扭头看一眼那女人，她正叉着腿微笑地望着我。

"小伙子——稳着劲儿，一下子！"

她慢悠悠说。

我冲她微笑着稳住劲儿一下子捅下去。猪扑叽一声便趴在锅沿上流起血来：咕咚咕咚地响着流血声。那女人用一小皮桶接上流出的血。猪血流了半桶，起了半桶血沫，就成满满一桶了。

"好啦，你来吧！"

父亲把猪煺得雪白雪白的像个去皮白萝卜。

"我来啦——"

那女人高卷着袖子夺过我手上的牛角刀，叉开两腿往锅边一站，抬脚踢倒支锅的一摞砖。热水流出来淹灭了柴火，白猪打锅里一个翻滚，仰面八叉躺到坯场上了。

"呸——"她往掌心啐一口，再两手一搓，开始用刀剖开猪膛。一股恶臭之后，猪的绿肠子流了满地。她绕着猪左右灵活地错着脚，像躲着满地的蛇，躲着满地肠子。我呆呆地看着她一手把着扬起的猪蹄，一手用刀在猪肋下猪腹里面搅动得游刃有余。转眼工夫猪就四分五裂地扔在坯场上一片了。

"老大看你的啦！"

女屠户把刀刃往身上一抹，血便沾了一溜：红森森的。

"看我的——"

父亲旋即又生起旺火，支好斜歪的大锅烧开了水，把四分五裂的猪半子洗一洗，再扔进锅里。

那天半个下午加一整夜，我家坯场上香味四溢。这工夫旋窑已经停火一个星期啦。父亲说停火第八天才能进去，否则非把人烧化不可。那天晚上父亲彻夜未归。大锅里咕噜噜地响得震天动地。父亲和那女屠户在坯棚下鼾声大作，与那锅里的咕噜相映成趣儿。

这天晚上，我家家园的乌鸦骚动不安了一夜，它们彻夜盘旋彻夜聒噪。二狗老弟躺在我身边辗转难眠。我打一个轰轰烈烈的梦中猝醒时，发现二狗老弟目光森然地盯着我。

"刚才你喊来着！"

他说。

"我喊什么啦？"

我闻到屋里弥漫着一股呛人的异味儿。

"你喊娘娘娘……后来你就嘻嘻地笑着抱住我你又喊娘娘娘……"

我在二狗老弟黯蓝的眼光里追忆着梦：那梦是红色的，那红色的女人浑身是血，她叫我喊她娘我就喊她娘追着喊她娘追得大汗淋漓了……

　　"喔……我做梦……"

　　"你做的什么梦？"

　　"我梦着——"

我没有说出那梦的内容。二狗老弟眨动着眼发出暗哑的笑声。

　　"你……你笑什么？"

我被他的笑激怒了。

　　"我知道你梦见什么！"

　　"我梦见什么？"

我浑身一阵悸动。

　　"你梦见——"二狗老弟故意压低声调，"你梦见的不是梦！"

　　"是什么？"

我急急地询问道。

　　"是那里的——"

窗户上噼里啪啦响起一片乌鸦的翅膀声。

　　"哪里？"

　　"你自个儿知道。"

　　"我知道什么？"

　　"嘻嘻嘻——"

二狗老弟暗哑地笑着躺下来。窗户上的翅膀声响得更猛烈了。

　　"我知道什么？你说——"

我勃然大怒地掐住二狗老弟的脖子。他的喉咙咔地一响，蓝光遽然一闪。

　　"哥——呀！你要掐死我……吗……"二狗老弟在黑暗里的微笑悦耳动听，"我想死……想死……已经许久了，哥——你用劲儿吧！"

我倏地浑身出了一层冷汗。

"不——"我喏嚅着松开手。"不——"我对二狗老弟痛悔地扇着自己的耳光。

"别这样，哥——我知道，我知道你——"

"你知道什么？"我心里暗暗地问着可再也没敢吐出口来。外面噼里啪啦的翅膀声响成一片。我直到天亮再也没有睡着觉。

又有两只乌鸦死在我家墙根下了。它们像头一只一样脑袋撞碎、张着翅膀趴在门口。

出窑这天打我家塘坝上走来了五十个男人。他们都是虎背熊腰的汉子：朗朗地笑着撒拉着腿，对女屠户的话却唯命是从。

"好儿子们——你们来得正好！"

女屠户站在坯场上一挥手，全场立刻鸦雀无声。

"老娘——你发话吧！"汉子们一齐喊了一声。

"好——我问你们吃够老娘的奶了吗？"

"吃够了，哪敢忘呢！"

"好好好——好儿子们！"

我惊讶地看着这个陌生又激动人心的场面。

"这是我爷们儿，你们哪个不听？"

女屠户一指我父亲。

"听、听、听——"一片呼喊震耳欲聋。

"兄弟们——各位多劳了！"

父亲站到女屠户退下的土坝上，朝汉子们一拱手："话不多说了，这窑今儿个起完，还望走到八方帮我传个话儿，让这买卖兴隆兴隆……"

"大哥放心啰！"

"好，去吧——开了窑有头猪大伙啃吧！"

开窑这天我家坯场上异常热闹。天很晴，旋窑四个堵死的门全打开，热浪立刻膨胀了整个坯场。我面对汹涌的热浪无所适从，眼泪哗哗地淌着。随即，大股大股的砖粉裹着热风包围了我，迷了我的眼睛。

"小子——抓住我的后腰！"

女屠户夹着我奔出坯场，将我扔进窑地后面的苜蓿花地里。

"看着吧你！"

她粲然一笑便离去。

我卧在巨大的花丛里向窑地望去。那场面我至今记忆犹新：五十条汉子每人手托一摞砖打高高的跳板上奔下去。红砖烫着他们手掌冒着缕缕青烟，汉子们嘴里呼呼地吐着气，大步流星、汗流浃背……坯场印满汗湿的道道儿。父亲支好跳板也加入他们的行列：父亲双手托砖，砖码得半人高，热砖烫得父亲的手刺刺啦啦地响着。汉子们瞠目瞅着父亲在跳板上一跃一跃往前蹿动着，像只爬树的山狸猫。

那天，锅里的肉叫这些汉子蘸着酱油吃得一干二净。白白的肥肉片子吞进嘴里呼呼噜噜地响，汉子们满嘴是酱油的红色。蘸了酱油的白肉红通通地流进肚子之后，汉子们就赛着举那压场平地用的石碾子。我那时正站在坯棚下咬着指头向他们遥望着，聆听着吞下白肉的声音，看着举石碾的动人场面。

五十条汉子一个个地败下阵来。其中第二十五条汉子肌肉疙里疙瘩。石碾子叫他双臂一振抱进怀里，再一振臂，石碾子活物那样跳到背头上来。满场一片喝彩声后立刻又鸦雀无声地等着。

"啊——"

第二十五条汉子猛地一声怒吼，在空荡荡的窑地久久回荡着。身后的苜蓿花也为之摇曳起来。我以为石碾子就像蚂蚱那样一跳，跳到头顶上，我以为这是我有生以来从未有过的欢乐体验哪。

"哎唷——"

第二十五条汉子的失败壮丽无比。他扔下石碾，歉疚地笑着回到人群中了。

父亲那天是怎样举起那石碾的我就不加描述了。反正他力大无穷地让石碾像蚂蚱一样轻盈地跳到头顶上了。

"好——"

一片喝彩声又摇响了苜蓿花的芳香，蜜一样钻进鼻孔钻到五脏六腑里。

"好小子们——我眼力没错吧？"

父亲轻轻地将石碾放置地上，女屠户大声啧叹着。

"那是——好样的大哥呀！"

"哪里，还望大伙帮着云游四方夸夸我这砖吧……"

那天父亲在夕阳西下时送走了五十条开窑的汉子。女屠户和父亲伫立在紫色天幕下大约两分钟之后，就噢喔一声冲上去紧紧粘在一块旋即便轰然倒下，在那毒日暴晒了一天的坯场上翻滚着、咬噬着、呼喊着，彼此撕下对方的衣服扔到一旁，赤条条地再一次咬噬着呼喊着翻滚起来。

我踩倒大片的苜蓿走近他们，喉咙哆哆嗦嗦颤动着却没有惊动那惊心动魄的一幕。我背后是紫色天幕和天幕下的苜蓿花香，风一般地流下来浓浓稠稠粘满夜色了。

我走进家园仍听得见父亲和那女屠户痛快淋漓的呼喊。

祖父在油灯下对我迎头痛骂道："叛徒——"

二狗老弟整夜错动着牙齿发出咯吱咯吱的动静，像啃着木柜的老鼠。

我昏昏欲睡时又开始做一个漫长的梦了。梦里全然一派生机勃勃的世界。我畅叫一声猝然醒来，天却亮了。

这天早晨又有几只乌鸦惨死在我家门板下面了。

我家窑地打那天便轰轰烈烈地热闹起来。塘坝上来来往往着的汽车马车牛车即刻压出一条平坦的道路。我家红砖七分钱一块迅速卖到四面八方去啦。女屠户在我家窑地重新振兴后被父亲领进我家老屋。

我卖完最后一垛红砖，用草帘苫完场上的泥坯，踏着晒热的松土欢快地往家走去。兜里鼓鼓地塞满崭新的钞票。

"哥——"

二狗老弟倚在门口等我。家园的牲口棚和障外那排榆树冠已经影影绰绰模糊一片，树上有乌鸦扇动翅膀的巨声。

"怎么不进屋？"

门敞着，涌出的大片大片的蒸气里净是紫色的肉香。

"咱爹！"

二狗老弟愤愤地说。

"咋啦？"

我起劲地吸着蒸气里的肉香。

"咱爹！"

二狗老弟倚在光线很暗的墙上仿佛和墙混为一体。

"咋啦？你说呀！"

饥肠开始猫那样叫开了。

"女人！"

二狗老弟幽蓝的眼睛猝然一闪。

"女人——"我蓦地想起母狮般美丽的女屠户，心头便一悦：这是父亲和她离开坯棚的第一个夜晚的开始。"呵呵……"我心头浮现出坯场上那一幕便轻松地一笑。

"嘿嘿……"二狗老弟的笑却冷漠又镇静。

"疼、疼死了！大狗他娘的还不回来给我捶捶背呀！"

乳白色的肉香叫小屋里祖父的哀嚎声给污染成褐色的浊气啦。

"爷叫你你进去吧！"

我实在不愿意踩在祖父浑身松松垮垮的肉皮上。

"你不进去？"

"我不进去！"

"你、你、要……干吗？！"

我打二狗老弟口吃里预感到某种危险或是某种危险的开始。

"你说干吗！"

这危险我并不害怕。

"我……哪知道！"

"你知道。"

"嘿嘿嘿……"

二狗老弟又是黯然地笑了。我感到一阵心麻。

"我知道什么？"

二狗老弟良久没有吭声。树冠上的乌鸦一阵骚动，沉寂中便有了些异样的生气。

"你……不知道？！"

二狗老弟忽然问。

"我知道——什么？！"

我心里蓦然涌上来对二狗老弟久违的仇恨。我原以为这仇恨打他睁开双眼便飘然而逝了。

"你说你知道什么？你去你去喊娘去吧！"

二狗老弟阴冷的话令我发根乍起。

"你放屁！"

我弄不清我是怎样在黑暗里挥着手臂，准确无误地打了二狗老弟一记响亮的耳光。

"呵呵……"

母亲惨死时二狗老弟对父亲曾经这样干笑过。

夜雾这时涌进院来，湿湿地沾了二狗老弟一脸。白雾里的门洞愈加暗淡。

"大狗——"

雾里传过来父亲惊喜的叫喊。

"狗儿你回来了，嘻嘻嘻……进来哎大狗你进来呀！"

女屠户畅畅的笑声令我心头又一悦。

"你去吧！"

白雾贴在院地上极像一张白纸。因为雾，夜便发白了、发湿了。

"你……去吧！"

二狗老弟在夜雾里模糊成一团。

"嘻嘻嘻……狗儿你快进来呀！你这一天卖的砖都几等呀！"

她像在坯场那样称我"狗儿"。我踩在门槛上回头看见地上的雾一寸一寸地成长着，像树丫蹿得一股一股的，也如蛇蜿蜒向上。

随着二狗老弟雾那样迷蒙的嗫嚅，雾里骤然响起乌鸦的聒噪。它们夜里一般是不叫的。

这天深夜，我家外屋窗台上一盏煤油灯拧成极暗的一点如豆光亮。我和身边的二狗老弟睡在小屋里闻着刺鼻的煤油味儿，久久难眠。祖父却已鼾声大作。二狗老弟辗转反侧着。

父亲喝得酩酊大醉以后搂着体态丰腴的女屠户在我家上屋炕席上滚着呻吟着。他们的影子叫那一点如豆灯火映到墙上屋顶上，跳跃着翻动着。

"呵呵呵……"

二狗老弟冲着屋顶上黑黢黢的影子窃笑着。我清楚地看见二狗老弟眨动着蓝眼睛，好像蓄谋已久地闪着蓝光。顺着那蓝色目光看去，却是黑黢黢晃荡着灰网的顶棚。我正纳闷，骤然一声凄厉的尖叫划过夜下的屋顶，漫长而幽远。

"啊——"

上屋里女屠户即刻一叫。随即窸窸窣窣地端着拧大的煤油灯推开门，高大丰腴地映满外屋的顶棚。我和二狗老弟焦急地等待着。

"嘿嘿嘿……"

我突然听见二狗老弟的狡笑声。在这狡笑中门咔吱一声。我就闻到一股腥气，像久违的那个夜晚老马的血腥之气……油灯忽闪一下就灭了。父亲沉醉于自己的鼾声中没有看到那一幕。

"啊——"

女屠户惨叫着扔下灯就往回跑。

"乌鸦！"

我猝地一蹿。

"你干吗！"

二狗老弟坐在炕上掐住我的双腿。

"你放开！"

　　我抬脚蹬去，他滚到炕里。我正往炕下跳，二狗老弟已搂住我的后腰，舔着我肋下，我便痒得没了力气。

　　女屠户在一片黑压压的翅膀中挣扎、叫喊。

　　"我看见周围都是黑洞洞的东西，我眼巴巴挨它们拍打着、抓挠着……"

　　第二天，她满脸是血迹。墙角下几只撞碎脑袋的乌鸦触目惊心地躺着。父亲蹲在院里吸着纸烟。

　　"你、你家咋、咋这样……"

　　"乌鸦、乌鸦……"

　　二狗老弟打房山阴影里走出来。

　　"乌鸦！"

　　她骇然地瞅着背上一个大包的二狗老弟树桩一般滚过来。树冠的阴影和墙的阴影连成一片，遮满了院落。

　　"乌鸦！"

　　二狗老弟满脸讪笑地瞅着她。同时，一股股腥气打他口里喷射着。后来我在一只乌鸦那里深深体会到这种气息的力量。

　　"真可怕！"

　　女屠户和二狗老弟对视几分钟后，终于避开他的视线。

　　"嘿嘿嘿……"

　　二狗老弟胜利地微笑着。屋顶上那只隐蔽的猫头鹰突然嚎叫起来。

　　"你——闭嘴！"

　　父亲打地上嗵的一声跳起来，脸色青紫青紫，下唇沾着半截纸烟一翘一翘地晃动。

　　"嘿嘿嘿……"

猫头鹰的嚎叫愈加猛烈起来。

"你……闭……闭嘴！滚——"

那天我父亲压抑许久的怒火终于火山一般喷发了。

"我滚……嘿嘿……我滚！"

二狗老弟就地一滚，跳起来放声大笑，满眼里愈加渗透着阴险的光芒了。

我目睹了气得团团转的父亲打马棚里抽出一条熟过的皮条子，勒紧放声狂笑的二狗老弟的双手，拖着他吊在我家前园障的榆树干上面。

"你……干吗？"

我又看见父亲转身打马棚拿出一条皮鞭，我颤抖着声音询问道。

"滚！……你也滚！"

父亲怒目圆睁着回手一鞭子，我脸上立刻凸突一道。阳光照射着二狗老弟苍白的脸，他晃晃荡荡地吊在一棵斜刺着伸向一旁的树丫上面，头顶上的榆树钱儿一嘟噜一嘟噜。茂密的榆钱里有翠绿的小山雀不停地喞啾不停地跳跃。

"疯了，疯了……"

女屠户呆望着我家发生的一切。我家窑地后面的那片苜蓿花呼呼啦啦地摇曳起来。屋顶上的草却纹丝不动。

二狗老弟五短的身子在充沛的阳光里开始忍受着鞭击直至遍体鳞伤；鲜血顺着树干注入树根里发出嗞嗞的声音。那棵喝足了人血的榆树在后来的日子里，叶子变得猩红猩红，树干也逐渐地变红。在那排榆树丛里，独有它是猩红色的。没有一只鸟儿落上去，却成了乌鸦聚集的巢穴。至今如此。

　　皮鞭下挣扎着的二狗老弟的惨叫声传遍我家院落，如同一支利箭穿透了我祖父那颗苍老的心。他终于咬断了两颗残存的老牙轰然倒下，一头撞在院里的半截石磨上面，老血鲜艳地溅满院落。成群的蚂蚁打那血泊里挣扎着爬过来开始咬噬起我来。我在奇痒难忍的回望中见到祖父最后临终时绝望的目光……在祖父绝望的目光里，染红的蚂蚁们奋勇前进左冲右突，朝着父亲冲击过去，我又一次听到犹如从前那层层叠叠蚂蚁的欢唱声了。

　　父亲扔下皮鞭，开始遍地打滚。我身上的蚂蚁也朝父亲奔去。我松了一口气。

　　"咋办哪咋办哪！"

　　树丫上的二狗老弟已经耷拉着一颗血头奄奄一息了。我慌张起来了。

　　"大狗拿水来呀……"

　　女屠户接过我端来的水，一盆盆朝父亲泼过去。水渐渐汇成一条欢畅的小溪，蚂蚁随着小溪漂走后，我听见祖父在院地吐尽最后一口长气，带着嗞嗞的蛇叫……父亲浑身红肿得像烧过的螃蟹，不停呻吟着。

　　"我……走了！"

　　淋湿的女屠户喘息着扔下水盆对父亲恋恋地一瞥。父亲抬着眼皮，张着嘴翕动一下，却说不出话了。

　　"你——"

　　我咽着酸涩的口水想劝慰她。

　　"你……家……我走南闯北也没见过呀！"

　　她打着战说。

　　"坏场——那坏场呢？"

我这时蓦然想起我家刚刚振兴的坯场。

"你长大了!"

她走过我家园障即将消失于塘坝下时猛地回头喊了一声,便永远消失了。

我埋葬了祖父。祖父是死不瞑目的。我将他两颗牙扔上了屋顶。

黄昏时,我打榆树上解下二狗老弟,唤醒父亲,才去坯场把另外一些溜砖卖掉。

我从此就不再喜欢回家,只是偶尔看看我家老屋和老屋周围影影绰绰的家园。父亲叫蚂蚁咬过的浮肿再没消减下去,奇痒时时袭上心头,尤其是阴天和打春季节,唯有酒精可以抵消一些痒劲儿。父亲嗜酒的日子就这样开始了。二狗老弟遍体鳞伤痊愈以后,他用血浇灌的山榆树,乌鸦如潮涌而来如潮涌而去。

我家砖坯生意日益壮大着,繁忙和劳累使人渐渐遗忘了许多事情。

这一天,我和开四轮的女驾驶员搭上话之后,她就心甘情愿地熄了火,整夜地陪我在我家坯棚下重新导演出父亲和那女屠户曾演出过的辉煌灿烂的一幕!我惊讶我使用父亲的方法简直无师自通简直就是个老手啦……她痛快淋漓地呻吟之后,对着繁星闪耀的夜空长叫一声:我就跟你了,这一辈子就跟你不走了。

父亲猝然中风倒下也就在这个轰轰烈烈的深夜。他后来像长逝的祖父倚在墙上流着哈喇子喃喃自语着道出了一切:那天父亲垂头丧气、浑身奇痒着踏进久违的家园,迎面就看见打空中坠下一只乌鸦。父亲当即一阵战栗,呆傻着伫立到夜幕降临。晚风习习,四处弥合了雾霭。父亲才拖着沉重的步伐跨进门槛。

那天晚上是我无比痛快淋漓的一夜。

我不知道二狗老弟怎样睁眼看着父亲大醉后倒地而睡的。

我不知道转天天明我家院地躺着无数自毙的黑乌鸦之后，树冠上便没有从前那样壮大宏伟的乌鸦队伍了。

我不知道父亲酒醒后站起来，踉踉跄跄一出门便惨叫一声，咕咚一头栽在黑压压的乌鸦身上就中风不语了。

我和那女驾驶员在雾气迷蒙的早晨睁开双眼，轮流着走到坯场里，她让我我让她看彼此赤裸裸的浑身沾满湿雾走一圈儿又一圈儿。我们走完后激动着战栗着拥抱着伫立着，像从前我家那匹老马在蒿草丛生的土豆地与一匹神秘莫测的枣红马交媾那样，我们再一次站在一起交媾直至浓雾散尽了。旭日的红霞里骤然响起我的二狗老弟的嘹亮的呼唤："哥呀——"我们仍搂在一起一起回首看见灿烂的苜蓿地奔驰着那匹灰马驹，它的的确确像二狗老弟说的那样长鬃披散、四蹄腾跃地飞快奔驰着。苜蓿花簇拥着灰色马驹，我惊奇地发现二狗老弟骑在马背上面，二狗老弟苍白晶亮的额头闪烁着飘逸的蓝光，宛若一朵风中摇曳的蓝花儿。

"哥啊——再见啦！"

我的二狗老弟随着马嘶般的一声长啸从此消失得无影无踪。苜蓿花在这一年秋天横遭一场早来的霜冻……

"那……是谁哪……"

我怀里那个女驾驶员现在是我的老婆啦。那时她迷惑地望着灿烂的苜蓿花中奔驰的马驹和马背上的二狗老弟。

"你……不知道！"

"嗯——他们可真神哪，他们跟神话一样！"

"就是神话！"

"嘻嘻……挺好玩的！"

"好啦，咱们得干活了！"

她不再离开我。我家窑地上从此便有了这辆八成新的四轮车。我们在坯场上用崭新的红砖重新建筑了一幢鲜艳的红砖瓦房。我们劳累一天后便坐在砖坯上面，正好能遥望我家老屋和老屋墙头上半瘫的父亲和不久前祖父溘然长逝后的新坟。

"我看见你家那里怎么总有团雾气？"

老婆问我。夕阳这时在远山上红着。

"是吗？"

我知道那雾的原因可我不想告诉她。

"可能是地势低吧。"

"可能吧。"

"对了，你给咱爹送西瓜去吧。我昨天送砖路过瓜摊买的。你去吧！"

"你去吧！"

"我……我一走进你家的老屋就闻到一股说不上来的气味儿……"

她又是那种疑惑的口吻和疑惑的目光了。

"嗯——我去！"

"对啦快去吧，都在坯棚下面放着，我怕晒蔫了。你爹这一辈子可不易呀！这窑地当初建得该有多难哪……"

我在老婆敬慕的目光里抱着两个花皮西瓜朝我家老屋走下去。临近，我听见父亲靠在墙头上独自嘀咕着，像打泥河里泛起水泡的声音……

图景

　　"我再也不去啦！"姐姐说。

　　苫百棚四面吹进来凉爽的风。水泥场院上除了那台锈迹斑斑的扬场机，已经没有了摊晒的粮食，麦子全部装进麻袋里，成垛的麻袋堆在苫百棚下面。妈妈用一根树棍蘸着红色油漆往麻袋上写着"种子"两个字。"这些种子明年够不够用？"爹看着妈妈写字。"明年？"妈妈停下来，想一下明年要用种子的数量。"写吧。"爹没有让妈妈说下去。妈妈又写起来。爹一直等着妈妈写完最后一个字。他拎着盛满油漆的小桶，妈妈拎着滴答着油漆的树棍，他们并排走出苫百棚。装上车的粮食停在场院外面道路上。马军坐在麻袋上面，冲着这边招着手。"哎哎哎——"他边招手边站起来，胳膊在头顶上挥舞着。

　　"我再也不去啦！"姐姐说。

　　姐姐站在一片阴暗的影子里面。初升的太阳把苫百棚的影子打到场院晒场上。姐姐的脸紧绷绷的，背朝着准备启程的拖拉机。

　　"妈！"姐姐叫住从身边走过的妈妈。

　　"你怎么还不过去？"妈妈停下来。爹没有停下来。

　　"妈，我们不去了。"姐姐说。

"不去哪儿？"妈妈看着她。

"不和他们一起去了。"姐姐指着场院外面的拖拉机，她都懒得说出拖拉机要去的地方。

"这不行吧！"妈妈显得踌躇不前，两只手来回搓着手指头上面沾上去的红色油漆。搓完油漆又挠头发，好像头发里也沾上了油漆。

"我也不愿意去。"妈妈说。她的脸跟着阴沉下来。

"你去看看，"爹已经走过来，把油漆桶放到链轨板上，"她们到底想不想去！"

爹让我去探个究竟。我扣上挡泥板，正准备往油箱里加满柴油。"你放下我加油。"爹又在催我。我放下柴油桶，用抹布擦着手上的柴油，迈过场院外面的一条排水沟，朝她们站立的阴影里走过去。"快过来，"马军又坐回到麻袋上面，"快过来呀！"他不停地喊着姐姐。我走了一半，还没有接近她们站立的阴影，妈妈迎面走来。她的脚步显得沉重，显得不愿意往前走，在水泥晒场上踢踏踢踏拖着地。"不去就不去！"妈妈从我身边走过，扭过脸来对我说。她说的不去就不去我知道指的是姐姐，她的脸上挂着犹豫不决的表情，说明她也不想去，但她是妈妈她不是姐姐，她就不能像姐姐想不去就不去。我知道但我没有问。我跟在妈妈后面回到拖拉机跟前。"不去就不去！"她对爹也这么说道。爹也没有问，他和我一样明白是怎么回事。

"让她一个人待在家里？"马军问。

"是她自己不愿意去。"我说。

"不能叫她一个人待在家里。"马军说。

"你想陪着她？"我说。

"是吗？"妈妈抬头望着坐在高高的麻袋上的马军。

"上车吧！"爹说，他已经坐到车里。

妈妈手把着车厢板，脚蹬到拖车的胶皮轱辘上面，往上一用劲儿，身子贴到车厢板上，一只手把着一只手伸上去，等着车上的马军拽她。马军没有看见妈妈伸上来的手。"马军！"我喊他一声。我跨上去一步，推住妈妈的后背。马军这才抓住妈妈的手，用力地拉。妈妈踩住麻袋，一层一层地踩上去，和马军一起坐在摞起来的麻袋上面。

"我也下去！"马军站起来。

"你不能下来。"爹一直伸着头朝后面看着。

"那也不能叫她一个人待在家里。"马军看着爹。

"妈，你往里面坐一坐。"我说。妈妈没有听到我说的话。她背朝我坐到后面的麻袋上。

"你不去可不行，"妈妈扭过头说，"我们谁也不认识粮库里的人。"

"那也不能叫她一个人待在家里！"马军挺直身子，往前面伸着头，仿佛要从上面飞下来。"那也不能叫她一个人待在家里！"他非说是有人叫她待在家里，不说是她自己愿意待在家里。

"她又不是两岁小孩！"我说。"我开车？"我又问爹。"你别上来了。"爹说。他坐在驾驶室里面目视前方，把油门加大，机头往前蹿一下。爹弯下腰，把操纵杆压下去，机车原地调过头，链轨板哗啦啦地响起来。

"等我上车！"我拍着从我眼前驶过的机车门。

爹探出头冲我喊着什么话。我只能看见他的嘴在动还有脸上的表情也在动，却听不见他说什么话。因为水箱上面的烟囱正突突突地喷涌着黑色的油烟，加上发动机也在突突突地响着，这些声音压过所有的声音，我们好像置身于沸腾的开水之中。

"你留下来！"爹把油门减小，我才听见他对我说的话。再说也不用去这么多人，我马上就想到。爹又加大油门，拖车也从我眼前驶过去。妈妈和马军脸朝后坐在上面。马军指指自己指指我又指指场院的方向，两只手来回地在我们之间比画：把我比作他，把他又比作我。意思是让我们俩调换一个位置，这样他好留下来，这样我好替他去粮库。我没有办法，只好看着他满脸焦急地比比画画着，拐到苦百棚后面，消失在一片玉米地中间的道路上。拖拉机的声音还能听见，是链轨哗啦哗啦滚动发出的响声。地上留下一片鲜红的东西，又稠又黏，这是油漆，刚才爹把它放在链轨上，履带转动起来，一桶油漆全部扣在地上。

现在我们没有什么事情可干啦。我和姐姐回到家里，坐在房子前面的树墩上面，脸朝后看见他们家开始往墙上抹泥。姐姐脸上的愁云消失殆尽。她在场院等车和那种哗啦哗啦的履带声消失以后，才从麻袋后面走出来。她就好像从深渊里解脱出来，咯咯咯地笑着大声对我说："我讨厌粮库！""马军是粮库人。"我接她的话茬。"讨厌！"姐姐还是说讨厌。"他可一步不愿意离开你。"我想对她说一说坐在车上焦急不堪的马军。姐姐"喊"一声，表示她并不把他当回事。那你还和他叽叽嘎嘎，我想起他们趴在一起叽叽嘎嘎的情景。"讨厌！"姐姐又喊一声。脸红了一下。还有那两条金光闪闪的鱼逛荡来逛荡去。"讨厌！"姐姐把它们摘了下来，在手里掭来掭去，好像它们已经死去。

"他们家的房子要比我们家的房子好！"姐姐不再惦记跳

动的鱼。她站起来离开树墩。他们家的房子四面搭上一圈架子，架子上面铺上木板。国顺站在木板上，一只手里拿着木制的托泥板，另一只手里拿着抹泥的抹子，抹子把托泥板上的泥铲起来，往铲掉墙皮的墙上抹开来。一堆土已经变成和好的泥，堆在薅掉荒草的院子里。庄永霞穿着三杨的背心儿，用锹把泥端起来，端到搭好的木架子下面，举起来扣到托泥板上。托泥板抖了一下，泥从上面掉下来，掉到地上。你的手腕用点儿劲儿，庄永霞把掉到地上的泥撮起来，又扣到托泥板上。这回国顺用双手托着才托住。"快一点抹！"杨香在催他们快一点儿干。她自己干不了什么活！她好像连坐下来都费劲儿，腰往后面挺着，挺成一个月牙形，前面的大肚子把她压过来，要压得她躺到地上。

"你坐着还不闲着！"国顺说。

"我看你不用劲儿。"杨香说。

"你就别催了！"国顺把泥慢慢抹开。"平不平？"他问杨香。

"你还不让我说！"杨香说，"平了。"她看一看又说。

国顺面前那面墙抹出来大部分泥，新鲜又湿润，泥里面混进去防止龟裂的麦糠和铡短的稻草，横一道竖一道粘在墙上。后山墙抹上的泥要比房前抹上去的湿一些，因为房后照不到阳光的关系，阳光总是先照到房前，然后再照到房后，已经没有什么威力。我跟着姐姐走过马棚走过菜地，看见房前抹上去的泥里的水分蒸发得差不多了，泥的颜色不那么湿，有些变白，有些让我觉得不再是我们家的东西，因为看不到任何我们熟悉的迹象，那些迹象已经苫在房顶的苫草下面，已经抹在新鲜的泥下面。要是不苫房顶不抹墙泥，光是光秃秃的房架子光是残垣断壁，我会觉得它是我们家的东西。苫上房顶抹上墙泥就不再是我们家的东西。

这种感觉真奇怪！姐姐不再说房子，不再像我们第一次和他们说到房子时那么理直气壮，不再称它是我们家的房子。她在和杨香说话，在问杨香的肚子，说她的肚子就像说我们刚才经过马棚，马棚里的那匹马。杨香也没有反对，那匹马一副无精打采的样子。她的样子也是一副无精打采的样子。"你一点也不疼？"姐姐问她也像问那匹马。"有时候里面总动弹。"杨香说。杨香与之前比明显不同的是她的眼睛：我们看不见她的眼睛里面闪烁着的光亮，它们是那么的驯服，就像是那匹马的驯服，见到我们显得陌生显得茫然，显得不是原来的马，不是原来的杨香。她真像那匹马！一匹那么驯服的母马！母马也像她，她也像母马。姐姐怎么说她也不起作用，也不能叫她不驯服起来，那匹马怎么也不能叫它不驯服起来，他们有些东西一模一样。庄永霞站在那堆泥跟前。国顺站在搭起来的架子上。他们好像没有感觉到我们过来，没有来到他们身后，没有看见他们抹上去泥的山墙。他们连看我们一眼也不看，也认为这幢房子跟我们一点关系也没有。我们可以觉得跟我们一点关系也没有，他们不能觉得没有关系！

"喂——"我说，"你们家就剩下窗户框没有上。"我指着空空的窗户，想看看他们怎么说。

"多啦，"国顺抹上去一抹子泥，"还有二棚没有挂。"他把泥抹了又抹，恐怕抹不平。

"行啦！"姐姐又说起他，她看不惯他抹了又抹。

"不行！"杨香说。她的口气因为说到这个问题又和我们过不去，又不驯服了。

"又不是擀烙饼。"姐姐说。

"怎么地！"杨香说。

"有什么了不起！"姐姐说。

"比你们家的好！"杨香美滋滋地摇着头，看着前面我们家住的简易房。

"还是我们家的房子哪！"姐姐终于斜着眼看着她低声说道。

"哪是你们家的？"杨香摸着自己的大肚子，用劲儿吸着气。

"别装糊涂！"我说。

"谁装糊涂！"杨香喊道。"妈！"她喊起妈来，好像她真有个妈。

"哪是你们家的？"庄永霞接起来她的话茬儿，好像她真有一个亲姑娘，和她亲姑娘一样问我们。

"怎么地？"我说。

"你说哪是你们家的？"杨香指着崭新的房子让我们说。

"不是你们家的房子！"庄永霞端着一锹泥停在院子里强调道。

"你们俩说清楚！"杨香非让我们说。我们说不清楚。

"行啦！"庄永霞冲着我们笑一笑，又冲着杨香笑一笑，好像在劝解着我们，同时也像在宽容着我们，我们真的没有话可以说。

"别说话！"国顺突然也不让我们说话，他也停下来，不但停下来，而且悄悄地蹲下身，从搭着跳板的架子上跳下去，落到一摊泥上，他也没有理会。眼睛始终往风化石大道上看着，没有顾得上弄掉坐了一屁股的泥，缕着架子底下湿漉漉的墙根猫着腰跑到我们面前，撒腿往前面的菜地里跑去。

我们听见那匹马咴咴的长嘶声，不是菜地前面马圈里那两匹马，不是我们家的两匹母马，它们不会咴咴地长嘶，它们叫起来又短又急促，完全是母马的叫声。长嘶是公马的事情，是公马兴奋或者急躁不安的表露。那匹站在路边的公马随着嘶鸣声，跑到路上，顺着风化石大道朝房后跑去。我们朝着公马奔跑的方向看过去，看见三个人迎着它跑过来。三个人围住公马，一个人抱住马的脖子，一个人抚摸马的背部，剩下一个人用脸蹭着马长长的白鼻梁，好像他们和公马之间经历了生离死别，经历了长途跋涉，现在终于久别重逢。公马不再长嘶，低着头和三个人亲昵地拥在一起。足足拥抱了有三分钟，他们才分开来。两个人凑到抚摸马背的那个人跟前，三个人看结了一层硬血痂的马背，敲出来钢钢的铠甲声。他们没有再说话，朝着路两边看一眼。一个人牵着马，两个人跟在马后面，往前走过来。没有到这边来，拐到房山对着房山的另一侧的院子里，问裂开好多缝子的房子里有没有人。"有有有。"三杨从他们家破房子里出来（那才是他们家的房子）。他正在里面收拾准备搬家的东西，正抱着一尊佛龛放到窗台上，让里面的佛晒一晒太阳。晒在太阳底下的还有好多破破烂烂，都潮乎乎的，长了一层又一层绿毛。"国顺国顺——"三杨没有等他们三个人说话，他就知道怎么回事，急忙朝着对面房子喊国顺，边喊边穿过大道往对面走来。三个人牵着马跟在他身后，阴沉着脸一言不发。

"国顺呢？"三杨走下路基，停在和好的泥旁边问她们。

庄永霞朝前面的菜地望一眼，杨香也往菜地里望去。菜地里一个人影也见不到。

"刚才还在这儿！"三杨看看庄永霞，看看杨香，看看我和姐姐。

"看我们干吗！"姐姐说。

"你们和我们有什么关系！"我说。

"刚才还在这哪！"三杨转身看着他们三个人，"我也不知道怎么回事。"他急忙把自己抖搂干净。

"找着他！"他们三个人中的一人说。

"我找我找！"三杨点着头，绕着一堆泥转了好几圈，好像国顺在泥里面藏着，然后又原路返回去。一个人跟着他返回去。三杨进屋，那个人也跟进屋。他们马上又出来，又爬到对面玉米楼上转一圈，两个人一同下来。那个人用力推了三杨一把，三杨差点儿摔倒，紧跑几步，才又跑回来，又在新房子里转悠一圈，毫无所获地停在泥跟前。

"嘻嘻嘻——"姐姐笑起来，边笑边左一下右一下地摇晃着脑袋。

"用不着你臭美！"杨香说道。

"就臭美就臭美。"姐姐更快地摇晃着脑袋。

"你去那边找一找。"庄永霞指一指菜地的方向。

"对。"三杨拍一下脑袋，好像想起来什么，好像他知道国顺藏在那里面。

"走走走。"他招呼他们往菜地里去找国顺。

"那边是我们家！"我说。

"从这开始就是我们家！"姐姐站到菜地边上比画一下手，冲着菜地最后一条垄沟划一下，不许到我们家去，不许三杨跨过那条垄。

"他就是从菜地里跑过去的。"庄永霞指着菜地说。

"他是你们家的人又不是我们家的人！"姐姐说。

"我们得把人找到！"两个人绕过姐姐朝菜地走去。

"你得带我们去！"他们站在菜地里回过头指着三杨，"找不到我们就饶不了你。"他们狠狠地瞪着他。

"我去找我去找——"三杨推开姐姐，跟上他们。

　　"我不许你们翻我们家的东西！"姐姐跟在他们后面，一步也不离开。

　　"你见过他吗？"剩下的一个人问我。

　　"是和他们一家的。"我看着庄永霞和杨香。

　　"找到他饶不了他！"那个人说的是国顺。

　　"找不到他饶不了你们俩！"他冲着庄永霞和杨香说。

　　"你们怎么知道就是他？"庄永霞说。

　　"那是你？！"那个人吼道。

　　"好啊，那你饶不了我啊！"庄永霞轻松地说着，撮起一锹泥，端着泥走到搭在墙四周的木架子底下，把泥放到托泥板上，一个人爬上去，用抹子抹起墙来。

　　他们没有找到国顺，他们三个人走回来，三杨走在两个人前面，两个人轮流推着他，把他推得一会儿撞到树干上，树哗哗直响，一会儿撞到马棚上，马棚摇摇晃晃。

　　"我们饶不了你！"他们一边推一边告诉三杨。

　　"饶不了你！"姐姐跟上来，笑嘻嘻地学着他们的话说。

　　"你还说我！"三杨东倒西歪地冲姐姐苦笑道。

　　"跟我有什么关系，你去跟人家说。"姐姐朝他们挤着眼。

　　他们走过马棚，走到运动场跟前停下来，俯下身趴到栏杆上，看着躺在如薅草上的大肚子母马。母马气喘吁吁，大肚子又大了几分。

　　"这是我们家的马！"姐姐翻过栏杆，用身子挡住他们的视线。他们没有理会姐姐，相互望一眼，笑一笑，一同翻过栏杆，牵住怀上崽的那一匹母马，却怎么拽也拽不起来，母马怎么也不离开自己揸好的草窝。姐姐对这突如其来的变化没有丝毫准备，她一边阻止他们拽母马，一边爹呀妈呀地叫喊起来。三杨也害怕了，他也翻到运动场里，冲着他们又作揖又哈腰，快给他们跪下来了，求他们不要牵走不是他们家的马。我也跑过去，和姐姐和三杨，三个人夺下来缰绳，不让他们靠近母马一步。"我爹回来啦——"姐姐喊一声。我一下子抱住他们不让他们走，他们挣脱开，转身打开运动场的栏杆。另一匹马，另一匹爹不让跟公马交配的母马，另一匹急得噢噢叫的母马。我们真怨不得他们，它要是跟怀上崽的那一匹一样，誓死不起来，卧在圈里等着我们和他们进行一番较量，它肯定不会被他们理会。他们要带走的是两匹马，一匹母马和它肚子里的另一匹小马。刚刚打开一道栏杆，另一匹自动跳过一道栏杆，跑过那片菜地，跑到那匹爹不让跟它交配的公马跟前，低下头，伸长脖子，去闻公马两条后腿中间郎当老长的黑家伙，边闻边往公马跟前蹭歪，边蹭歪边撞公马的屁股。

"爹呢？！"我没有看见爹。

"嘿嘿嘿——"他们回到它们跟前，看着它的样子笑起来，指着母马说他们不用费劲儿它自己送上门来了。

"你们看——"他们回头让我们看母马主动勾引公马的情景。

"讨厌！"姐姐不敢看，用双手捂住脸。

"嘿嘿嘿——"三杨他们家的也跟着他们笑起来，好像他们家的事情没有了，反倒成了我们家的事情，成为我们家另一匹母马惹的事情，和国顺偷来的公马没有关系。他们不再理会找到找不到国顺，不再理会饶得了谁饶不了谁。

"你还不把它牵回去！"姐姐从手指缝里看着我。

我上前去牵马。它不理我，它往公马身上凑过去。公马没有想跟它交配的意思，它拼命要让人家趴到身上来，人家不理它，它反而往人家身上趴。

　　"下来！"我抓住它的尾巴往下拖，它像焊在上面不下来。"帮我一下。"我冲着三杨说。他也跟着他们笑，没有要帮我的意思。"你等着！"我狠狠地说他一句。三杨这才上来帮我往下拽它。

　　"你不用管！"庄永霞不让他帮我。"你们家惹的事！"姐姐不再捂住脸，她冲着庄永霞说。

　　"哈哈哈——"三个人看我拽不下来，又笑起来。一个大笑的人离开他们，穿过风化石路，来到对面院子里，转了一圈，抱起来放在窗台上晒着的佛龛，带头跑到路上，往房后走去。"驾——"这边两个人赶起公马，也上到路上。他们不用管母马，它就紧跟在公马后面，不住地蹭着公马的屁股，不住地闻公马郎当老长的黑家伙，不住地往公马的身上趴。公马不理它，不停下来，继续往前走。它摔下来，还不罢休，紧跑几步，又往公马身上趴，又摔下来。"你把它拽住！"姐姐不停地说。我也不停地拽它。可它真是不知道羞耻，真是不知道丢脸。我都跟着它丢脸！我拽住它。它还在用劲地往外挣脱着，四蹄用力刨着风化石路，刨得石子弹起来，打到我的腿上，我的腿像被带牙的东西咬了一口，我一弯腰，手里的缰绳被拽出去。

　　"拽住它呀！"姐姐喊道。我已经拽不住它，它拼命地朝前跑去，跑过了篮球场，跑到礼堂前面，在一片万年青松柏的遮掩下，拐向了通向场院的土道。"快去追——"姐姐迈过排水沟，迈到路基上来。"你们用不着笑！"她回头冲着他们家的人喊道。

　　"嘻嘻嘻——"数杨香笑的声音最大，她捂着大肚子笑得脸色发红，两只脚来回跺着地。

"快去快去——"庄永霞停住笑声，她感到问题有些严重，紧跟着跑过来，三杨跟在她后面。他们过了一会儿跑到我们的前面，我们追到场院，没有看见两匹马，问打玉米地赶着奶牛出来的放牧员，他们说看见两匹马从场院后面的土道上跑过去，说是两个人骑在前面一匹公马上，剩下一个人骑在后面的母马上，怀里抱着一个东西，闪闪发光。

"追呀！"姐姐跑过土道，跑到玉米地里。

"什么闪闪发光的东西？"三杨马上问。"放牧员说不上来。是不是……"三杨眨动着眼睛，"不行！"他没有说出来他想到的是什么东西，扭头往家跑去。

"还不快跟你姐姐去追！"庄永霞提醒我，我才发现姐姐不在身边，我跑到玉米地里喊着姐姐。

"我在里面。"她的回声很远，但很清楚。

玉米地里密不透风，遮天蔽日。我等着庄永霞跟上来，她没有跟上来，我喊她两声，她也没有答应。我知道她把我支到玉米地里她就回家去了。我在有些发黄的玉米地里喊着姐姐，姐姐在前面答应着。我冲着那个方向跑去。宽大的玉米叶子拉着脸，粗大的带着长须子的玉米棒子挡在胸口上，跑不起来，追不上姐姐。姐姐在离我不远的前方，在玉米地里奔跑。我一声声喊着她，她一声声回答着我。我们的距离一会儿近，一会儿远。直到听不见姐姐的回答，眼前霍然亮起来一大片天空，我才看见姐姐，她站在玉米地的另一头。这一头正好挨着与土道连接的公路，这是他们的必经之路。我和姐姐抄近路，穿过玉米地，守在路边。她的脸上一道一道发红的肿印子，是玉米叶子拉的。我脸上也火辣辣地疼。

“你的脸上火辣辣地疼吗？”我问姐姐。

“不疼！”姐姐盯着公路，她一点也感觉不到疼痛。

“你不是说爹回来了？”我又想起来。

“我骗他们。”姐姐说。

“骗他们也没用。”我说。

“是没用啊！”姐姐说。

公路上跑过去好多车，汽车马车，都是往返于场院和粮库之间送粮的车辆，就是不见两匹马和三个人。我们焦急地等待着。身后的玉米地里一片沙沙的响动，响动过后，跑出来满脸汗水的三杨，跟着跑出来上气不接下气的庄永霞。他们俩的到来真让我们感动。他们看上去比我们还着急。

“你们不用着急，着急也没有用。”我安慰着他们。

“不是啊不是——”三杨拍着大腿叫道。

“不是什么？”姐姐觉得不对劲儿。

“我的命根子！”三杨甩动着脑袋。

“瞧你这没出息的样子！”庄永霞指着他的脸骂道。

“你才没出息！”三杨瞪着眼睛，伸着脖子，冲着她的脸回敬道。

“嚯——”庄永霞往后退一步。

“嚯什么嚯！”三杨继续冲着她喊。

“好像丢了魂儿一样。”庄永霞说。

“可不是丢了魂儿！”三杨快要哭了，“可不是丢了魂儿啊！”他带着哭腔喊道。

　　我们家的一匹马，还有他们家晒在窗台上的一尊没有晒热乎的佛龛不翼而飞。三杨比我们还要着急。在他看来佛龛里面的东西比一匹马重要。他要把这股火撒出来，这股无明火叫他絮絮叨叨，叫他骂骂咧咧了一道，见到路上石头踢石头，见到路边的奶牛轰跑奶牛，见到没招没惹他的人也瞪眼睛，好像他变得谁也不怕谁都敢惹，不再是窝窝囊囊的他，完全变换了一个人，一个天不怕地不怕的人。直到回到他们家正抹了一半的房子前面，他更是为所欲为：不让庄永霞铲泥，不让她抹墙，不让杨香坐在土堆上，看着她站起来，左右摇晃。不让姐姐和我瞅他，不让我们迈进他们家横七竖八的院落。他看见没有人吭声，自己走到那排搭在墙四周的木架子下面，把放在木板上面的托泥板扔到地上，把亮晶晶的泥抹子朝墙上扔去。墙上的泥没有干，泥抹子打到墙上，剜下来一大块湿泥，露出来里面黑乎乎的旧墙皮。我们家的旧墙皮！

　　"看什么看！"他一回头，看见庄永霞瞪着他。

　　"你还没折腾够！"庄永霞愤愤地说。

　　"没有！"三杨举起靠在木架子上的铁锹，又向着墙上砍去。

　　"爹——"杨香喊道。

　　"我让你们抹！"他用锹把墙上的泥砍出来一道子又一道子，露出来一道子又一道子我们家的旧墙皮。直砍得他气喘吁吁，没有力气，才放下手，倚在木架子上，挂着锹把喘粗气。"你们还不回你们家去——"他挂在锹把上，抬起头又冲着我们喊。

　　"我们家的马怎么办？"姐姐不像庄永霞和杨香任他发火，她还在惦记着那匹母马。

　　"那不怨我们！"庄永霞马上说，"你们俩看见了，"她看看我，"是它自己跟他们跑的！"她把目光落到姐姐身上。她正扶着杨香靠在扬起车辕的车帮上。那辆拉完土又拉木板的马车停在房前的土堆前面，土堆已经变成了泥，马已经无影无踪。

"没有你们家惹的事，它怎么能跟他们跑！"姐姐往她们跟前走几步，走到扬起来的车辕下面，车辕上郎当下来的马鞍肚带嚼子，高悬在姐姐头顶上。

"没有我们家它也会跟别的家公马跑。"庄永霞离开车帮，向前走一步，和姐姐离得很近，中间隔着扬起来的车辕。

"它早晚都得跑！"杨香靠到车帮上，肚子高高挺出来。

"不是这匹公马也会是别的公马！"庄永霞好像想起来母马勾引公马的情景，"早跑晚跑一个样。"她嘿嘿笑着说。

"瞎说！"姐姐也想到那一幕，她的脸一红，抬起手够到车辕上的东西往下一拽。"哗啦啦——"拽下来一大堆东西，差点儿落到庄永霞头上。

"哎唷——"杨香惊叫一声。

"你把她吓着了！"庄永霞退回去，扶住她。

"三杨！"我指着他。

"我比你们还心疼！"他摸着自己的胸口，像摸到疼痛的心。

"你那是什么破玩意儿！"姐姐说。

"你敢说它破玩意儿？"杨香喊着问道，"它回头找你们家去，"她吓唬姐姐，"它是我奶奶的魂儿！"她瞪大眼睛，脸上的蝴蝶斑又大又明显。

"什么？"姐姐皱起眉头。

"我奶奶的魂儿托到它上面，噢噢叫的魂儿晚上找你们算账！"杨香张开两只手，在她难看的脸前挠动着，难看的脸上浮现出的神情叫我们真有些相信她早已死去的奶奶还有个魂儿托在那个东西上面。"我奶奶的魂儿来找过我，就在她死了的晚上，我听见玉米楼上啪嗒响一下。"杨香指着她住的玉米楼。我们都往玉米楼的方向看。庄永霞和三杨也往那个方向看。也和我们一样被她的话吓唬住。"又上到房顶的烟囱上，"她又指着对面破房子的房顶，房顶上用砖头摞成的烟囱上，缠着好几圈铁丝，铁丝上挂着亮晶晶的油烟，"又上到房后的树上，挂到树上一张又大又圆的脸。"冲着我摆手叫我别追了，追不上她。杨香说的像是真的，像是死去很久的老太太复活过来的脸。我和姐姐看着她，庄永霞和三杨看着她。她的脸上笼罩着神秘的神情，语气也不像平时的语气。"不信你们问国顺，她也不喜欢国顺，"杨香提起来国顺，"也不喜欢我。"又提起来她自己。我们这才想到国顺：他惹起的祸，惹了祸一跑了之，跑到菜地里不见人影。"你们把他找来呀！"杨香的语气又像平时一样叽叽喳喳，脸上又恢复了焦急的神色。我们这才想到他是整个事件的祸根，三杨也是这么想的，他听到国顺的名字，一下子来了精神，提上锹往房后走去。我们往前面走去，边走边喊他，一直喊到前面的麦地里。

国顺从麦秸垛里钻出来，身上沾着闪着亮光的新鲜的麦秸。他走在同样闪着亮光的麦茬地里，边走边伸展着胳膊，打着长长的哈欠。脸上还挂着睡意，还沾着泥点，手上也沾着泥点，泥点儿已经干在上面。他笑嘻嘻地朝着我们走过来，为了他的侥幸逃脱，为了他美美地睡了一觉。他不知道我们所遭受的损失。跟着我们走过马棚，走到运动场跟前，看到只剩下一匹大肚子母马，他才相信另一匹母马没有了。

"没有事，它会回来的。"国顺立刻说。

"怎么会回来？"我问他。

"它就是憋了太长时间。"国顺看看姐姐，姐姐把脸扭到一边。

"那是你说的。"姐姐冲着一边说。

"它完了事就会往家跑。"国顺显得很自信。

"什么时候完事？"我问。

"没准一会儿，没准晚上，没准明天。"国顺离开马圈，往后面走去。

"没准明年，没准后年，没准永远回不来。"我说。

"不可能！"国顺头也没有回说道。

"你上哪去了？"杨香老远就喊。

"我睡了一觉。"国顺又笑嘻嘻起来。

"你还笑！"庄永霞扶着杨香，扶她坐到倾斜下来的车厢板边上，"你看看你看看——"庄永霞挥着胳膊指着身后抹了一半的山墙。

国顺看到七零八落的墙皮，没有说话，捡起托泥板捡起抹子，爬上架子，用抹子把没有干的泥抹开，遮盖住墙上横七竖八的道道。盖住了我们家的东西。

"国顺！"杨香还没有来得及说更多的话，就看见三杨从房后回来。

"你快上房去！"庄永霞紧跟着让他上到房顶上。

国顺侧下头看着三杨，三杨没有理他，举起手里的铁锹朝着他砍过去。国顺因为有了准备，扔下托泥板扔下抹子，双手撑着房檐，用劲儿一撑，身子跟着翻上去，手脚并用，几下爬到房脊上，坐到上面。

我们整个下午都待在空荡荡的屋子里，站在后窗户下面，隔着马棚隔着菜地，看着国顺坐在房顶上，三杨拄着锹站在房下面。

"你相不相信有那么回事？"姐姐问我。

"哪回事？"我看着她。

"就是杨香说她奶奶魂儿的事。"姐姐说。她不看我。她的脸上笼罩上一层愁容。

我也不知道有没有那么回事，对此我也不知道应该说些什么。我们又去看房后头。国顺坐在房顶上不吭声，三杨一个人在骂他。骂声传过来，他不是骂他偷了一匹马，不是骂他偷的马还把我们家的马给拐跑了一匹，骂他偷的时候不长眼睛不看清楚了会不会有人找上门来，找上门来你跑得没影了，让我给你擦屁股，屁股没擦干净倒搭上一尊佛。那东西可以跟着杨香的奶奶一起走，可以哪儿来的送回哪儿去。千万不能弄丢了，被人偷走了，就像被偷走了魂儿，魂儿被偷走了，这日子没有底了，没有底的日子天天得提心吊胆。"

这有什么提心吊胆的？"庄永霞问了一句，"新房子要住上了。"她自己又说道。说完脱了鞋，走到泥里，在泡好的泥里踩起来。

"胡说八道！"三杨喊了一声，"那是以前的日子。"他冲着庄永霞说。

"以前的穷日子，"庄永霞踩着的泥发出来咕叽咕叽的声音，"穷日子叫人给抱走了。"她咯咯咯地笑出声来。

国顺也笑一笑，没有笑出声。

"不是妈，不是！"杨香改变了语气，又喊起不是她妈来。

"不是！"三杨接着又喊了一声，"以前的穷日子从今天起也没有了，不知道还会出现什么事情，非得出大事情！"三杨用劲踩下去锹背，锹刃插进地里，锹站在那里。

"别吓唬我们。"庄永霞抬头看一看房顶上。国顺冲她点点头。

"不是吓唬你们，妈！"杨香看看房上，又看看房下。

"讨厌讨厌——"姐姐捂住耳朵，离开窗口，在里屋地上走来走去。她说着讨厌，但又被讨厌的东西纠缠着，我也和她一样被那个讨厌的东西纠缠着。它就在房后头，在他们说话的语气里，在咕叽咕叽的泥声里，在那边的犄角旮旯里。一直纠缠到外面的光线暗淡下去，他们家新苫的房顶上不再有反射出来的阳光，不再有坐在上面的人影儿，不再有咕叽咕叽的泥声，不再有他们的说话声，不再有从前面麦地里滋生出来露水清新的气息。蝈蝈在暗淡下来的麦地里不再叫唤。传出来外面墙根下和屋里锅台缝里蛐蛐儿的叫声。

"别让蚊子进来。"姐姐爬上炕，关上窗户，坐在窗台上，望着外面的天空。天空中剩下一抹红霞，镶嵌在天和地接壤的边界上。"你说说，"她用两只手撑着窗台，把脸贴到玻璃上，"有时候什么事情都弄不清楚。"她一直坐到外面黑得看不清楚院子里的树桩，看不见风化石路边的树。

"你还不下来做饭？"我这才说话，才想到爹他们正行驶在盘山道上。

"我也不知道怎么回事，"姐姐没有下来，她回过头，"我也不知道怎么啦就是不想去。"她的脸色和窗外是一种颜色，屋子里没有打灯，四壁模模糊糊，只可以感到东西南北的墙壁。

"你说你再也不去了！"我坐到后窗户下搭起来的马军睡的床板上，想起来她发出来的誓言。

"咯咯咯——"姐姐咯咯地笑起来，像母鸡领着小鸡咯咯咯地叫。

"再也不去粮库再也不去他们家。"我说出来。

"我没有说。"姐姐说。

"快做饭吧!"我说。

"没有说再也不去他们家。"姐姐又说,"唉——"又叹着气从炕里挪下来,"真没有意思!"她晃荡着腿说,"你有意思吗?"她问我。显然看不见她的眼睛,但分明能感觉得到,就像两个又尖又亮的图钉钉在我的身上。

"你还没有意思?"我说。我想到她和马军,他们肆无忌惮的笑声让我想起来就感到浑身不舒服。

"早晚还得过去。"她知道我说的再也不去他们家指的是什么。她站到屋地上,和我面对面,摇晃着头。我看不见她摇头,但可听到她耳朵上响起的叮当叮当的鱼的声音。"早晚我得离开!"她说着走得到外屋去,"走啊走啊走啊走……"她唱起歌来,"走到一个好婆家……"外屋窗台上的灯亮了,通过中间墙上的窗口,灯光照进里屋,在里屋墙上闪烁。"你去抱柴火呀——"她敲一下玻璃,"快去呀!"她又敲一下玻璃。

"……好婆家啊好婆家……"她又唱起来,一直唱着这一句。

夜空中还没有满月,星星挺多挺亮,形成一个拱形,像巨大的拱形屋顶,在这个屋顶下面,一排榆树高大葱郁,还有前后的房屋,都敦敦实实。那排榆树下的柴火都已经干透了,它们是春天麦地边上的墒条和椴树枝。抱起来树枝咔吧咔吧折断的声音又脆又响。

"咴咴咴——"我放下柴火,往前走过去,马在疲惫不堪地叫唤。

"它憋得时间太长了，完了事它就会往家跑。"国顺说。我问什么时候完事。他说没准一会儿没准晚上没准明天。

一匹马就在附近，马的眼睛里散发着幽蓝的亮光，把栏杆弄得咣咣响，把脖子伸向栏杆外面，好像能够伸得无比的长。我从栏杆底下钻进去，蹲在马跟前，摸索到它高高隆起的肚子，肚皮下面微微往起颤动，是里面的马驹在动。它在嚼着栏杆外面的草，嚼出来咔吧咔吧的声音。看来它要下崽了！没有另一匹马，如果有，它应该在我头上，喷着热气。"去——"我正好能够推开它，正好能够推到它黏糊糊的嘴上。

"马快要下崽了，"我回到屋里说，"那匹马还没有回来。"我一下说出来两匹马的情况。

"……好婆家好婆家……"姐姐又回到屋里，回到炕上，在炕上又唱又跳，甩动着红红的披肩、红红的帽子，红皮靴子跳得炕面咚咚响。这些是国顺他们家带给她的东西，她又换上它们，又摘掉耳朵上的两条鱼。"……好婆家好婆家……"她唱着唱着跳下来，跳到外屋，抱起来一抱麦秸，点着了火，火光亮一下。"……好婆家……"她唱着把埽条和椴树枝撅断，添进炉灶里，架到跳动的火苗上，噼啪作响的树枝溅出来火星，溅到她的手背上。"哎哟——"她惊叫一声站起来，火光大起来。"……好什么好……"她捂着手背在火光里不再跳动，锅里的水哗啦哗啦地响起来。

"你折腾吧！"我离开她，躺到屋里的炕上。顶棚上有一块四四方方的亮光，正是墙中间窗户的形状。

"我也不知道！"她捂着手背站在火光里，站在窗户形状里——通红的披肩通红的靴子又红又亮的帽子。

我的手背上黏糊糊的，它们是马嘴上的黏液。那匹马快生了，杨香快生了。

"你说呢？"姐姐又不唱了，站在火光里，披着那些东西，"你说呢？"她看着火苗，一脸出神的表情。

"什么？"我说。

"是不是？"她问我。

"什么是不是？"我又问她。

"你一点也不知道？"她说。

"我知道什么？"我说。

"什么破地方！"她说，"什么破马什么破房子，"姐姐把外屋地的柴火弄得咔吧咔吧响，"我不喜欢这些破东西！"

那匹马明天也不会回来。我看不见墙上和棚顶上的那片光影。那匹马快生了。杨香快生了。

"我什么都不知道！"姐姐说，"谁知道怎么样！"她又胡思乱想着，"谁知道好不好啊！"她又把那些东西摘下来。

他们站在我的眼前，我正在做梦，正梦见姐姐马军两个人摸来摸去，是马军摸来摸去，不是姐姐摸来摸去。"谁知道好不好啊！"姐姐正在说。他们——爹、妈、马军降落在我的睡梦里，仿佛从天而降。爹胳膊上缠着的纱布格外醒目。纱布又把胳膊吊在脖子上。"这是谁！"我还以为在梦里，摇一摇脑袋，听见他们的说话声，听见姐姐嘤嘤的哭声。

"我说再也不去你们非得去。"姐姐哭着说。

"麻袋掉下来谁也没办法。"马军说。

"就不应该接。"妈妈说，"疼不疼？"她问爹，"那么沉的麻袋。"

"唉!"爹叹口气。

"你干吗不接!"姐姐停止哭泣责问马军。

"我没有看见。"马军说,"我正跟老板他们说话的工夫麻袋掉下来的。"

"谁接也不行!"妈妈说。

"掉地下就掉地下!"姐姐说。

"掉地下我怕麻袋摔破了。"爹说。

"摔破了就摔破了。"姐姐说。"就怨你!"她又说马军。

"断了吗?"我说。窗外已经有微紫的光亮。

"断了!"爹说。

"接上了。"妈妈说。

"你干吗不接哪!"姐姐又冲马军喊道。

"我没跟你说吗,我不在跟前!"马军说。

"你嚷什么!"姐姐说。

"你才嚷哪!"马军说。

"我嚷不许你嚷!"姐姐喊道。

"我看见它掉下来也不会接的,"马军也喊道,"那么大一麻袋麦子,叫我接!二百多斤的麻袋,从那么老高掉下来——我才不接!"

"别嚷嚷!"爹说,"睡觉吧。"他有气无力地坐到炕沿上,纱布在胸前分外醒目。

我又和他们躺下来,脸朝着窗户,窗外出现一丝曙光。爹隔着妈妈姐姐,紧挨着墙壁。马军在对面板铺上,他一边抠着后窗台上的土一边说:"我们去了医院,叫了半天才把值班医生叫醒。"

"胳膊都变了形。"妈妈也说话了。

"要不然得第二天才能接上。"马军说。

"爹——"姐姐咬着被子，"爹——"她又哭起来，白纱布十分显眼，嘤嘤的哭声在屋子里像一只蜜蜂，"我去了也不去他们家。"

"行啦。"爹说。他面朝墙，胳膊放在被子上。

"马上就打上石膏。"马军说。

"伤筋动骨一百天。"妈妈喘息声平缓起来。

爹没有打呼噜。

"我把照片取出来了。"马军说。没有人理他。"我困了。"他跟着打起了呼噜。

"你是不是疼？"妈妈伸手摸一摸爹的胳膊，"你要是疼就吭声。"妈妈不让爹忍着。

"爹——"姐姐坐起来，"爹——"她喊着。"你也不说！"她推着我。

我不知道她要说什么。

"咱们家的马叫人家牵走了！"姐姐说。

"什么？"妈妈坐起来。

"就怨他们家！"姐姐指着房后头，"他们家偷了人家的马人家找上门来牵走了我们家的马！"姐姐一口气说了好长的一句话。

"怎么办？"妈妈说。

"是怀崽的那匹马？"爹说。

"不是。"我说。

爹没有说话，他很快打起呼噜来，和马军的呼噜并驾齐驱。

他们还在睡觉，我早早起来，走到麦地边上，弯着腰收拾着大犁，先把犁片上的土抠掉，再把防止犁片松动的螺丝挨个拧紧。犁片已经锈迹斑斑，我得找一块砂纸去。我往屋里走去，迎面碰上姐姐跑出屋，头发乱蓬蓬，脸乌突突。

"爹哪？"她停下四处张望。

"都睡觉哪。"我说。

"没有。"姐姐说，"爹——"她朝着麦地里跑去。

我回头看见爹挎着胳膊，在麦地里走来走去。我不知道爹是什么时候从我身边走过去的。空荡荡的地里又长出一层麦苗，是那些遗落到地里的麦穗儿，经过一场秋雨之后，长出来的新苗儿。越往远处它们显得越发地绿，毛茸茸的一片，像重新播种了一茬麦子，正在苗壮成长。

我到屋里翻腾抽屉，抽屉里都是爹的东西，都是零七八碎的破铜烂铁。妈妈"嗯"了一声。我停下来，回头看见她睁开眼睛，盯着顶棚眨着眼皮。我又翻腾起来，翻到又粗又硬的砂纸。"啊——"马军叫了一声，他翻过身，脸朝着墙咔吧咔吧磕着牙，露着半截后背。妈妈一直盯着顶棚，我那么翻腾也没有惊动她，好像顶棚上有她需要考虑的重要的东西，打扰也打扰不了。我出来走回到大犁跟前，用砂纸擦生锈的犁片。"咔嚓咔嚓——"砂纸发出来锉一样的声音。"真烦人！"姐姐听到砂纸声，她的耳朵就是这么尖，隔着那么远还能听得到砂纸声。她还在低着头，一步一步走着，脚落下得很慢，躲着扎脚的麦茬儿。地里面吹过来的风，吹得她的衣服在背后鼓起一个大包。

"你别弄了。"妈妈出了屋，她不让我擦犁片。

"真扎人！"姐姐回一下头。

"快去。"妈妈看见麦地里走着的爹。

"爹——"姐姐跑起来，不顾扎脚的麦茬儿，身体来回来去摆动着，嘴里喊着爹，手在头顶上摇晃着。

爹听到叫他，一只手扶着打上石膏的胳膊，迎着姐姐走过来。"是不是疼？"姐姐不住地问道。她以为这样就会减轻爹的疼痛。爹没有说疼还是不疼，跟着她走回来。爹走得小心谨慎，一步是一步，不让断胳膊挨到身上，身上的颤动会碰到胳膊。

我坐到大犁的转盘座上继续擦着砂纸，看着他们走过来，看见大群的乌鸦从远处的群山飞过来，它们的影子落到麦地上，随着它们在移动。它们很快跟上他们，在他们头顶上，仅隔几米的距离，巨大的影子落到他们头上脸上。还有它们油亮的翅膀，油亮的爪子，一对又一对又小又亮的眼睛，像抹上了一层油一样亮。

"滚开！"姐姐不住地往头顶上挥动着手，想把它们哄走，它们不理她。

"你哄不走。"我说她。爹走到她前面。

"你不用擦，"爹到我面前，上了石膏的胳膊又粗又亮，"还得翻地，"他回头看一看。

"不是春天翻地吗？"我不擦了。

"秋翻地比春翻地好，"爹走过去，"秋翻地经过一个冬天，能够有时间把翻过去的麦茬沤烂，"爹告诉我。

"你才哄不走哪！"姐姐停下来，抬脚踢到犁片上，踢疼了她的脚，她不愿意让我看出来，扭头走起来，一走一踮脚。"看什么看！"她不回头就知道我看着她。爹向前弯着腰，是一个心事重重的背影，好像那里包含着难以表达的痛苦。

"把犁放低，"爹也知道我看他，"翻得深一些。"他没回头说。

"听见了没有？"姐姐停一下问我。

"走一走好一点吗？"妈妈等着爹到门口。

"你让她安静一会儿比什么都好。"爹直接走过去，走到房山的阴影里。

"妈——"姐姐停在妈妈眼前。

"我没有叫你去吵吵。"妈妈说她。

"噢——"姐姐激动得说不出话。她又噢一声，"怨我，怨我把爹胳膊弄断的——"她叫道。

"不是怨你，"妈妈看着爹，"是不让你吵吵嚷嚷。"爹走到房后，走向马圈。

"好心当个驴肝肺！"姐姐说。

"你别吵吵！"妈妈说。

"什么都怨我！"姐姐抓住妈妈的胳膊，用力地摇晃。

"撒开！"妈妈说，她用劲抽出胳膊，走回屋去。

"马军！"姐姐也跟进去。

"马军！"姐姐马上又出来，看着房顶看着麦地，四处乱瞅着。

"他还睡觉哪。"我说。

"谁睡觉了？"马军说。他在高高的康拜因上面，在道路旁边高高的树冠下面，手里拿着一杆硬铅做的黄油枪，把枪把压得咣叽咣叽响，黄油顺着弯曲的细管子压出来，压到机器上大大小小的孔洞里。

姐姐跑过去，没有停，直接跑上铁梯。"你弄这个破玩意儿干什么？"她伸长脖子。

"加油啊。"马军放下油枪。"干什么？"他看见姐姐又烦又恼的脸。

"你说干什么——"姐姐冲着他嚷道。

"我我……"马军向我这边看着。他的脸在树叶里面，头顶上垂下来杨树叶子，杨树比康拜因高出来树冠的部分。

"敢情你好了！"姐姐往前冲两步，马军退两步。"敢情你好了！"姐姐还往前冲，他还往后退。

"我求求你我给你看照片，"马军不能往后退，再退就掉进脱粒用的拖斗里面，"我给你看。"他拿出取来的照片递给姐姐。

"我穿新衣服照得一点也不好看！"姐姐看着照片低下声音。

"好看好看——"马军凑过去脑袋，和姐姐头挨着头看起来。

他们惊愕地看着爹，好像一夜之间不认识他一样。他们三个人都站成一排，杨香还挺着大肚子，庄永霞也不例外，也站在那里。他们身后的房子还是原来的样子，没有动一锹泥。国顺也没有把跟我们说的话跟爹再说一遍。倒是杨香先张开嘴，她说起那匹马，说它怎么跟着公马跑的，说它憋不住直往公马身上趴，说只要是公的它都会跟着跑掉，说不是这一回也得是下一回。

"是不是，妈？"她说完了问庄永霞，管她叫着妈。

"不怨我们。"庄永霞说。

"不怨国顺。"杨香说。

"真的！"国顺说的真的不知道是指什么，是指她们说的话，还是指她们说的事，他的话软绵绵的，没有一点儿底气，眼睛不敢看着爹。

"那是不是你偷的马？"爹停一会儿问国顺。

"是我牵回家来的。"国顺说。

"那是不是你牵回来的马把它勾走的？"爹又问。

"是它自己往人家身上趴。"杨香说。

"要是他不偷人家的马呢？"爹看着杨香，"这么说吧，要是没有他偷的公马，"爹显得十分有耐心，"它再想往身上趴能趴上去吗？问你——"爹指着庄永霞，看着杨香，等着她的称呼。

"我妈！"杨香干脆地回答。

"噢——你妈！呵呵——"爹干笑了两下，带着嘲笑的语气，"明白了吧？"他用那种语气问着他们三个人。他们说不上来，被爹绕来绕去的话弄糊涂，眨着眼睛互相看着，也没有看明白。爹没有理他们，朝后退几步，退到墙周围围成一圈的木架子跟前，转身低一下头钻过去，脸快挨到墙上，抬起一只好手，用手指头往没有干的墙上捅进去，捅到指肚那么深，捅不进去。

"捅我们家的墙干吗？"杨香说。爹换一个地方，又捅进去，还是那么深，又捅不进去。

"看见了没有？"爹低一下头，绕过一道横杆，站在两道横杆中间，中间搭的木板挡在他的胸口上，他就露出来一个头，还有举在头旁边的手指头。"就这么深，"一个手指掐着沾着泥的手指肚，"也就两公分深，顶多两公分。"爹看一看手指肚，向他们晃动着手指头，让他们看清楚上面的泥印儿。

国顺看一眼身边的庄永霞。

"用不着他管。"杨香小声说。她也看着庄永霞。

"你说呢？"国顺问庄永霞。

庄永霞往前走去，一直走到木架子跟前，国顺也跟着她过去。

"有没有两公分？"爹把手指头举到他们眼前。

"嗯——有。"庄永霞点一点头。

"你说呢？"爹问国顺。

"有。"国顺说。

"这样不行吗？"庄永霞看着爹。

"你们看见谁家的大墙是抹两公分厚的泥，这倒是快！"爹前后看一眼整面的墙壁，"用不了半个月全都得掉下来，"爹伸出手抠下来两公分厚的泥，抠出来一小片，露出里面烧黑的墙壁——我们家的墙壁。

"你把我们家的墙抠掉了。"杨香离得老远说。

"你拿泥来。"爹没有理会她，对着庄永霞说。

"你把抹子递给我。"爹又对着国顺说。

他们俩停了一会儿。"用得着吗？"庄永霞有些犹豫。

"我也不知道。"国顺也没有底。

"非得等墙皮掉下来就知道了。"爹说。

他们没有话说，停一会儿，两个人分头去干：国顺伸手把放在木板上的抹子拿起来，递给爹。

"这是你干的活？"爹握着木把，让他看抹子上沾着的一层干泥，"记住用完了往沙子上蹭两下，"爹说着往木板上敲着抹子，震下来干在上面的泥，"放这儿放这儿。"爹敲着木板让庄永霞把端过来满满一锹泥放到上面。庄永霞把泥放上去。爹用一只手把泥抠到抹子上，抹到那块露出来的墙壁上，一共抹了三抹子，把一锹泥都抹到一个地方，抹成厚厚的一层，比原来抹上去的泥厚了两倍还多，高高地突出来。爹把抹子放到木板上，用刚才插过泥的手指插进新抹上去的厚厚的泥里，整个手指都陷进去。

"这么厚才行!"爹拔出手指,整个手指都湿了,还带着泥。

"那还得抹上去两层。"国顺说。

"不能直接往上抹,"爹指着抹上一层泥的墙说,"等于贴两张皮,过不了冬天全都得冻掉!"

"那可麻烦了,"国顺看着庄永霞说,"还得拉土。"

"土不用拉,把这层泥铲下来重新泡上水。"爹说。

"用吗?"国顺说。

"不用!"庄永霞说。

"我看也不用。"国顺说。

他们转身离开。

"要是冻掉了怎么办?"杨香一直在听着爹说话。

"冻掉了开春再重新抹!"庄永霞说。

"三杨呢?"爹转动着脑袋,四下里找三杨。没有人理他。"三杨——"爹低下头,从架子底下往外钻,"哎唷——"爹叫了一声,架子下面钉着的横木碰到他打着石膏的胳膊上。爹蹲在下面,脸色蜡黄,流下来豆大的汗珠。"三杨——"爹喘一口气,钻出来,闭着眼睛,"三杨在哪里?"爹大声地问他们。

"爹——"杨香喊起三杨。

庄永霞和国顺没有回头看一眼。

他妈看见他从山下走上来,看见他手里拿着一把香,看见一把香点着,香火一路上袅袅娜娜,熏得三杨眼睛里直流眼泪。"你该流点眼泪了。"他妈坐起身,到山下来接他,看见他望一眼山上灌木丛生的树林,又回头望一眼来时的道路。路上静悄悄的，没有一个人影儿，连一只鸟儿也看不见。山上倒是不断传过来鸟语花香。

"上去呀！"他妈知道他有点害怕，轻轻地推他一下。

"哎唷——"三杨往前跨一步，不由得回一下头，什么也没有看见。

"嘻嘻嘻——"他妈笑了，知道他有事要跟她说。

"快点走呀！"他妈又推他。

三杨听到周围的树叶沙沙作响，抬脚把绊脚的石头踢走。

"你怎么踢我？"他妈愣了一下，看见他比以前胖了，比以前穿得利索了，脸上有了血色，可是看不清楚五官，好像上面隔着一层雾。"嗯——"他妈点一点头，明白他这是有了女人，不是像她活着时候跟他说话的女人，是跟他睡觉的女人。"好啊——"他妈有些生气，"好啊——你跟国顺一样不争气！一样不是正经的东西！一个还不够，现在又加上一个，又加上两个，那个不正经的女人！正经的女人怎么不跟你来看我？你说——"

他妈带着怨气伸手拽住三杨的后衣襟，把他挂到树叉上。

"哎——"三杨走不动，"别拽我。"他惊慌地叫道，回头看见挂到树叉上的衣襟。他妈用劲缠两道。怎么拽不下来，三杨往前拽也没有拽下来，伸手去往下解，发现缠上好几道。"怎么会缠上好几道？"三杨有些纳闷，有些害怕，用力一拽，衣襟上拽出一道口子。

"嘻嘻嘻——"他妈拍着手笑了。

三杨脚底下扑棱棱飞起来一只鸟儿。"吓我一大跳！"三杨打了一冷战，周围飞起一群鸟儿，"噢——"三杨长长吐出一口气。他加快步伐，但也跑不过他妈，她妈一会儿撩一下他的头发，三杨就感到眼前的树枝弹回来，弹到头顶上，弹起来头发。一会儿又绊一下他的腿，三杨顺着山上的草皮滑一个跟头。三杨爬起来，索性不管不顾，撒腿往上跑，摔倒了也不怕，树枝碰到脸也不理会。

"慢点儿。"他妈心疼起他，一路上给他开道，把要碰到的树枝撩开，把要绊倒他的石头搬开，按住一条想咬他的蛇，告诉躲在树枝上的松鼠别下来吓唬人，还有一只准备咬他的狼，听到她的话，放走了到嘴的食物。三杨没有遇到刚才的麻烦，反而越跑胆子越大，一口气跑到山顶，站到山顶上，看看身后跑上来的山坡，看到甩到身后密密实实的灌木丛，有一种兴奋一种轻松，不禁笑起来，笑着一口气跑下另一侧山坡，跑到那座旧坟旁边。手里的香火一根也没有灭，一根也没有断。

"妈——"三杨把一把香火插到坟头上。

"说吧。"他妈端坐下来，看着气喘吁吁的三杨又生起气来。

"我这么长时间也没有来看你。"三杨说。

"你还记得来看我？"他妈说。

"我心里老是发慌。"三杨说。

"你还发慌？我看不出来你发慌。"他妈说。

"真的，妈！"三杨说。

"我看你高兴着哪。"他妈说。

"我一点儿也不高兴。"三杨说。

"嘻嘻，你骗不了我。"他妈说。

"我不骗你。"三杨说。

"把你的高兴事告诉我吧。"他妈说。

"我不知道怎么说。"三杨说。

"怎么高兴你就怎么说。"他妈说。

"你可别生气。"三杨说。

"你的高兴事我怎么生气。"他妈说。

"不是高兴事儿。"三杨说。

"你还骗我？"他妈说。

"我不知道该怎么说。"三杨说。

"说呀！"他妈说。

"我把你留给我的东西弄丢了。"三杨说。

"我给你留下什么东西？"他妈说。

"就是那尊佛呀！"三杨说。

"我给你留下佛了吗？"他妈想不起来。

"是叫人给抱走的。"三杨说。

"那你不看好了！"他妈说。

"我想把它晒一晒太阳结果叫人抱跑了。"三杨说。

"我说我这地方怎么空得慌。"他妈说。

"你别吓唬我。"三杨说。

"我身边空出来一小块地方，前几天才空出来的，"他妈拍一拍身边空出来的地方，窄窄的一长条，"正好没有人陪我。"

"我可不陪你。"三杨说。

"我不用你陪我。"他妈说。

"那你让谁陪你？"三杨说。

"我还不知道。"他妈看一看四周，四周的人都有人陪着，三五成群的，向她招着手，让她出去玩去。"我该玩去了，"他妈站起来，"我现在真轻松。"她身轻如燕地飞起来。一只油黑发亮的蝴蝶绕着三杨的头顶绕来绕去。"我不管你的事，他们叫我玩去了，"他妈指着四周结伴而来的伙伴，"你不认识郑发吗？"他妈指着走到三杨跟前的煤黑子，他是被装满煤的巷道车压死的，车轱辘从胸前压过去，胸前还瘪着，他还推着铁板车。车上坐着一伙人，叽叽嘎嘎地笑着，冲着他招手：有得出血热死去的温万东，有去铁道南拉沙子跟火车撞在一起的瞎宋，有收完地喝酒喝死的张昌百，有叫老婆和相好的扔到井里的吴老棍，还有庄永霞的男人，谁也不知道他是怎么死的，都知道他到千里之外打工去了，现在却回来了。回来的还有王喜来，这个回老家的山东人，也回来了。他们吓了三杨一大跳，纷纷上来和他逗着玩，只有庄永霞的男人和王喜来，还在一边愁眉苦脸。

"哎唷——"三杨脸一下红了，迅速站起来。"你老婆跟我住在一起。"他说道。

"噢——"庄永霞的男人不感到吃惊。"我不是想她。"庄永霞的男人说。

"他想千里之外的小老婆！"车上的人喊道。

"你们别瞎说！"庄永霞的男人说。

"你在这儿想吧！"他们把他推下车。"还有你，想你山东的大老婆，和他在这儿想吧。"他们把王喜来也推下车。他们俩在车下嘤嘤地哭起来。他们哭着拽住三杨的裤腿，不让他走。

"妈——"三杨害怕了。

"你不用害怕，我送你下山。"他妈说。

"我们送你，车上的人一起来送他。"

"我不用你们送！"三杨扭头往山上跑去，跑到山顶上，还听见叽叽嘎嘎的笑声，前后左右纷飞着一大群蝴蝶，蝴蝶在树丛间翻飞着，一直陪着他跑到山下。

"你看谁来了？"他妈指一指通向山脚下的大路，路上跑过来他们家消失两天两夜的黑狗，狗跑到他身边，冲着山上叫一声。"你陪他回去，"他妈对它招招手，"它跟佛最亲，它是通向佛的东西，是通向我的东西。"他妈最后告诉他。

"汪汪汪——"狗往山上跑几步，三杨看见它追着返回山上的蝴蝶，往上跳着，想要够着它们，蝴蝶一闪身隐没到树林里。

"我看到张昌百看到郑发看到温万东看到瞎宋看到吴老棍……"三杨连喊带叫，他喊的这些名字连我们家都听得清楚，他是故意让我们听清楚的。这些早已经死去的人吓了我们一大跳，他说他看见他们，说他去他妈坟上看见他们的，这更让我们害怕。他是对他们家的人说的，故意让我们听到。我们都凑到妈妈身边，都凑到房后头，隔着不到二十米远的距离，竖直耳朵听着。他们家的人都停下手里的活听他讲，他扯着大嗓门，瞪着大眼睛，脸朝着我们家的方向。他们家那只狗坐在地上，歪着头看着他。他说他们坐在一辆铁板车上，是郑发推的巷道车，车停在他面前。车上的温万东不挑着水桶了，不见着谁都点头哈腰，他的腰板挺得最直。瞎宋眼睛不那么眯缝着，不那么觑觑着看他，她睁着一双又亮又漂亮的大眼睛。张昌百活着的时候多威风！说给你多少地就给你多少地，说谁家卖多少粮就得卖多少粮，拄着一条拐，阴沉着脸，现在拄着两条拐，见谁都笑眯眯的。还有吴老棍，被他老婆扔到井里，这咱跟一双漂亮大眼睛的瞎宋在一起。两个人那叫好！

三杨说完，就往我们家走过来，他还带着满脸的得意满脸的不屑，是和过去截然相反的不屑。他身后跟着那只消失又出现的黑狗，狗仰着脖，看着三杨，跟他一样的不屑。我们等着他。看见他身上剐的都是口子，剐下来的布片郎当在衣服上。"看见没有？"他边走边把郎当的布片拿起来，让我们看。"可把我吓坏了。"他忽闪着两个大眼皮，"我刚往坟上一跪，他们就来了，你猜我还看见谁了？"他放低声调，回头看一眼，看他们家的人没注意他——他们家的人没有往这边看，他们凑在一起，叽叽咕咕地听着杨香在说话，杨香又说她奶奶。

"我还看见庄永霞她男人。"三杨悄悄说。

"他不是早就打工走了？"妈妈皱起眉头，"走得无影无踪。"

"回来了。"三杨说。

"别瞎说。"妈妈说。

"脸上带白癜风吗？"姐姐相信了。

"没有白癜风，光光溜溜的。"三杨摸一摸自己的脸说，"还有王喜来。"

"王喜来！"妈妈更是感到吃惊。

"回来了。"三杨说。

"他们走了还回来干吗？"妈妈问他。

"能走得了吗？"三杨说。

"怎么走不了！"妈妈说。她好像被他的话迷惑住。

"王喜来回老家连一件东西都没带，说再也不回来了。"妈妈看着远处。她的神态让我们想起王喜来。我们还小的时候，这个扛麻袋能扛四百斤重、吃饭能吃十六个肉包子的老铁道兵，经常坐在场院的苦百棚下面，发誓说自己就是死了变成了魂儿，也要回到山东老家去，也要埋到他们家的祖坟上去。

"是吗？"姐姐问。

"听着。"马军不让她说话。

"妈——"姐姐看着妈妈。

"他还哭哭啼啼，"三杨说，"你说他能哭哭啼啼的！"三杨盯住妈妈，"他们一直把我送到山下，"三杨看看蹲下来的那只狗，"不信你问狗。"三杨指一指狗。

"汪汪汪——"狗叫起来，好像它也看到了。

"别看活着时候好，"三杨挨着排看看我们，"转世可就不一定好，还都叫你好了？哧——"三杨哧了一声，仰起脸，看着我们家前面空荡荡的麦地，看着我们家房山对面停放着的拖拉机和康拜因。

"差不多！"马军点点头。

"什么差不多？"姐姐推开他，"你是说我们家？"姐姐指出三杨说话的意思。

"我妈身边还有个空儿，"三杨说，"不知道谁会去。"他又看我们。

"你别吓唬人。"姐姐说。

"我不吓唬人。"三杨赶忙摆摆手，边摆手边往家退。"信不信由你！"他说。

"你说什么！"爹从马棚里走出来，我都听得清清楚楚，爹把他截在马圈跟前。

"你胳膊断了！"他吃惊道。

"死不了，"爹打趣道，"死了也不会叫你看见。"爹打趣道。

"我真看见他们！"三杨虎着脸，用劲地眨动着眼睛。

"你去吓唬他们吧！"爹指着房后的他们家和房前的我们家。

"我没有吓唬人。"三杨说。

"你看见没有！"爹让他看圈里孤零零的一匹马。

"我知道我知道……"三杨马上改变了腔调说他知道，不再是刚才描述看到死人时候的语气。那时候不屑得意的语气，现在遇上了爹，像遇上了阎王爷，腔调可怜又恭顺。

"怨国顺。"他承认道。

"光怨他就完了？"爹说。

"那怎么办？"三杨挺起脖子。

"你用不着挺脖子，"爹扶着马圈的栏杆，转身坐到上面，叼起一支烟，没有说怎么办，"还有，"爹看一看他们家方向，"看看你那墙抹的。"爹说起他对他们家墙的厚度的看法，问三杨你说话算不算数，三杨说他说了算数。"我看玄！"爹说。"我那可是好端端的地基。"爹提到关键问题。

"对，是我们家的地基，"姐姐走过去说，"还是我们家的房架子。"

"你别听她的，"爹说，"你别插嘴！"爹不让姐姐插嘴。

"本来就是！"姐姐说。

"好端端的地基就应该有好端端的房子。"爹从栏杆上下来，往家里走来。

"还有我们家的马哪！"姐姐跟在爹身后。

"就是，还拐走了我们家的一匹马！"爹赞同了姐姐这个说法。

　

三杨呆呆地站在马圈跟前，就像一个傻子，再也不像对我们说他见到死人时扬扬得意的样子，像被什么东西击中要害，他变成了一个死人。爹挎着胳膊迎着我们走过来，不让我们看他，让我们随着他到房前来，到我们看不见三杨站的地方。

“他说的跟真的一样。”马军说。他还想着三杨刚才讲的，手里拿着一块沾满柴油的抹布，甩来甩去。

“你甩我眼睛里东西了。”姐姐揉起眼睛。

“我看看。”马军跑上去，把她的手拿开，看见她眯缝着的眼皮，上下颤动着，连眼睫毛都跟着颤动。

“呛死我了！”姐姐闻到鼻子跟前浓烈的柴油味儿。

“你把手里的布扔下！”妈妈说。

“我忘了。”马军扔掉挨到姐姐鼻子跟前的抹布。

“你没有忘什么！”姐姐举起拳头轻轻地打到他，“我睁不开眼！”姐姐等着他给她弄眼睛。

“你别拿手弄，”妈妈看见他要用两个脏手指头翻她的眼皮，“你拿我的衣角卷着弄，”妈妈把她又大又软的衣角卷起来递给马军。

“还有一股肥皂味儿。”他翕动着鼻孔，闻着衣角上的气味儿。

“快弄啊！”姐姐跺起脚。

马军垫着衣角把姐姐的上眼皮翻过来，又白又红又湿润的上面，沾着个小黑点儿。“我弄不掉，”他看着妈妈。

妈妈亲自用衣角往上轻轻一沾，把她翻上去的眼皮翻下来。

“好了吗？”马军在旁边问道。

“就怨你。”姐姐眨几下眼睛，又用拳头打他。

“怨我怨我……”马军躲闪开，姐姐追上去。

“别闹了。”妈妈说。

“你们听。”我说。我听见房后面有咚咚声，像是在砸墙，还有庄永霞的叫嚷声。

“看看去——”姐姐带头往房后跑去。

112

"爹不让去。"我说。

"爹不在。"姐姐说。

我回头看看，没有看到爹。我跟着姐姐跑到房后，看见三杨用铁锹铲下来房前刚刚抹上去的泥。

"你就听他说又不是他们家住！"庄永霞指着我们家方向喊。

"也不是听他们家说的，我也觉得太薄了。"杨香说，"你们看什么看？"她扭头看见我和姐姐。

"你们把刚抹上去的泥刨下去干什么？"我吃惊地问道。

"太薄了。"杨香并没有跟我们发火，她挺着大肚子呼哧呼哧喘粗气，喘气声清清楚楚地传过来，那匹马的喘息声也传过来。

马军开着拖拉机，我坐在后面大犁的转盘座上，座位四周竖着四个木杆，木杆顶端撑起一个搭着草的棚子，太阳光晒在棚子上面，落下来一片阴凉，正好落到座位上，遮住晒人的阳光。座位下面是闪闪发光的犁片，一共四排，吃进土里五十公分深。翻过来排列成四行的大块的土块，像四排固定不动的波浪，把麦茬和麦茬间新生的麦苗压到下面。这些麦苗和麦茬在下面经过一个冬天，春天到来的时候，它们在下面腐烂成肥料，滋养新的种子生根发芽。拖拉机哗哗啦啦开过去，地里出现一长条翻过来的宽敞的新土，还有更多的麦茬和再生的麦苗等着翻过去，扣到地里面，腐烂成更多的肥料。"呜呜呜——"马军不时地拉响汽笛，每一回拉响汽笛，他的脸都从拖拉机后窗户上扭过来，好像在等待着什么。我顾不上看他的神态，我握着带油压的方向盘，调整着大犁防止漏翻的地方。要是爹的胳膊不坏，要是还有一匹能够动弹的马，要是那匹马没有叫国顺弄丢，他会赶着马，拉着单独的一片犁，在麦地的另一端干起来。我们没有注意天逐渐阴沉下来，好像有层雾在头顶上笼罩，这些雾又像茸茸的灰色草掉过头生长在天上。

"呜——"拖拉机又一次拉响汽笛。"呜——"马军又一次不松手，侧着身体伸到车门外面，脸也跟着伸到外面，脸上的神态变得焦急不安。"呜——"他松开操纵杆的手伸到车外面，在他的脸旁边招着手，另一只手还拉着汽笛。

"偏啦！"我看到偏向一边的大犁，是拖拉机偏到了一边，带着大犁偏向一边。我把带油压的方向盘转到底，也没有纠正过来，地里出现了没有翻到的长长一条。马军停下车，没有关油门。

"憋得我够呛！"他站在链轨上，往地里撒着尿。

"我一上车就想撒尿。"他打着激灵扭头看着我。

"那你该马上停下来。"我指着漏翻的一长条麦地，一长条麦地夹在翻过来的麦地中间，还生长着一片金黄的麦茬和绿茵茵的麦苗，很是扎眼。

"我差点儿尿车上。"马军跳下链轨，到后面的大犁跟前，把住撑着阴凉的木杆。"我把一会儿犁。"他蹬到硕大的犁片上，跟着蹿上来，挨到我的身上，瘦长的脸上抹了好几道柴油印子。"在车里嗡嗡直响，"他指一指自己的耳朵，"快把我的耳朵震聋了，"他把手指捅进耳朵眼里，"康拜因里没有声音。"他看着我，想起来康拜因封闭的驾驶楼。

"康拜因不能翻地。"我说。

"不能翻地怕什么？"马军放下手指，从口袋里掏出烟。

"让我抽一口，"我摆着手跳下来，"你可得把好。"我看着他坐上去。

地里吹过来一阵风，把他吐出来的烟吹回到他的脸上。"没事儿，"他一边揉着眼睛，一边把着方向盘，"这多亮堂！"他扭头看着四处的旷野。我说他就想把着这个，哪个轻松想干哪个！"对！"他点着头，毫不隐瞒地觉得他应该干这个轻松的活儿。

我掉过车头，把那块漏翻的地重新翻过来。有好多只鸡都在拖拉机的前方，站在新翻的土地上，它们中间还有鸭子和雪白的鹅。它们在捉着土里的虫子，捉着变成蛹的蝈蝈。为了一只虫子，两只鸡你争我夺，飞上飞下。鸭子和鹅不争夺，它们扁长的嘴伸到土里，像伸到水里，用劲儿地往下掏一阵，抬起嘴，沾着满嘴的土，吞下去带土的草根。拖拉机很快转过来，往前开去。前面没有家禽，有山雀和乌鸦，等着翻过来的土。这些乌鸦从哪一天来的，我们都不清楚。它们时而出现，时而消失。"呱呱叫着报丧的家伙！"爹形容它们。"不是报丧的东西！"姐姐说。它们这会儿跟着拖拉机，一直跟到灌木丛跟前。山雀从拖拉机后面飞向灌木丛，它们叼着虫子，送到挂在树杈的草窝里，把它们储藏到春天，等着新的小山雀出生，叫它们吃风干的虫子。

再往回开，再翻起来一排麦茬，翻出来大块的土，抬头正好看见我们家的房子，看见脱粒用的康拜因，看见房山正对的风化石道路，看见他们家重新开始抹墙，看见他们家一头大奶牛郎当着两排大奶头，看见我们家一头母马躺在马圈里……看着这些不同的东西，一直开到地头。"咣咣咣——"马军又敲响车门，他又有事情，他指一指家门口，指一指自己的嘴，让我等着他，他跳下转盘座，往家里跑去，再跑出来，嘴边上沾着水滴，手里还拎着一把军用水壶。我看要下雨，他边跑边大声喊道。他总是心不在焉，一会儿撒尿，一会儿喝水，一会儿又说要下雨。下雨就下雨，我不理他。

"下雨就没法翻地。"他站在链轨下面递给我水壶。"下完雨就要下霜。"他不停地说着，总而言之，都是不希望干活的预言。

"我不喝水。"我看见他边说着自己的希望，边一口接一口吐着带尘土的唾沫。

"喝一口喝一口。"他吐完了又往我怀里推军用水壶，并且打开水壶盖。

我推脱不掉，喝一口，竟然是甜的水。

"嘿嘿嘿——"他笑着拿过去，不让我喝了。"是你姐姐留给我的。"他又喝一口甜水，为的是让我知道水是甜的是姐姐给他预备的。他才离开车门，拎着水壶带子，把它挂在后面凉棚的横杆上。车又开起来，水壶在他脸前来回来去晃荡着，他不时地打开壶盖，不时往嘴里倒一口甜水。

雨果然很快下起来，雨点打得车棚砰砰直响，地里变得迷迷蒙蒙，和天空一种颜色。

"不能再干了！"马军用油压把大犁早早地提上来，离开麦地。"不能再干了！"他在雨里不停地喊。

拖拉机哗啦啦地开回来，我下车，看见他盘腿坐在转盘座上，身上没有淋着一滴雨，手里举着取出来的那张照片冲着我晃荡。"我们的结婚照！"他把伸向雨里的胳膊马上又缩回去，往照片上沾一下嘴，又沾一下，眼睛也不睁开。

"可算翻完了！"马军跳下车。

天晴后又下了一场霜。这回下的霜不像第一回那么容易融化，落到地上白花花一片。马军没有把机车的油门关上，他变得松松垮垮，一点也提不起精神，三步并作两步跑到树桩上坐下来，用劲儿地拍打着并没有沾上尘土的帽子，表示着他的厌烦。我把前面的机车和后面的大犁中间的插销拔掉，让它们分开，又开着空车从他跟前驶过去。他让我停下来，问我干吗去。

"把车还回去。"爹替我回答道。

爹从翻过的地里走出来，他一直跟在机车后面，和我们保持着几米远的距离，在翻过来的地里走来走去，看压没压住茬儿。如果有漏掉的地没有翻，会让我们重来一遍。看来没有漏掉的地方，看来不需要重翻。

"快去吧！"爹从石膏打成的筒子里伸出手，朝前晃动着，示意我把车开出去。

"干吗不停下来干吗还往前开？"马军说着又站起来。

"地翻完了得把它还回去。"我又告诉他一遍。

"我还以为是咱们家的车。"他用咱们家把自己说成是我们中间的一员。

"你看看这里面总痒痒。"爹敲着石膏让马军看。

马军没有看见爹石膏里的胳膊为什么痒痒。"我也去。"他从爹身边跑过来，重新上到车上来。机车朝着风化石大道开过去。

"爹——"姐姐站在房前的玻璃窗外朝里面喊着爹，妈妈站在窗户里面。里面窗台上放着一摞裁好的报纸条，妈妈往报纸条上刷着糨糊，刷好一条递给姐姐一条，姐姐把它粘到窗户缝上。

"我妈叫你——"姐姐接过报纸条喊道。

"叫我吗？"马军看看我。

"我听不见她喊谁。"我没有肯定。他把油门关得只剩下空转的机器声。

　　"有一件大事！"姐姐掩饰不住自己的激动，把报纸条粘到玻璃上，没有粘到窗户缝上，两只手拍着窗户框，眼睛没有朝我们瞅。"爹——"她又喊道。我们听清楚她喊爹的声音。

　　"走吧。"马军听到后低声说道。

　　我加大油门。我们开着车上到大道上。

　　"唉——"马军叹了一口气，"唉唉——"他一连又叹了两口气，屁股好像坐在钉子上，来回来去转动着身子。一会儿趴到车窗玻璃上，一会儿又离开，把我的视线弄得乱七八糟。

　　"你不能不转悠！"我说他一句。

　　"你净是事！"他停下来，转过头看着我，等着我继续说他，他还有好多话要说。

　　"你可以不来。"我又说他一句。

　　"你爹在跟前，要不是你爹在跟前我才不上来。"他坐正身子，把两脚搭到前面的玻璃窗上，又不把他当成我们中间的一员了。我没有吭声。"嘻嘻嘻——"他笑起来，掏出烟卷开始抽烟，烟雾在驾驶楼里弥漫开来。"我连抽一口烟的工夫都没有。"他指的是在地里翻地的这些天没有抽一口烟。"看——"他让我看他噘起嘴，嘴里的烟圈喷到玻璃上，在玻璃上扩大。透过车窗的玻璃，我看见路边的树叶经过两场霜，有的变得发黄，有的变得发灰，都湿塌塌的，好像加重了几倍的重量，随时随地可能掉下来。树后面出现三杨家的新房子，他家的新房子再不是薄薄的一层泥，再不是我们家的房子。房顶上新苫上去的茅草，修葺得整整齐齐，墙上重新往上抹泥，国顺抹完一抹子泥敲一下托泥板，庄永霞听到托泥板声，跑过院子递过去满满一锹泥，满锹泥都抹到一个地方。对面的院子里挂满零七八碎的布片，这是给杨香准备的，她的孩子出生要用的尿布，崭新的房子崭新的尿布！

"嘿——"马军朝着国顺喊一声，国顺没有理他。

"还挺牛逼！"他伸手去拽操纵杆。

"放开！"我不让他拽。他落下脚，裤腿叫座位里龇出来的钢丝挂起来，露出来半截瘦骨嶙峋的腿，腿又白又瘦。"你这么凶干什么？"我不让踩离合器他说我凶。"你马上是我小舅子，"他朝着国顺抹泥的方向吐一口烟，"你知道不知道？"他吐完烟仰着头，看着车棚上面，"小舅子听姐夫的话，"他慢悠悠地说着，把自己当成我的姐夫，当成我们家的一员。"你看看，"他又掏出来那张照片，那张在下雨天里他坐在转盘座上伸出来又缩回去的照片，在他嘴上沾来又沾去的照片。我又看到他和穿新衣服的姐姐挨在一起，脑袋都向中间偏着，脸上都挂着幸福的表情。真像是那么回事！"怎么样？"他看着我，把照片揣进兜里，没有往嘴上沾。我没有管他怎么看着我，他怎么看着我不重要。

"……好婆家啊好婆家……谁知道好不好……"姐姐反复无常的脸，一会儿这样，一会儿又那样。

保养间里还是我春天来的时候的样子，地上墙上沾得到处都是柴油。不同的是车库里面停放进去一排崭新的轮式拖拉机。

"都是喷上去的漆。"马军说。

"不是喷上去的漆，"保管员指着那些高大的轮子，"上面的花纹都是崭新的，不是新的不会有这些毛刺儿，"保管员揪下来轮子上的毛刺儿让我们看，我们看见像秋皮钉一样的毛刺儿。

"真是新的。"马军看过毛刺儿，冲我点着头。保管员又把带滑轮的车门往两边推开又拉上，两扇门沿着底下的铁槽骨碌碌地滑过来又滑过去。

"这回你们家又阔了。"我说道。

"都是你们自己家的!"马军惊讶地睁大眼睛。

"不只是这些,"我指着保养间后面山上的储油罐让他看,"那也是他们家的东西。"我告诉他说。

"嚯——"马军羡慕得半天没有合上眼睛,眼睛在保管员身上来回来去地转悠起来。

"你要检查检查。"我对保管员说。

他没有说要不要检查,但很快就坐到驾驶楼里,把操纵杆离合器油门阀,又拉又推了一遍,跳下来又到前面把护泥板打开,伸进去脑袋看过水箱又看过发动机。他把这些东西看得仔细又认真,一丁点儿也不落下。

"你们家这么阔还过得这么仔细!"马军叼上烟,嘴上变得油腔滑调起来。

"那也是钱。"保管员没有检查出什么毛病,我再发动一下看看,他把发动机关掉,用新的油绳缠住启动轮,用劲往怀里一拉,"突突突——"随着一阵轰鸣声,烟囱里冒出黑烟来。"没事儿。"他放心地让我把车开进车库里,他关上带滑轮的大铁门。

"等一等。"他没有让我们马上离开,伸手递过来一张折叠好的纸,说是我给他写的字据。我不记得我给他写过什么样的字据。"你看看是不是你写的字?"他抖搂开折叠好的纸,放到我的眼睛前面。我看见上面清清楚楚地写着:租李学朴家东方红100号。

"是不是你写的?"他问我。

"是我写的。"我看着又大又粗的字迹感到十分陌生,我还是接了过来。

"撕了吧!"他盯着我手里的字据让我撕掉。

"我看看我看看——"马军伸过来头，我没有让他看见，就把字据撕成了碎片儿，扔到洒满柴油的地上。

这就是姐姐说的那件大事！

她把准备好的大包小包放到康拜因顶上，风风火火地往屋里跑去。

"我的头发好不好看？"她一边跑一边摇着脑袋。她的头发扎上拆开又扎上又拆开，已经弄了不少于十遍。一头披散开的头发把她的脸遮住散开散开遮住。她又跑进屋里，把挂在墙上的镜子摘下来，抱着镜子跑到外面，把镜子放到外面的窗台上，镜子上的反光照到披散的头发上。"你给我扎上。"她让马军再给她扎上。

"怎么扎上？"马军拽直她的头发。

"往上扎！"姐姐两只手放到头发顶上往上伸展开。镜子里映出来用红绸绳给姐姐扎头发的马军，马军不知道怎么扎上的表情。

"妈，你看行不行？"姐姐又不愿意让他扎，推开他的手直接喊妈妈，想让妈妈给她扎。她们隔着一层糊上窗户缝的玻璃，妈妈在屋里没着没落地走来走去，没有心思给姐姐扎头发。"行不行？"姐姐敲着玻璃。

"什么？"妈妈头也没有抬起来。她们之间说的话两个人谁也听不见，除非敲响玻璃，才能听见玻璃声。所以妈妈在屋里问姐姐，姐姐也没有听见问她什么。

"爹——"姐姐又喊爹，她不知道喊谁好，想起谁都想喊谁帮她扎头发。

"行啦——"爹站在她的背后，说行啦是让她不要喊叫。"看看还有什么东西需要带的？"爹对我说。他说的那些东西是我们家里准备好的东西，那些东西都已经包到大包小包里面，已经搬到康拜因上面。有绸缎做的四铺四盖，有新买的锅碗瓢盆，有擦亮堂的缝纫机头，有自己家种的土特产品。"再给他们带点什么？"爹自言自语地转几圈，到屋里拿出来一把手锯，坐在院子的地面上，两只脚踩住我们平时坐着乘凉的榆木树桩，把锯齿对准树桩中间，来回用劲地拽开来。"咔嚓咔嚓——"锯齿很快吃进木头里面，细碎的锯末顺着锯口流出来。我知道爹用一只手拉着锯，我坐到他的对面，坐到地上，帮他拉锯，看着爹。爹也不看我，低垂的眼皮眨也不眨一下，身子也不动弹，仿佛不是在锯木头，仿佛在睡觉。睡梦中来回地拉动着胳膊，仿佛胳膊也不是他身体的一部分，是另外一种运动的东西。

"妈——"我想看见妈妈是什么状态。"妈——"我想妈妈在干什么。妈妈在屋子里把箱子打开，拿出来那些东西：那身照相穿的崭新的红衣服，那顶红帽子那个红披肩还有那双红靴子。对着墙上比画着，原来墙上有镜子，现在没有，叫姐姐搬到外面的窗台上，没完没了地照啊照。妈妈还以为镜子挂在墙上，对着墙壁比画着那些东西。咔嚓咔嚓咔嚓。"她就要离开我了。"咔嚓咔嚓咔嚓。"养了二十年的姑娘就要离开我们俩了。"我没有进屋我知道她在屋里干什么说什么……

"妈——"姐姐又在喊着妈妈。她那条干巴巴的辫子，一次梳得比一次高，已经像插在头顶上的一棵葱。"妈妈妈——"妈妈离开那面没有镜子的墙壁。"妈妈妈——"姐姐扭动着身子。"不用你。"她终于推开马军。咔嚓咔嚓咔嚓。"连头都梳不好！"姐姐说。"怎么梳不好！"马军说。他们俩映在镜子里的脸显得异乎寻常的紧张，再不是他们叽叽嘎嘎的时候。

"不愿意干别干。"姐姐说。

"你说的。"马军说。

"对，我说的。"姐姐说。

"你自己不会梳。"马军说。

"我不去了。"姐姐摇着头。

"你说什么？"马军说。

"我本来就不想去。"姐姐说。

"你再说一遍！"马军说。

"不想去！"姐姐说。

"我的耳环呢？"马军突然想起来，撩开姐姐的头发，耳朵上没有那两条鱼。"耳环呢？"他惊叫道，用力拽住姐姐的头发。

"撒开！"姐姐被拽疼了头发。"撒开呀！"她翘起嘴角挣脱开来。"给你。"从兜里掏出来已经死去的鱼，在手里掂上掂下，他也没有要。"妈妈——"姐姐收起来鱼，抱起来镜子，又跑回屋里去。

"二十年了。"妈妈说。

爹停下锯，他把树桩锯成三段。中间一段有十公分厚，还带着树皮，但是上下两个截面上都是崭新的锯口。爹拿着它去屋里给姐姐看，告诉她用的时候用刨子刨一刨，刨出来新茬儿。

"这样就成菜墩了。"爹吹掉上面的一层锯末。

"行！"妈妈看也没有看替姐姐说行。

"就可以在上面切菜了。"爹等着姐姐亲口答应。姐姐没有答应，她爹开胳膊等着妈妈往身上穿衣服。爹也没有再等她说话，拎着菜墩出来。

"找个钉子。"爹对我说。

我找到钉子按他说的把钉子从树皮上钉进去一半，再弯过来另一半，做成一个挂钩儿，爹找到一截麻绳，拴到挂钩上。"这就可以拎着走了。"爹拎着麻绳拎起菜墩，在手里掂了几掂，在对自己说着话。

姐姐穿上那身照相穿的红衣服，戴上那顶又红又亮的红帽子，穿上那双又红又软的皮靴子，披上那块红通通的毛披肩。这些通红的东西让我和爹感到那么耀眼那么陌生，离我和爹有十万八千里，就好像姐姐的脸离那顶红色的帽子有十万八千里，就好像姐姐本身离红色新衣服离红色的皮靴子离红色的毛披肩十万八千里。姐姐并不感到离我们离她自己身上的东西那么远，她朝我们走过来。我躲开她。爹也往后退一步。我不知道该说什么话，看着妈妈来到爹跟前，看到他们俩并排站住，爹低下头，用一只好手扶住打上石膏的胳膊，手指头上还拎着那个菜墩，菜墩郎当在腿下面。

"爹——"姐姐喊道。"我把窗户糊好了。"她告诉爹。

"好好。"爹点着头，就像欠着姐姐什么东西。

"妈——"姐姐看着妈妈。"妈妈——"她不知道该告诉妈妈什么，"呜呜呜——"她冲着妈妈哭起来。

妈妈也抹起来眼泪。

"好了。"爹说。

"你得听话！"妈妈哭着说。

"嗯嗯。"姐姐答应着。

"你得早起床。"妈妈哭着说。

"嗯嗯。"姐姐答应着。

"你不能再闹腾。"妈妈哭着说。

"嗯嗯。"姐姐答应着。

"行了。"爹说。

"你不是小孩啦！"妈妈没有再说下去，姐姐扎进妈妈怀里，呜呜地大哭起来。

"行了。"爹喊道。

"爹——"姐姐抬起头，"爹——"她转身要投入爹的怀里，爹后退一步，"爹——"她往前迈一步。

"哭什么哭。"马军跑到爹前面，截住她。

"用不着你管！"姐姐说。

"不能这么说话。"妈妈说。

"妈——"姐姐又要投入妈妈怀里。"爹——你的胳膊还没好哪！"又要投回到爹的怀抱。"还弄丢了我们家一匹马哪！"又想起来丢一匹马的事情。

"上车！"爹去拽姐姐胳膊。

"别动！"马军截住爹的手。他的口气像跟我们家不认识一样蛮横起来，丝毫也不掩饰自己不满的情绪。

"你要干什么？"爹问他。

"给我！"马军拽过去姐姐。

"撒开！"我说。

"妈——"姐姐伸过去手，拽住妈妈。

"躲开！"爹用手里拎着的菜墩推开我。

我不再管他们。马军拽着姐姐，姐姐拽着妈妈，跟在爹身后来到康拜因下面。爹闪开身，让马军拽着她们俩顺着通向上面的铁梯子爬上去。她们俩好像没有了主见的机器，木然地登上第一个梯阶，在上面站住待了半天，才登第二个梯阶，又在第二个梯阶上站半天，才登第三个第四个第五个，才登到上面，分别坐到上面的两个布包上，两双眼睛直愣愣看着对方，嘴唇哆嗦半天，好像不会说话，然后慢慢地抬起头，嘴唇不再抖动，紧紧地抿起来，脸上的表情越来越冷静，越来越陌生，好像不是姐姐，好像不是妈妈，好像是另外两个人，不是妈妈的什么人，不是姐姐什么人。妈妈目光回到爹和我身上，姐姐的目光没有回来，她看着远处的山脉，看着与我们三个人没有关系的地方，看着与马军和另外的一家人有关系的地方。

"你不用去了。"爹没有让我爬上去，他把我带到房后的畜栏跟前，指着那匹马说它离不开人，说它说不定什么时候就要下崽，它卧在稻草窝里，不停地喘气，好像它只剩下喘息的气力，连抬头的力气也没有。

我本来也不想去，我知道粮库那边的人正敲锣打鼓等着他们。

"我想问一句话。"我说。

"什么话？"爹说。

"她说她再也不去啦！"我说。

"她说了吗？"爹愣了一下。

"那她干吗还要去？"我说。

"我不知道。"爹什么都不知道。

"爹——"姐姐又下来，又站到了康拜因的梯子中间。她的头发还是没有梳好，还是那样散开着，遮住脸又离开脸。"爹——"姐姐由于冷静下来，呼喊声变得陌生。

"还不上车！"马军低头跑过来，他正好和往回走的爹撞一个满怀。"哎唷——"爹捂住胳膊弯下腰待了一会儿，才往那边走去，腰却没有直起来。

"你不会慢点儿。"姐姐看到了。

"你快开车吧。"妈妈站到上面的驾驶楼门口。

"戴上耳环。"马军跑上去，打开玻璃门，一脚门里一脚门外命令道。

"戴上。"妈妈说。姐姐张开手，妈妈拿出来手心里两条鱼。马军撩起姐姐的头发，两只耳朵上面两个窟窿眼儿，挂上去两条金子做的鱼。鱼又逛荡起来。

"赶快上车！"马军看到两条鱼逛荡起来，命令爹赶快上去。爹朝路上挥着手。马军启动了发动机，机车声音大起来，大得只能看见妈妈姐姐让爹上去的手势，只能看见爹挎着胳膊，手里郎当着的菜墩不时打着两条腿，踉踉跄跄登上康拜因高高的梯子。

这是我看见他们家最快乐的情景：三杨和庄永霞肩挨着肩站在房后的院子里，院子里清除了杂草，铺上了风化石，风化的碎石又黄又新鲜。隔着那条大道，大肚子杨香躺在玉米楼上，她已经像那匹马一样，不能动弹。她不像那匹马没有一点儿力气。她兴奋地从门口伸出来脑袋，兴奋地向着这边张望。他们家三个人——三杨、庄永霞、杨香，都在等着国顺刷完最后一刷子油漆，整栋房子就宣告完成：房顶上苫着淡黄色的茅草，墙上抹上去的泥也是淡黄色的，窗户框刷上去绿色的油漆，还有镶上去的崭新的玻璃，亮晶晶的，跟空气没有一点隔阂，可以直接看见里面已经用白灰刷好的墙壁，雪白的墙壁反射出来雪白的亮光。

"还没有完！"杨香不断地说。

"就剩下一点儿。"庄永霞告诉她。

"快一点刷呀！"杨香说。

"快一点刷！"庄永霞说。

她们的话隔着大道相互传递着。

"快点刷吧！"三杨也说。

"快点刷净出檩子。"国顺说。他侧着身子站在长条板凳上，手举着刷子，刷子沿着墙壁和木头接触的地方，小心翼翼地移动着。刷子平行地提上去，他们家的房子就完全是崭新的了。他们都在等着最后这一刷子沿着窗户框慢慢地提上去。

"还没刷完！"杨香再也等不下去，她用两只手撑住玉米楼的门槛，"我要下去，"她身子朝着这边喊叫着，"我要看新房子去，"她迫切地要求道。

庄永霞听见她迫切的喊声，回过头看见她悬在玉米楼门槛上，像要摔下来巨大的东西，又圆又大的东西。"你别动！"庄永霞奔跑起来，跑过排水沟，跑过那条大道，宽大的身子像一只臃肿的大鹅，左摇右晃地跑过去，跑上玉米楼，抱起杨香，陪着她坐在门槛上，"我们在这儿看。"她就像抱起自己的孩子，让杨香的头靠到自己的肩膀上，两张黢黑的面孔挨在一起。杨香的面孔上生着一层蝴蝶斑，庄永霞的面孔上完全是晒出来的那种黑颜色。

"还不把炮仗举起来！"庄永霞喊道。

"马上就举。"三杨绕过墙角，到木板堆里找了半天，才把一根木杆举起来，木杆头上缠上去红色的炮仗，长长的一串，一直耷拉到地上。

"我看不见。"杨香挣扎着，抓住庄永霞的肩膀，转过头朝着正对玉米楼的方向用劲地张望，硕大的肚子又高又鼓，比她的身子还要高还要宽，顶在庄永霞的脸上。庄永霞托着她，托着那个巨大的东西，那个嗷嗷待哺的东西。她们三个人的重量压在玉米楼上，所有的木榫发出吱吱咔咔的松动声。

"举高一点儿。"庄永霞说。"看见了吗？"她问杨香。

"再高一点儿。"杨香说。

"再高一点儿。"庄永霞说。她们的声音像从缸里发出来，又沉又闷，从他们家的另一边传过来，在菜地和新房子周围不间断地回响着。那匹马闭着眼睛，它连睁开眼睛的力气也没有，所有的力气都用在了喘息上，喘息声像康拜因的发动机，又沉又闷。又沉又闷的康拜因转过风化石道路前面的山岭。妈妈和姐姐，像我看见过的情景那样，看着不同的两个方向。"爹——"姐姐喊道。"妈，爹在哪儿呢？"妈妈跟着她满车寻找起爹来。"呜——"马军拉响汽笛，追赶着前面飞奔的车轮。"呜呜呜——"前面的汽笛响起来。"噼噼啪啪——"炮仗响起来，红色炮纸飞扬起来，还有他们家欢乐的笑声飞扬起来。

爹就像一只猫那样无声无息地回来。他从上下两道畜栏中间钻过来，来到我身边。我看着三杨他们家，他们家欢乐的声音对爹一点也没有影响。爹也没有跟我说话，就蹲下身，把耷拉到地上的马尾巴掀起来，那里面流出来生产前的白色黏液。我说这一两天就要生了，这也是爹送他们走的时候说过的话。爹现在没有表态，他又站起来，摸一摸马的肚子。她们一直坐在康拜因上面，爹没有坐上面，他站在梯子上，半途中跳了下来。马军没有停车让他上去，他把爹扔在半途中，开大马力往粮库奔去。

"你妈送她过去。"爹说。

"你没有送她过去。"我想说但没有说。

"我得回来照顾马。"爹自己说出了回来的原因。

我们离开马，离开马圈，回到屋子里。爹没有待住，挎着胳膊从屋里走到屋外，又从屋外走到屋里，摘下挂在墙上的鞭子，抻一抻鞭梢儿，窝一窝鞭杆儿，又把鞭子挂到墙上，又摘下挂在墙上的一件衣服。

"提灯呢？"爹放下衣服想起提灯。

"提灯？"我没有想起提灯。

"噢——"爹想起来，他到外屋把提灯提到屋里，提灯好久没有用，灯罩上沾着厚厚的尘土，还有油烟腻在上面。"你去找块布。"爹让我找布。我把一块湿布递给他。

"要干的。"爹坐到炕沿上。我又给他一块干布。爹倚在墙壁上，墙壁中间的窗台上点亮了油灯，爹对着灯光准备用他那只好手擦灯罩。

"我来擦。"我看他一只手擦灯罩，打算接过来擦。

"不用你。"他没有答应，自己把膝盖抬起来，顶住提灯的底部，把灯罩取下来，拿着灯罩举到眼前，往里面吹着哈气，然后用两只膝盖夹住，手伸进去，用干布在里面拧来拧去，拧得干布上沾满油腻腻的污垢，又往外面吹哈气，再用干布擦外面。灯罩两面都被擦得干净，马上反射出来亮光。爹用一只手举起灯架，把提灯放到耳朵旁边摇晃几下，没有听到里面灯油发出来咣叽咣叽的晃荡声，说明油用光了。我把放在油灯旁边的煤油瓶顺手递给爹。

"不用。"爹还是不用我帮忙，窝下头自己用牙咬住塞在瓶口上的棉花塞儿，用劲儿往起一拔，瓶里的煤油溅出来，溅爹一嘴，爹用劲地吐两口，把瓶嘴对准提灯底座上打开的圆口，煤油咣叽咣叽地流进去，流满了才合上盖，才把灯捻儿拧大。我划着火柴去点灯，爹没有阻拦，他扣上擦亮的灯罩，灯光马上聚拢在一起，照得屋里亮堂堂的。"咱们走！"爹提着提灯往屋外走，我们被灯光映出来两个一高一矮、两个宽宽的身影，跟着我们从里屋移动到外屋，又移动到院子里，落进黑洞洞的夜幕里，再没有了踪迹。等我们走到房后头，消失的踪迹又出现在房山墙上，又转移到房后的榆树干上，从一棵树干转移到另一棵树干上，直到我们走到马厩跟前，我们的身影才固定下来。爹把提灯挂到顺着马厩房顶上延伸出来的橼木上，灯光打到墙上，折回来照亮山墙对面的草垛，那匹马卧在草垛后面喘息着，喘息声异常清晰，呼哧呼哧，就像它的两个鼻孔不够用，还有更大的气息憋在身体里喘不出来。

我们转到草垛下面，从马厩橼木上射过来的灯光落到躺在稻草上的马身上。马的肚子像一堆土一样高高地突出来。

"你来摸摸。"爹让我和他一样把手放到马的肚子上。"是不是有东西在里面踢蹬？"爹问我。

"我没感到有东西在里面踢蹬。"我说。

"驾驾——"爹知道没用，还是拍拍它的肚子，还是想让它站起来，让它自己回到马厩里面。它纹丝不动，像是睡着了。"就在这里。"爹说。

"就在这里下崽！"我说。

"不下雨没有事。"爹仰头看一看夜空，我也跟着朝天上望去，夜空里布满星星，没有下雨的迹象。"我们不能离开了。"爹说着躺到旁边的草垛上，我也躺下去。我们听着马发出呼哧呼哧的喘息声，没有别的声音，只有这种声音。"咚咚咚——"喘息声中响起来一阵脚步声，从我们躺的草垛跟前跑过去，跑到房子前面停下来，传过来一阵敲门声，跟着又传过来进门声，又是出来的关门声，又是跑回来的脚步声，渐渐变得越来越大，越来越响，咚咚咚地停在我们躺着的地方，黑黢黢地变成一个麻袋，杵在那里，一动不动。我们看清楚是三杨，他背朝着光，看不见他的脸，他的影子落到我们头顶上。

"有人吗？"三杨看不到我们，他朝着空荡荡的马圈里喊。

"喀喀——"爹咳嗽了两声。

"噢——"三杨吓了一跳，"我没看见你们。"他低下头才看见我们躺的地方。我们仰着脸看见他低着头，两只眼睛忽闪忽闪的，像两只马眼。

"给我马用一用。"三杨急促地说。"杨香快生了得送医院去。"三杨急促地在我们头跟前跺着脚。

"你看看能套吗？"爹坐起来，指一指身边的马说，"它也快生了！"

"那可不一样！"三杨说。

"我没有说一样，我是说它不能用。"爹纠正道。

"还有一匹马！"三杨说起另一匹马。

"那一匹马在哪儿？"爹笑着问他。

"噢——我都忘了。"三杨这才想起来那匹马叫他们给弄丢了，他转身往回跑去。

"套你们家的奶牛去吧！"爹冲着他喊一声。

"对！套我们家的奶牛去！"三杨答应着，跑得更快了。

"不碍事不碍事。"庄永霞把杨香四处乱抓的手拿下来，放到自己怀里。

"疼！"杨香疼得浑身打着哆嗦，出了满头汗，头发汗淋淋的。

"还要带什么？"国顺抱着两床被子停在梯子上，半截身子露在玉米楼敞开的两扇门上面。

"还有……"杨香咬住嘴唇，从庄永霞怀里抽出手，伸到枕头下面。

"我来拿。"庄永霞把她的头往旁边挪一挪，看到枕头下面压着一摞接生用的碎布，有旧汗衫，有旧被里，还有旧棉裤里子，都已经洗得干干净净，叠得整整齐齐。

"疼！"杨香又疼起来，疼得她直翻动眼睛。"国顺——"她把手伸向门口，手指头来回地勾动着。

"我在这儿。"国顺腾出来一只手去抓她伸过来的手指。

"你们别拉手！"庄永霞抱起她来，"你们拉手我没法把她抱下去。"她回过头说。

"我撒手了。"国顺收回手，退到梯子下面，退到黑洞洞的院子里。奶牛已经站在车辕中间，嘴里面还嚼着稻草，"咔嚓咔嚓——"发出来嚼草的声音。国顺冲着这个声音走过去，把被子扔到黑黢黢的车板上，自己爬上去，把乱成一堆的被子铺平。"奶牛跑起来车会逛荡的，逛荡起来她会受不了！"国顺想着这个道理爬下来，把奶牛牵出车辕，牵到仓房下，只身进到仓房里找兜住它的肚带。仓库里面黑咕隆咚。他凭着感觉，伸手朝着空荡荡的房梁上摸索，没有摸到肚带，头撞到耷拉下来的圆木上，撞得眼前直冒金星。他捂着头又摸索一阵，才摸到肚带，出来把牛牵回来，用肚带把它拴到两个车辕的皮扣里。他听到咚咚的脚步声从身后跑过去，跑向玉米楼，木梯上响起脚步声。

"爹爹爹——"杨香看见了门口出现的三杨。

"噢噢噢——"三杨答应着，往里面伸进头。

"帮我一把。"庄永霞让开身子。

"噢噢噢——"三杨抱住两条腿。他们俩一起把杨香抱出来，梯子咔吱咔吱地响起来，好像要断了。

"国顺你干吗呢？"庄永霞喊道。她在上一个梯阶上，三杨在下一个梯阶上，杨香横在两个人中间。

"我来了。"国顺跑过去。狗跳下窗台，跟着他跑过去。

"国顺呀！"杨香从梯子上伸下手去。

"我在这儿。"国顺攥住她的手，随着她往下移动。

"噢——"杨香喘一口气，不再叫唤。紧接着她开始哼哼。狗在不住地呜呜，像是在替她哼哼，还有梯子吱吱咔咔替她哼哼。他们慢慢地移到梯子下面，变成了黑黢黢一片，黑暗中突出来两个人继续往前移动的头，还有两个人之间高高鼓起来的大肚子。两个人好像抬着装满粮食鼓鼓囊囊的麻袋。梯子不再吱吱咔咔，狗继续呜呜地跟着他们来到牛车跟前。

"这么硌！"杨香躺到车板上叫道。国顺跑回屋，给她加上一床被子。杨香又哼哼起来。

"驾——"三杨朝奶牛身上捣下去一拳。

"杨香杨香——"国顺蹲在车上，冲着黑乎乎的一大堆喊道。除了喊她他不知道该干什么。

"没有事没有事……"庄永霞没有喊她，给她擦着头上渗出来的汗。奶牛车逛逛荡荡地上到风化石道上，朝着黑暗中的旧礼堂方向走去，到礼堂院子前面黢黑的松树跟前，拐上一条大道。后面的狗跑上来，跑过奶牛车，停在牛前面，冲着它汪汪地叫唤。车停下来。

"爹——"杨香又喊起三杨来。没有三杨的回答。"爹——"国顺帮着喊一声。"老三——"庄永霞也帮着接着喊同一个人。

都没有得到回答。他们这才发现周围没有他们需要的那个人，原以为他在前面牵着奶牛，不知道一直是奶牛拉着他们顺着道往前走，并没有人牵引它。

"爹呀——"杨香不甘心起来。"汪汪汪——"狗一直在下面帮着叫唤，都没有效果。

"你下去赶牛吧！"庄永霞不再等待。

"别让她逛荡。"国顺跳下车。

"走吧！"庄永霞说。

"驾——"国顺赶起车来。

"爹啊——"杨香仍旧不甘心。"汪汪——"狗跳上来。"爹啊——""汪汪——"两种不甘的声音间或交替着叫唤，没有什么差别，喊着同一个人。爹啊——汪！爹啊——汪！喊叫声唤醒了沉睡的大地。黎明的曙光笼罩了崇山峻岭。奶牛车翻山越岭，黎明时分出现在粮库的大街上。街面上张贴着婚庆的喜字，沿街扛着桌椅板凳的人们，没有人看见一辆奶牛车逛逛荡荡地驶过来，上面落上一层露水，湿漉漉的，好像冒出来的汗。

"我也会像杨香那样，妈——"姐姐想到怀孕的杨香。"我也会像那匹马那样，妈——"姐姐想到那匹怀孕的母马。妈妈往她头上扎满红色的绸花，没有回答她的问题。

奶牛车驶向一排白色的平房，停在绿色的铁栅栏门前。门卫走出门房，看到孕妇湿漉漉的头，看到两个面目肮脏的人，冲他张着嘴，他便为他们打开铁门。国顺在走廊的水泥地上铺上被子。他们把孕妇抬到寂静的走廊里。

"我想喝水。"杨香躺下来瞅着门卫说。门卫给她拿来茶缸子和水壶。"咕咚咕咚——"杨香连续喝下去两缸子水，肚子又大了一些。"啊——"杨香睁大眼睛，张大嘴，眼神空洞又恐惧。

"你们带钱来没有？"门卫指着孕妇问。

"带了。"庄永霞从怀里掏出钱递给他。

"不用给我，给医生。"门卫推开钱告诉他们。

"医生医生……"庄永霞连连地喊着医生，四下里张望。

"在那儿在那儿……"门卫用手指向写着妇产科的木板牌。

庄永霞朝着木板牌跑过去，守在妇产科门口。

走廊里陆陆续续来了许多人，一边走一边穿上白大褂。白大褂上散发着浓重的药水味儿。

"给你钱！"庄永霞抓着一位女医生的胳膊，顺势把钱塞到女医生的立兜里。

"干什么？！"女医生的脸愤怒起来。

"钱！"庄永霞趴她耳朵上说一声。

"孕妇在哪里？"女医生摸摸兜里的钱，口气严肃起来。

"在那儿在那儿……"庄永霞拉着她跑到杨香那里。他们三个人抬起她，抬进妇产科，放到门后一张皮革床垫上。床垫上沾着紫色的药水和血红的污迹。女医生撩开杨香扣不上扣子的衣服，把冰凉的听诊器放到亮晶晶的肚皮上。

"凉！"杨香立刻瞪大恐惧的眼睛。

"你们出去。"女医生听完后让庄永霞和国顺出去。

"什么时候生？"庄永霞问。

"马上就生，出去！"女医生往外推他们。

"别离开我——妈！"杨香朝着门口伸过来双手。

"我们就在门外面。"庄永霞伸进来一下头。

"砰——"门被关到脸上。

"我有点儿害怕!"国顺盯着庄永霞撞疼的大脸庞。脸庞上流下来头发上融化开的露水。

"你快有儿子了。"庄永霞喜悦起来。

"是吗?"国顺的眼睛在露水里面眨动。

"多好!"庄永霞笑起来。

"我不知道。"国顺说。

"多好啊。"庄永霞摸一摸他的衣服,"一会儿你就看见了。"庄永霞攥住他的手。

"一会儿……"国顺没有挣脱。

"你该高兴!"庄永霞摇晃着他。"我也高兴!"她就像看到自己隔代孙子,"也是我的孙子,"她真的说出来,"是吧是吧……"并且蹦起来望着他。

"我我我……"国顺哽咽地说这么一个字,像是问她,又像是强调与她没有关系。

"是是是……"最后还是硬邦邦地承认道,没有她顺顺当当说出来一串话时酸疼又喜悦的表情。

妈这是你留给我的东西叫我弄丢了。我现在用得上它的时候它没有了。墙上剩下空荡荡的一个洞。你让它保佑你去吧。你临死的时候一只胳膊还伸向它让它保佑我。它能够保佑我什么?我不需要它保佑我。我要是跟你们一样也挺好的,我干吗还要保佑呢!你身边的地方给我留着吧,我愿意去到你身边,你们多好,又玩又乐,满山遍野地跑来跑去。但是我现在还是要向它祈祷——虽然它丢了,但我还是想让它不管在什么地方,都要保佑那个尚未出世的孩子,保佑他一出生就住进新房子里。妈你没有看到新房子,没有住进新房子。我知道你住的地方比新房子还要好。那是我们早晚都得去的地方，我不去想了。我还得想眼前的事情。眼前的新房子叫我高兴，眼前的杨香没有跟你说，是我不知道该怎么说她。我没有跟她去，没有在奶牛车旁边陪着她，她需要我，我是她爹，是她肚子里那个孩子的姥爷。我看见那辆奶牛车穿过盘山公路。我看见奶牛车停在医院门口。我知道那只狗进不去。妈你说过它是通向你的东西，是通向佛的东西，佛是什么我不知道，但我总觉得它就像谁也看不到的一件东西，所以我就相信谁也看不见的东西。但我还是愿意听你的。它能够保佑她就不用我管了，就与我没有关系了。我还是不愿意听到那一声啼哭，那一声啼哭叫整整等待了十个月的女人把所有的痛苦都忘掉，与我没有什么关系，会叫国顺这个我不喜欢的小子激动万分。还有庄永霞，这个女人是我更不知道该怎么说的女人，我不知道她怎么就到我身边来的。杨香是那样自然地喊她妈，我听比喊我爹还要乐意。什么爹呀妈呀！喊出来一听就知道真的假的。她会怎么样？她会把孩子抱起来，用她那张又大又厚的嘴唇亲他，把他抱在怀里当成自己的孙子。妈！我还是点上了香，我看见香火袅袅升起，一共三炷。两边的两炷长，中间的一炷短。它怎么也升不起来，这在香谱上怎么讲来着？我都忘了！我记得三炷香要是都升起来就会大吉大利，就会有吉光出现。现在不会有吉光出现，现在没有能够替我担心的东西了，只剩下空荡荡的一个洞！我还是当它在洞里，当它没有丢！要是没有它，它也不会丢！妈，是你让有它的，它丢了你也不管，也不给我出主意。干吗要有这玩意儿！它丢了又让我害怕让我提心吊胆！到底是有好还是没有好我也说不清楚！我就知道它能够替我担心，好坏是它的事情，这是我第一次感到它有用的时候，我就当它还在洞里头，还在闪闪发光！妈你还说你身边有一小块地方！吓唬我，我倒不怕，我是闹心！你整得这玩意儿还丢不得扔不得，让人偷走了怎么算！是不是偷走了我的运气？我刚有一点运气就被偷走了那可不行！真让我闹心！我就当它在里头闪闪发光！你还说你身边有一块地方！更让我闹心！你干吗要给我这东西？妈！我就当它在里头闪闪发光！中间的那炷怎么也升不起来！它会保佑他们吗？它在哪里我也不知道，我也不管了，我就是感到要是没有东西替我担心，我不知道该怎么办。要不然无论发生什么事我都会心安理得，我都会有话说。会不会脐带缠在脖子上，憋得脸色不好看？可是小孩生出来都不好看，都皱皱巴巴像要死去了的样子，我不愿意看到。我就当它在里头闪闪发光，它就在里头闪闪发光！

马流了一上午白色的黏液，用水擦了好几遍还是不见起色。我得伸进去看看，爹没有再等，他把手顺着流出黏液的地方伸进去，半截胳膊也跟着伸进去，半截身体趴到马的肚子上面，眼睛朝着我，却不看着我。我蹲下去，蹲到马的脑袋旁边，正对着爹贴在高高隆起的马肚皮上的脸，脸上的表情也在帮助他用劲儿，眨动的眼睛已经不在我身上，是在看手上摸到的东西，是长到手指上去了。马的脑袋抬不起来，眼睛半睁半闭，没有半点儿生气。从黑色的鼻孔里边喷出来的气息喷到我的手上，我只能够感到它还活着，仅此而已。"不行！"爹待一会儿，才把胳膊拽出来，胳膊上沾满白色的黏液。爹到草上擦着黏液，把草都擦湿了，粘在一起。"你试试。"爹让我到他刚才的位置上，像他那样伸进去胳膊。里面热乎乎的，热得有些烫手，还有些带刺儿的东西像无数条小鱼咬噬着胳膊。

　　"有一块硬东西，是马的蹄子。"我判断道。

　　"那样更不好。"爹从草堆跟前转过身，皱紧眉头，脸阴沉得像这会儿的天气。

　　"要是摸到脑袋才会顺利生下来。"爹边说边往菜地那边走去。菜地叫霜打得暗淡无光，光秃秃的。爹站在西红柿秧中间，茫然四顾，不知道该干什么，不知道该找谁。

　　"爹——"我喊他。"我们不能看着它憋在里面。"我说。马在我的说话声里用劲儿抬一下头，好像听到我说的话，身子跟着也动一下，把周围的草弄响了一下。我看着我们家住的简易房，看着房前大片翻过来的麦地，看着他们家崭新的平房，一切都寂静无声，就像连时间都停止了流动，停止了在时间里所有的功能，我们也都停止了，也都缺少了动力。天空阴得看不见太阳升起的位置，浓厚的云彩仿佛要生出草来，就要变成雪变成霜的草，毛茸茸地倒挂在天上。爹转过身，那只变得发黑的石膏胳膊挎在身上，已经不那么扎眼，已经是他身体的一部分。"不行。"爹走到那排榆树下面，树上的叶子都已经落光，光秃秃的枝丫间，挂着干柴棍儿搭成的窝，窝里还没有住进去任何一种鸟儿。"不行！"爹边走边说的话就是这么两个字，越说口气越坚定，脸上也显现出坚定的表情。爹坚定地走过畜栏，走在房山下面的小道上，消失在墙角后面。我守在无计可施的马跟前，马侧着身，鼓起的肚子像盛满水的胶皮囊，忽悠忽悠上下起伏着。爹又从那个墙角出现，往前探着身子，比消失之前走得更快，一只胳膊离开身体，在一边晃荡着，手里多了一件东西，那是一把刀和一团缠成一圈的铁丝，还有一把钳子，好像是来修复马圈的。但是那把刀又是干什么用的？不会用来剖开这个皮囊一样起伏的肚皮吧。但是爹果然这么干了，递给我铁丝和钳子，让我把它的四肢捆住。"非得这么干不可！"爹吐出来嘴里的半截烟。"要是不这么干它们俩都得完蛋。"他说的是两匹马，一大一小，小的在大的肚子里。我知道这么干的原因，也就没有再说话，把它的四肢两个一组地捆在一起。"你再把它的脑袋蒙住。"爹把自己的衣服脱下来，递给我。我用衣服蒙住马的头。我在春天里干过一次，是用来对付急得噢噢叫的那匹母马的，为的是不让它看见另一匹母马和公马交配。现在它们中间噢噢叫的一匹还是为了这个消失不见了，拦也拦不住，另一匹也是为了这个躺在草堆里奄奄一息，它们都是为了同一个目的消失不见了。我曾经看见姐姐为一匹马消失变得焦急万分，我也那样焦急万分过。现在我不会焦急，我知道一个人同样的心情只能有一次，下一次就不是原来的样子，任何事情都是这样。我按照爹说的那样做完。爹仅穿着一件腈纶棉衬衣，把刀尖儿顺着马的腹部慢慢往下滑动，最后停在它的大腿根上。刀开始颤动，是他握着刀把的手在颤动。

"我一只手用不上力气。"爹说。

"那我来。"我走到爹跟前，我们换了一下位置，爹到马的脑袋前面，屈下膝盖压住马的脑袋。

"你知道，"他对我说，"有时候必须这么做。"

爹以为我会像看到马丢失的时候大喊大叫，我不会，而且再也不会，任何事情不能同样来两次。但是我还是觉得眼前有些发晕，手也在不断地哆嗦！是刀刃发出来的青晃晃的光亮晃我的眼睛的结果。刀一定是爹在屋子里刚刚磨过，还带着磨石的水迹。

"你还等什么？！"爹压低着声音对我说。

"我没有等。"我看看爹，没有动手。

　　"我来！"爹又蹿过来。"你什么也干不了！"他伸过手让我把刀还给他。我刚要这么做，我刚要承认想的和做的是两码事，爹已经攥住我的手，我手里攥着刀，爹用力压下去。"别动别动……"爹边用劲儿边对我说。马开始叫唤，开始用脑袋往铺着褥草的地上砸下去，裹在脑袋上的衣服一会儿鼓起来，一会儿又瘪下去。这些动作做得并不强烈。它似乎已经知道必然要这么做，必然是这么一个结果，只是在无力地抵抗着剖开肚皮的剧烈的疼痛，疼痛也不能叫它变得多么强烈。渐渐有一条口子出现，没有多少血流出来，有一层白色的黏膜，亮晶晶的。那匹灰色的小马裹在黏膜里面，四肢和头都团在胸前。"把它剖开！"爹让我剖开黏膜。我不再犹豫，照着爹说的豁开黏膜，小马马上从胸前伸出头，湿淋淋的脖颈既柔软又修长，紧闭的眼睛一下子睁开来，这是一双初省人世的眼睛，无比巨大，无比明亮，眨来眨去，像透明的玻璃做的，没有丝毫的杂质，像纯洁的天空。它很快从白色的黏膜中站起来，四肢也是湿淋淋的，颤颤巍巍地迈出去第一步，像踩在冰面上一样。它还不会迈步，不是前腿跪下去，就是后腿跪下去。但是马上又会站起来，不是前腿就是后腿，还不会一起站立。爹把衣服从马头上解下来，抱起它的脑袋，让它看一看降生下来的小马。它出了一身汗，只睁了一下眼睛就咽了气。"它死了！"爹放下马脑袋。它刚刚瘪下去的肚子流出来了全身的血液，把身下的褥草浸泡透，又浸泡到地里边。它躺在那里显得十分舒展，像情愿用尽浑身的力气长眠不醒。我们看着它没有话说，因为它心甘情愿。那匹刚刚出世的小马已经在蹒跚学步，浑身上下带着从这匹死去的母马身上获得的力气，带着获得的那些动作。"它还不知道母马已经死去。就像我都不

知道我还有这只胳膊一样。"爹抬一抬他的那只断胳膊，说出来
我正在想的意思。

我们看见奶牛郎当着两排大奶头，逛逛荡荡拉着车从风化石
大道上驶过来。庄永霞坐在车板上面，妈妈也坐在车板上面。车
板上面堆放着闪着绿色绸花的被子，被子连头带脚把杨香团团围
住。国顺应该抱着那个刚刚出生的孩子——一边赶着奶牛车，一
边抱着孩子。

有一个孩子降生了。有一匹马降生了。有一个姑娘出嫁了。

我们都知道就是这么一回事。

他们谁也不说话。庄永霞没有下车，她把被子给杨香掖好，
给她在车上围起来一个被窝。她什么也没有抱，也没有留给杨香什
么东西。"爹！"国顺停下车，冲着崭新的房子喊道。三杨在旧房
子里，跪在地上。"我一直为你们点着香，冲着空荡荡的墙上祈
祷。"三杨回过头，看见国顺阴沉着乌青的面孔进来，好像在心里
埋怨他。狗从他的身后钻进屋里。

"他死了，他一生下来就是死的。我把他放在医院后山上的
一棵松树下面。"国顺说。

"我知道。"三杨坐在地上，他觉得自己什么都知道。

"我没叫他埋土，那样不好，他一出世连一口空气都没呼吸
到，干吗还要埋到土里？"庄永霞随后跟进屋。

"我一直给你们烧香。"三杨指着三堆香灰说。

"你们谁也不告诉我！"杨香一个人躺在冰凉的车板上，她
其实什么都感觉到了。

爹踩着新下的雪朝着他们家走过去。那排榆树上掉下来一根树枝，砸到爹的头上。

"呱呱叫的报丧的东西！"爹说。

"呱呱叫的，"姐姐要是在会学着爹张大嘴，"不是报丧的东西！"她不会跟爹说一样的话。那排树上有乌鸦在陆陆续续往窝里飞。

"我们用不用过去？"妈妈看着爹问道。爹没有说我们用不用过去。他的一只胳膊挎在胸前，另一只胳膊晃荡着。雪地上踩出来的一行崭新的脚印通向三杨家门口。他们家正在搬家，正在抬着一口木头箱子往屋里搬。院子里的雪扫得干干净净。

爹停在他们身后。

"三杨，我告诉你，"他们抬着箱子停下来，听着爹有板有眼地说话，"你们家搬到前面房子里去，我们住这里！"爹指着前面我们家的简易房说。

"为什么？"庄永霞喊道。

"因为地基是我们家的，因为你们家弄丢了我们家一匹马！一匹马加上地基足足可以盖两幢房子。"爹说完转身往回家的方向走过来。

他们呆呆地站在门口，像一排树桩一样。

"你跟他们家说什么？"妈妈喊着问道。

最后三杨终于气急败坏地跺着脚，把带锁头的木箱用力往门槛上扔下去，箱子从中间裂开两半，里面空空荡荡什么也没有。

"你没看到他们家什么都没有剩下！"妈妈把看到的东西都喊了出来。

永无回归之路

　　我出生在北国风景优美的兴凯湖畔，距离我居住的畜牧场三公里之外，就是中苏边境上的界湖兴凯湖。湖水碧波荡漾，波光潋滟，我却从来没有产生一点儿向往过它的念头。直到1969年中苏军队在相隔百里的珍宝岛上发生战事，边境地区形势骤然变得紧张起来，我不得不离开出生地。

　　我坐在装满简陋家具的太拖拉卡车上，沿着长满松柏的大湖岗行驶中，第一眼看到即将开化的冰排拥至岸边，高高隆起，堆积如山，冰山上反射出来耀眼夺目的光芒，形成无数条直插云端的光柱，比太阳光还要明亮。面对这样壮阔的景象，我也没有任何惊慕的感觉。仅仅隔着一道湖岗，芦苇浩荡的湿地里游弋不定的大雁，它们在深秋的季节准备南归时，腾空而起飞向碧蓝的天空，排列而成的舒展庞大的人字形雁阵发出来整齐美妙的叫声，彻夜不停。按理说这样动人的景象在一个不满十岁孩子初醒的人生记忆里，是何等的惊奇何等的难忘，以至于在他将来远离故土流落异域他乡的任何一个地方时，故乡这般壮美的景象都会滋润着他日渐枯竭的心田，叫他孤单甚至有些绝望的心情充满可以寄托可以慰藉的感情，从而产生回归故乡永恒的美景中去的幻象，以此了却心伤。但是这一切对我没有产生丝毫的吸引力。尽管我生长在风景如画的环境中，但自然的美景在我出生之前已经注定离我远去。现在我是多么渴望自然壮美的景象能够注入我年少的心田啊！但是没有！

兴凯湖地处北纬四十五度，属于中温带季风性气候，有着漫长的冬季和短暂的夏季，三面环水的地貌形成了天然的困地。二十世纪五十年代中期，地处北国边陲荒凉的湖泊被北京市公安局看中，变成由公安局第五管理处直接管辖的劳改农场。

妈妈离开北京城，带着还在吸吮羊水等待出生的我和已经出生的姐姐，先一步到这里等着爹的到来。我自出生那一天，就在等待中长大，等待着那位把我带到这个绚丽世界的爹的到来。像我们这样等待家长到来的家庭，在劳改农场所属的畜牧场里不在少数。伴随在我日益壮大的绚丽世界中纷纷长大的孩子，他们的爹接二连三地乘坐着木船，穿过湿地里浩荡的芦苇，从码头上下船，背上简单的行李，打听自己家所在的方位，悄然地回到家里，在家等着管教干部来给他们安排工作。他们面色苍白少言寡语地参加劳动，像没有他们一样。我依然枯守在绚丽的世界的边缘上等待，宁愿永远这样等待下去，也不希望看到面色苍白的爹的到来。

那时候畜牧场的孩子空闲下来，经常到家长所在的工作岗位上去：猪舍、马号、兽医所、排灌渠以外的农田地里，到处看得到模仿家长劳动的年幼而热情的身影。父辈们虔诚的动作和表情，都成人化地继承在畜牧场的孩子身上。孩子们自然而然地扮演起来父辈们的职业角色。

兴凯湖劳改农场按照服刑、教养、刑满就业，三种不同性质的成分分别安排不同的工作。服刑犯人在码头上卸货；教养人员中男的在农田地里冬天刨土方夏天种水稻，女的及等待丈夫释放归来的家属工在猪舍和马号饲养牲口；就业人员中的知识分子在后勤或办公室管理报表和账目。各种工种表现出来各不相同的复杂心理，种种复杂的心理通过他们的动作和表情，缓慢而顽固地移植到孩子们的心底，从而使孩子们表现出来早熟的敏感。在劳动中，受到大人的夸赞后愈加显得超乎寻常地恭顺，根本看不出来童年世界所具有的天然活泼的性情，禀性各异的面貌好像消失殆尽，似乎从小便成为劳动改造的典范。

难道真的是这样的情景吗？现在我重新回想起来童年的情景：在我们独自在一起，完全避开成人的视线之后，我还是那么幸运地领略到奇异的世界给予我的福音：那些家里因为爹的早归，他们的孩子比起爹的沉默显得快乐，显得满足，显得扬扬得意。这些忘乎所以的孩子总在我面前尽情地表现出来截然相反的本性，为我撩开了多姿多彩的绚丽世界之一角。

"你知道你爹怎么还不回来吗？"他们问我，诡诈的小脸上绽开少有的丰富笑容。

我回答不上来他们的问话。

"你爹被关在功德林监狱里。"他们异口同声地告诉我。

"你爹才被关在功德林监狱里。"我自然要及时地反驳他们。

功德林监狱建在北京德胜门附近的城墙下面，是北京城一所拘役服刑犯人的地方。

"我爹在北京天堂河农场。"他们说。天堂河农场属北京的近郊，教养犯发配兴凯湖劳改农场之前的羁留地。"在天堂河农场属于教养。"

"监狱属于判刑！"他们没有给我留一点余地，"戴脚铐
手铐！"

"把手举起来！"他们中两个孩子，一个叫大军，另一个
叫王明，这些教养犯之子，开始模仿起我爹和解放军战士，两个
势不两立的角色。"走！"大军押着王明。"我我我……走不
动。"王明做出来戴脚铐手铐的样子，并起两只手腕，蹲下两条
腿，哆哆嗦嗦艰难地挪着步。"枪毙了你！"大军吼一声。"饶
了我吧！"王明求饶着，呜呜呜地发出来哭腔，浑身抖若筛糠。
"饶了我吧！呜呜呜……"其他的孩子也都学着王明，并起两只手
腕，蹲下两条腿，抖若筛糠地围着我，转着圈儿发出来哭腔儿。场
面生动逼真，发泄着发现同类的劣势之后，通过侮辱与欺凌获得满
足的欢乐的天性。其情景赏心悦目，异彩纷呈。

与恭顺面目截然相反的表现，夸张得自然而又残忍，以此获
得年少的快乐，恢复顽劣本性，周而复始地出现在我的面前。我
已经习以为常，并且一概以沉默的方式予以对待。有时候因为管
教干部的突然出现，戛然而止间变得异常恭顺，瞬息间转向顽劣
本性的反面，卓越的小演员们悄无声息地闪到路边，扬起一张张
透着兴奋红晕的脸膛，天真无邪，恭顺异常，留下我一个人站在
道路中间。我默不作声，看上去像他们一样恭顺，目送着大人们
走过去。他们又一起轰然拥来，重新围住我，重新上演得以满足
恃强凌弱心理的人间喜剧，比前一轮还要猛烈还要欢腾，踢得路
上的石子飞起来，砰砰地打到树干上。他们为此付出来的力量最
终化作汗水，落到地上摔成八瓣，以此获得双倍的欢乐。

面对瞬息万变的恶意装扮，和由此装扮获得双倍的满足，我

表面上无言以对，空攥着两只拳头，紧闭双唇，一言不发，重复着周而复始的沉默，渐渐于沉默中变得麻木，对他们的行径视而不见，于无视的站立中转变成为我的表演，叫我享受到瞬间顿悟到的快乐。我所顿悟到的快乐一旦固定下来，远比他们盲目的快乐要庞大十倍。待他们气喘吁吁，两腿瘫软，我的观赏已经心花怒放，目光从他们头顶上越过去，看到湖岗上唯一通向外界高高隆起的导流堤，堤坝上控制扬水站放水闸门的黑色转盘舵，锈迹斑斑。我牢牢地把目光固定在斑斑锈迹之上，古铜色的锈迹令我着迷，带走我远没有释放的热情。

他们因为没有获得满意的效果，悻然而散。我背向他们散去的方向内心感到无比激动，朝着自己目光所至的地方走去，心情孤独而凄美。途经开满蒲公英的湖岗，湖岗下面沙沙作响的向日葵林，花朵争相怒放，蜂鸣蝶舞，我一概失去了对它们的视觉与听觉，以至于爬上高高的湖岗，面对湖岗另一端，望不到边际的湿地里，浩渺的芦苇荡中间，野鸭咕咕地出没，水鸟翩跹地翻飞，一块块沼泽中的湖泊，宛如一面一面镜子，反射出来耀眼的波光。

这些自然的美景，依然没有让我恢复感官的效果。坐在水泥垒起的闸门上，脸贴着生锈的转盘舵，感受到冰凉的铁意侵入心扉的惬意，冰凉的惬意是我唯一能够感受到的存在。除此之外，我已经不在此地，完全被目光所及之处，耀眼的波光所征服。波光之上，腾云驾雾般诞生出来前所未有的至美绝伦的影像，有太阳初升后的灿烂，晚霞落尽前的寂静，交相辉映的灿烂和寂静中，渐渐出现我意念深处的爹。他是怎样的轮廓我无法确定下来，好几个轮流涌来的影像，没有一个是他们模仿的模样，更没有他们悄然归来的爹那副唯唯诺诺的表现。我爹应该骑在马上，骑在变幻莫测的云朵涌动而成的白马之上，带着四射的光芒向我逼近，临近的一瞬间，云朵之上的爹换上了年少的我，我跨马扬鞭，傲视一切，抡起大刀杀伐他们！我为此激动万分，不能自制。我的影像完全建筑在自然的美景之上，并且远比它们要壮丽百倍！

我们家住在一片低矮的草房子最前面，隔着一片旺盛的蒿草，就是畜牧场千头牲畜聚集地，妈妈在那里饲养公猪。那些生性未脱，生满獠牙，裆间郎当着硕大卵子的牲口，被妈妈冠以优雅的名称：黑精灵、波斯猫、花脸哪吒小猫、小狗。这些优雅又不失顽皮的名称，与长相丑陋野性十足的畜生相去甚远，这大约和妈妈生就一副学生的本色有着或多或少的关系。

她在来到畜牧场之前，一直生长在北京，是资本家的小姐。我那时候还未出生，不知道我妈是怎么与爹在北京相识以及结合，有了姐姐，又孕育了我。至于爹的确切身份，妈妈对此守口如瓶。只听妈妈隐约地说过在她来兴凯湖之前，曾一度以孔德中学学生身份，在故宫博物院当过义务讲解员，讲解皇宫里的宝殿和宝贝，我对此几乎没有什么印象。我印象深刻的倒是由故宫博物院讲解员下落到畜牧场饲养公猪的饲养员，其间落差犹如云泥之隔，却没有在妈妈那里转化成为消极怠工的情绪，相反激起了她高涨的劳动热情：早起晚归之余，总是用她那错落有致的讲解员的口吻，在呼呼作响的纸棚顶下面，伴着一盏煤油灯，给我们充满感情地灌输着有关泡卵子公猪和疤瘌张队长每天细致入微的活动情况。每一头公猪的习性被她人格化地固定下来，每一头公猪人为的表现都以疤瘌张队长的好恶作为标准，成为我们必须牢记的准则。

150

我们穿过蒿草丛生的窄道，来到公猪舍，妈妈必定站在木板栅栏外面，跟疤瘌张队长描述着卧在泥塘里的公猪，比描述故宫博物院里的宝贝要认真得多。泥塘里散发出来难以形容的恶臭，阳光直射之下，恶臭的气息尤其浓烈，仿佛淤泥正在燃烧，却没有人对这种扑面而来的气息表现出来反感与不适，相反却显得异常兴奋，特意张大鼻孔吸气，张大嘴巴说话，表现得比在清新的空气里面还要舒适还要自如。我却屏住呼吸，不愿意张开嘴，不愿意接受这种恶劣的气息。

　　妈妈把那些公猪唤到栏杆跟前，姐姐跟着妈妈叫着它们。妈妈伸出手挠着猪后背上坚硬的鬃毛，姐姐也去挠它们后背上坚硬的鬃毛。它们在抓挠之下异常驯服地仰起头，龇出来弯曲的獠牙，哼哼唧唧地表示着它们异常丑陋的舒适之感。妈妈指着它们哼哼唧唧的丑陋嘴脸，逐一地介绍每一头公猪的近况。姐姐跟着妈妈的介绍重复着公猪的近况，随着妈妈的目光注视着疤瘌张队长脸上的表情。疤瘌张队长每一个细微的反应都能够叫妈妈铭记在心，成为她念念不忘的信条教育我们，以此与她共勉，在今后的劳动行为中加以改正或提高。

　　疤瘌张队长脸上没有表情，他的脸颊上永远带着解放战争时期叫国民党反动派的子弹打碎颧骨落下的严重的疤痕，破碎的疤痕胜过了人类所有的表情，甚是威严。疤瘌张队长没有吭声，他没有听完介绍，背着手离开了猪栏，走到撒满消毒用的生石灰的道路上。白色的道路穿过整个猪舍，穿过家属区的草房、队部的大瓦房、布满铁丝网的监号，通向高高的导流堤（太阳每天在湖岗上首先升起，所以又叫作太阳岗）。

　　妈妈紧接着返回身后红砖砌起的猪圈里，换上一件白大褂，打开猪圈门，"啰啰啰"地召唤起来。公猪在她的召唤声中沿着猪栏和猪圈之间的夹道，走到撒满生石灰的道路上，紧跟在疤瘌张队长身后。姐姐学着妈妈捡起路上随处可见的扫帚苗儿，跟着妈妈"啰啰啰"地喊着。她已经无可救药地接受了命运的安排，从她年幼的模仿的姿态上看，活脱脱地成了劳改农场优秀的少年饲养员，有着与妈妈同样的动作和心理。她们一直"啰啰啰"喊着，来到一排母猪舍跟前。母猪在圈里嗷嗷地叫唤，这是它们发情时刻等待公猪莅临的信号。我在此不想叙述公猪与母猪交配时恶劣的场面，那个场面给我留下难以形容的令人作呕的印象。它成为我初谙世事的人生记忆中极为暗淡的一页。我毅然地转过身去，在饲养员们习以为常的麻木中，迅速地退回到撒满生石灰的白色道路上，远离猪的丑行和人类的麻木！

如果说到此为止，再没有发生任何波澜不惊的插曲，那么这一属于自然法则中不可或缺的暗淡的一页，或许早就熄灭在我童年里程更为灰暗的人生经历的底片里面，不会在岁月的暗盒里被记忆的鳞片曝光，呈现出来事物隐秘本质之中截然相反的一面，成为清晰的影像固定下来。

恰恰是一头平日被妈妈最为看好、獠牙尖利、体态玲珑、生性骁勇、动作敏捷、被称之为小猫的公猪，为我演绎出来一幕离经叛道的惨剧。它是在没有任何人警觉的情况下，断然拒绝履行与母猪交配义务，同时表现出来极其凶残的抗拒本色：前来招惹它的母猪听到一声低沉的警告，没有任何警惕，视凶残如福音，哼唧下作，垂涎三尺。公猪漂亮尖利的獠牙在它宽厚的肚皮上用力一挑，豁开一道长长的口子，血流如注。接下来，小猫以同样凶残的手段，冲着附近几头发情的母猪施以相同的暴行。母猪卧在泥塘里惨叫声一片。公猪用灰暗的目光继续注视着它们，獠牙周围粗壮的长须纷纷耸立起来，继续发出低沉的吼声。

我重新跑过去，猪圈里惨烈的景象触目惊心！瞬息之间发生了令我震惊的变化，我根本没有了作呕的感觉，惊慄叫我忘记了一切，战慄占据了我全部身心！我为之激动！决不是恐惧！似乎预感到它是为我所为，我并不满足它仅限于此的凶残，我的激动刚刚开始，它是我激动的使者，为我奏起凶残的前奏，我感到一种与它达成的暗合的力量，它将继续为我而前进。果然是这样！前去制止它凶残暴行的饲养员们抡起的木棒在打到它的身上之前，已被它用牙咬断，甩向空中，落到泥塘里。前去捆绑它的人遭到同样低吼不止的恐吓，不敢向前。连饲养它的妈妈如果不是身后栏杆帮助，也会被它撞倒，施以獠牙。前进前进！我在暗自给它鼓舞着力量！催它向前。直至后来它落得遍体鳞伤，四肢在逃遁无门的情况下被牢牢捆住，持续被棍棒施以暴行的情况下，凶残的目光没忘了向我投过来会意的一瞥！我为之感到无比畅快！凶残对于我来说是那样的亲切，此番作为注定成为我的化身！它是我内心中跑出来的一头凶残的巨兽，替我实施着自己未尽的计划！我攥紧的拳头里全是激动的汗水。

那条由畜牧场起始，穿过家属区、穿过队部、穿过监号的道路，终止于湖岗下面的灌渠旁边，又被称作太阳岗，象征通向光明前程的湖岗，由人工修筑而成，高达十米，宽约五十米的路面，穿过三面环水的地势，形成唯一通向外界的道路。道路经过三道边防军战士把守的关卡，才能抵达行动自由的密山县城。

每天初升的太阳穿过浩瀚的芦苇荡，首先照到高高隆起的湖岗上面，湖岗落下来十倍于它本身的阴影，直接打落到环绕家属区猪舍马号的灌渠上。灌渠的分支通向改造芦苇荡建成的农田地里，实施灌溉作用。灌渠与湖岗之间近百米的慢坡上，栽种着向日葵和一种叫鬼子姜的根茎类经济作物，两种作物都有着金黄色的花朵，只是形状大小不同。斜坡上盛开的花朵中间，竖立着一排硕大的警示牌，每个牌子上有一个红色的大字，连起来就是"坦白从宽抗拒从严、努力改造争做新人"的标语，外加两个巨大的红色惊叹号。除了高过湖岗的标语牌，那些开放的花朵，挨着灌渠建造起来的两排草房子，统统笼罩在晨光暗淡的阴影里。从湖岗延伸出来的拖长的阴影，成为它本身铸就的一部分，就像它吐出来的舌须，牢牢地围困住我们。

我长到七岁，开始在畜牧场简陋的教室里上学。我们的课程从黎明时分开始设置。黎明时分太阳还没有升起，马号里的马还在吃夜草，猪舍里的猪闻到第一遍精饲料的香气，公鸡打第二遍鸣，监号里走出来前去抬圆木的服刑犯人，老师吹响哨子。我们在紫色的晨光里排队报名，然后齐步走过寂静的草垛、稻田地、草房子、带铁丝网的监号，来到横跨灌渠的一座木桥上。桥下面流淌着扬水站排放出来的湖水。湖水清澈见底，底下是沙石和水草，粉色的浮萍浮于水面上，水面上翻跳出来伴随晨光苏醒过来的鲤鱼，鲤鱼暗红色身子分外显眼，带起巨大的水花，浪花随着鲤鱼的跳跃，在高出水面一米的地方重新开放，就像湖岗下面的慢坡上盛开的花朵，花朵上沾着夜晚的露水。露水沾在桥栏杆上，我们手扶在上面，手上沾满露水。

没有一个人说话，不是被身边的景致所吸引，而是一律仰着头，仰望着警示牌后面的湖岗。这是一个肃穆的时刻，太阳正在地平线上升起。地平线在湖岗另一面，隔着长约五公里长满芦苇的湿地。兴凯湖湖水浩渺的湖面尽头，水天一色之间，冉冉升起的太阳殷红而硕大，湿地里洒满万丈的霞光。这些景象被阻隔在湖岗之外。属于我们的是斜射的晨光送过来湖岗拖长的阴影，阴影顷刻间完全把我们笼罩，我们由此属于阴暗中的一部分。尽管霞光充满天空，巨大的阴影同样凝重，与光芒万丈的天空相比，毫不逊色。我们身处其间，不关心岁月怎样峥嵘，万物怎样多彩，我们关注于万物与岁月不可代替的东西。

沿着湖岗平坦的大道传过来嗒嗒的马蹄声，蹄声越加清晰。我们通过老师的表情懂得了庄重的分量。老师站在队列前面，侧面冲着我们，男性的面孔上五官分外纤细，没有丝毫颤动的意味，显示出来不苟言笑超然物外的平静，有一种拒人千里之外的效果，让学生从中领悟到什么叫作高不可攀，高高地归属于他的瞩望。我们像老师一样，瞩望着嗒嗒的马蹄声，它们的出现仿佛是真正的太阳降临人间。

这是一队由八匹马组成的马队，每一匹马上骑着一位头戴领章帽徽的边防军战士。每天黎明时分，他们从场部的军营里出发，沿着太阳岗前往中苏边界的界湖兴凯湖，到湖畔沿岸的边防线上开始巡逻。途经畜牧场的路段，正是霞光洒满湖岗的时刻。我们注视着高高的湖岗，目光跟随着马队，马队成为霞光里一则活动的剪影，这个剪影缓缓地移动着，马匹变换着相同的步伐，战士紧握着两条缰绳。他们腰杆笔直，一动不动，领章帽徽和斜背在背后的枪支，发出来两种不同的亮光：红色和钢蓝色。更多的伙伴记住了红色，领章帽徽的颜色。唯有我记住的是枪体上发出来的颜色，它是一种阳光照上去反射出来的钢蓝色。我知道这种颜色胜过所有存在的颜色：霞光、花朵、领章帽徽，等等，一律不在我的感知当中，我感知到的是高于它们之上的武器，武器上散发出来的特有的颜色，一道横亘在我内心中不可逾越的利刃之光，这光芒唯我独享。

马队走进湖岗远处的弯道里，被岗上栽种的松柏挡住，我们的注目礼宣告结束。没有人知道背负着家庭烙印的十几个孩子，在北国边陲戒备森严的劳改农场畜牧场里这般长久地瞩望，连马背上的战士也不会知道。其实瞩望已经深深地植入他们的内心，演变出不同的效果，伴随他们一生，化作梦魇浮现出来。随后老师问我们都牢记住了什么。这个常规性的问题天天都要重复一遍。

"边防军叔叔！"伙伴们高声地回答道。

"还有呢？"老师继续问道。

"还有领章帽徽！"伙伴们又一次提高了声音。

"领章是什么颜色的？"

"红色！"

"帽徽是什么颜色的？"

"红色！"

"红色代表什么？"

"红色代表边防军叔叔！"

"你呢？"老师看出来我异样的表情。

"枪！"我没有说出和他们一样的答案。

"喔？"老师愣了一下。

"不背枪就不是边防军了？"伙伴们质问我。

"那不一样。"我说。

"戴领章帽徽才是边防军！对不对？"他们问老师。

"对。"老师赞同着他们的同时，用别样的目光看了我一眼。

"敌人也拿枪！"他们变得无比聪明起来。

这个时候，翻过湖岗走下来抬圆木的服刑犯人。他们穿着特殊囚衣，跟劳教人员黑灰格子的劳改服不同，囚衣上印着两个白色的字，印在前胸和后背的两面。囚犯们一律低着头，俩俩一组抬着圆木，嗨哟嗨哟地迈着统一的步伐。这些圆木是从码头的拖船上卸下来的。兴凯湖湿地上没有森林，森林在距离兴凯湖一百多公里的完达山上，通过公路运到密山县城，通过水路运到兴凯湖劳改农场。押着囚犯的战士身背着钢枪，走过木桥，走过我的面前。钢枪在我的眼睛里又一次出现，又一次显示出来它的光芒，尽管已经走入阴影中，但它更加熠熠生辉，比在霞光里还要深入我心。

"革命军人各个要牢记，预备唱！"老师把头一甩，年轻的面目上浮现出自豪与光荣。他起头让我们唱着歌，跟在服刑犯人身后，往学校返回。

我再没有把我真正感知到的东西说出来。它的两次出现两次闪烁出来本质的光芒。我就此深深地记住什么东西才是我们真正无法企及的高度，它超过了湖岗的高度，超过了霞光的高度，而且在阴暗中更加灿烂。只是永远不属于我，但是它属于我的发现，我为此而保守着这个发现的专利，在万物中再也没有比这个专利更能够唯我独有，连发出来这种启示意义的本身都不能与之相比。

唯能与此相比的，是坐落在灌渠旁边，除了两扇黑色的铁门面向农田地，其余的部分都被茂密的树林遮住的禁闭室。这栋龟缩到浓荫中矮墩墩的红砖瓦房，只有一个带铁栏杆的小窗户，镶嵌在浅灰色的瓦檐下面，透过婆娑的树叶偶尔露出来四方形的黑洞，像龟缩起来的困兽偶尔睁开一只独眼，散发出来幽幽暗光。这是为关押劳动改造期间不服从管教的教养人员设置的反省室。可是那些曾经以菜市口四虎或虎坊桥五妹著称的劳教人员，在湖岗上戴上拳套，拉开架势，为旧有的霸名一决雌雄，被管教干部制服后并没有关到禁闭室里反省，只是以分配繁重肮脏的工种作为惩罚。它似乎并不关押这些头脑简单的斗殴者，那么它关押什么样的犯人呢？长期以来的闲置没有使它就此失去应有的魅力，就像长期冬眠的困兽并没有使威胁减弱，反而使威胁玄奥一样。

我每天放学都要路过这个玄奥之地，才能够到达暗无天日的家里（我之所以说它暗无天日，是因为妈妈不厌其烦地讲述公猪和疤瘌张队长的原因，他们没有给我带来丝毫的快乐，反而使我厌倦无比）。我曾经把它对我来说为什么总存在着玄奥的危险感受向妈妈询问过，她的回答闪烁其词，最后是禁止我们走那条就近的道路，以躲避的方式不让我们知道更多可疑的秘密。

姐姐严格遵守着妈妈的禁令，还有好多像我们这样身份的孩子也都像姐姐一样，绕道远行，避开潜伏的威胁回家。没有这样做的除了我，再就是在场部上学，出生在管教干部家庭里的孩子，他们佩戴着红色臂章，无所顾忌，穿过任何道路，都天生地傲慢不羁。回到灌渠以外，那里有特意为他们建造的房区，窗明几净，设有围墙和卫兵，树荫浓郁，是另外的世界。

我等着他们无视我的存在走过我身边。我并不羡慕他们，他们并不存在于我的视野里，就像黎明时分升起在大湖里灿烂的太阳，湿地里霞光万丈的光芒，湖岗上步调一致的马队，它们不属于我的世界。我的世界诞生在那拖长的阴影里，只有那些由万丈光芒缔造出来的阴暗属于我。我恪守着这一信条，绝无逾越的企图。我的兴趣我的发现无不带有幽暗中独享钢蓝色光芒的荣耀。我走到像无视我一样被他们无视，我却感到玄奥无比的危险之地，自动地放慢脚步，朝着树影闪烁中的时睁时闭的独眼望过去，里面丝毫的动静都会引起我的注意，哪怕是飞出来一只鸟儿，它都会变得跟别的鸟儿不一样，它就是落到枝头上，也要引得我多看几眼。纵然它没有任何变化，我都觉得它不再是以前的鸟儿了，瞬息之间长出来三头六臂毫不为奇。我渐渐不能满足于仅对鸟儿的发现，我渴望有不同于鸟儿的东西从那里飞出来，叫我领略到远比三头六臂的鸟儿更为客观的内容。那应该是人所待的地方！我不愿意超越客观存在去把人比作鸟儿来畅想，尽管这种浪漫的畅想比比皆是，其实本来就不复存在，就像风马牛一样不相及。

　　与我暗合的世界是那样忠实地推逐着我的渴望抵达满足的海岸，充满我童年绚丽的世界。不久之后，大约在我刚过七岁向八岁迈进的深秋季节，遍地飘零着苇絮残花与破败柳叶，最后一片雁阵翱翔于湿地上空，一辆吉普车穿过黎明过后、哀鸿遍野的湖岗从场部开来，直接开进秋叶满营的队部大院，下来一位腋下夹着公文包、头上戴着前进帽的管教干部，传达上级指示，指示解除一位在押不到半年的劳教人员的刑期，叫他立刻同车赶往密山县城，再改乘晚间八点钟的蒸汽火车连夜只身赴京，与鸿雁比翼南飞。

　　这一天大的喜讯犹如晴天里的春雷，在畜牧场劳教人员中迅速炸响。那时候我正在布满飞蝇的公猪舍里倍受煎熬：妈妈手把手教我和姐姐在公猪后背上练习打针，公猪在粗大针头的扎戳下，疼得直冲着亮堂堂的门口嗷嗷嚎叫。光影里闯进来一个年轻的教养犯，她是饲养母猪的饲养员，浑身散发着母猪的臊气，像她本身罪行一样。飞蝇被她通体的腥臊吓得直撞窗户。逆光看去，她面色绯红，气喘吁吁，眼光浮荡，按捺不住蹦跳不止的心脏对妈妈呼喊着她要找到王子！

"王子？谁是王子？"妈妈一转身，纳闷地坐到公猪背上。我是第一次在布满飞蝇的公猪圈里听到世界上最为尊贵的名字，从犯有流氓罪的母猪饲养员绯红的脸颊、气短的声音上让我意识到，那是一个令她怦然心动却又高不可攀却又想入非非的高度。

"就是王瑞庭！"饲养员说出来王子的又一个名字。

"他——呀！"妈妈拉长声表示出来她的轻蔑，顺腿一跨，骑上猪背，重新教我们练习打针，公猪重新嗷嗷叫唤。

"他要回北京演王子去了！"饲养员没有减退她的妄想，"车在队部等着他，你们快去看呀！我去找他。"她在猪舍的门槛上绊了一下，趔趄中呼喊着王子王瑞庭王瑞庭王子，穿过布满公猪的猪圈，粘着满脚臭烘烘的淤泥朝着饲料间的方向跑去。

"他是谁？"我问妈妈。

"在饲料间里粉碎饲料。灰头灰脑！什么王子，都是王八蛋！"妈妈突然气愤起来。

"王八蛋！"姐姐跟着骂一句。

"别听我说，要不你们去看看。"妈妈停一会儿，又有些犹豫，她还是不想让我们失去观看王子的机会，这种从王八蛋变成王子的机会千载难逢，没准是真的，妈妈还是愿意有这样的事情发生，尽管她不相信，也不愿意相信。

"我不去。"姐姐真的不感兴趣。

我终于逃脱了飞蝇和猪背，独自来到猪舍的大道上。好多的饲养员已经在为这一喜讯奔走相告。在通往队部短暂的路途中，我弄明白了王子理应是外国皇帝的儿子，王瑞庭只是他的扮演者。这因为来兴凯湖之前，他是中央芭蕾舞剧院舞蹈团的一号男主角，专职扮演王子。因王子式的傲慢遍布台下，被谦逊的群众演员以言论反动举止轻佻为由，一致举手通过让他劳动教养三年，发配边陲，以观后效。顶替他的王子谦虚而温顺，台上的效果憋足了劲儿才像一个弄臣，远没有达到王子的气概，不能代表国家水平出国演出。情急之下，从国家利益角度考虑，舞蹈团上报有关部门，经过层层审批，特准他解除教养，火速赶回北京扮演王子，戴罪立功。这些转述在散发着猪圈臭气的空气里，激起了神奇的效果，那些品行不端的饲养员们为王子的再现争相忸怩作态，忘记了自己身处何地，身份几何，把布满风化石的路面当作铺满鲜花的舞台，纷纷翘起脚尖，伸平手臂，转动着身子，哼出来富有节拍的洋腔洋调儿，就像自己梦想成真一样。

我夹裹在忘乎所以的教养犯中间，夹裹在她们散发着的猪圈臭气当中，伴着她们妄为的腔调儿，很快抵达位于畜牧场南端落叶满营的队部。这是一栋粉刷成红色屋顶白色墙壁的大瓦房，通红的房顶上落满黄叶，白色的山墙周围垂柳秃败，钻天的杨树枝叶凋零，枝头上降落着麻雀，雀声喳喳，秋风伴裹着满地的枯叶沙沙作响，一派萧瑟。迎面的门框上挂着一颗铜制的五角星，金黄色的五星熠熠生辉。五星下面站着疤瘌张队长和我不认识的管教干部，他们俩一个颧骨破碎，一个面色苍白。站在一起一人威武一人文弱，都不关心院子里叽喳的人群，刚柔并进地向人群以外急切地张望。

王瑞庭，也就是未来的王子，妈妈称之为王八蛋的劳教犯人，在人们翘首仰望中顺着沙石道路缓缓走来，走得缓慢而犹豫，好像在雷区里择路。这是一个身条细瘦，年约二十七八岁的年轻人，远远看上去，有如落尽枯叶的杨树，凋零而枯槁：他的下颏突出，没有多余的赘肉，脖颈尤其长，随着它的转动，每一条筋腱绷突可见。只是腮帮子有些紧缩，凹下去两个暗影，烘托出来线条分明的薄嘴唇，薄唇上干涩得不见水意，鼻梁倒是直贯上下，眼窝却又深陷下去，突起的眉骨上显不出来多重的眉毛，上面的脑门紧跟着又突兀出来，却没有亮泽，最后是满头胎带的自来卷儿，脏得像马圈里弯曲的蒿草。

王子这时候身穿着轧成黑灰条格子的劳改服，头面上还粘着饲料间里的粉尘，卷起的裤腿下面，踩着两只耷拉帮的农田鞋。只是他那挺拔的腰杆、饱满的屁股、颀长有力的大腿、微微仰起的头颅，真还带有令女饲养员们感到心跳的性感，和令我感到陌生的男人气质。我觉得他并不真实。

王瑞庭显然是唯一不能相信自己命运得以转机这个事实的人，所以他怀抱着一个准备粉碎成猪饲料的花色繁多的老倭瓜前来探听虚实，神情中怀疑与忐忑并存，希望与失望交织，复杂的表情恰似王子落难时的状态。他站在人群后面不再往前挪步，人群自动让开一条枯叶满营的道路，满营的枯黄直接铺向队部的大门口，就像铺向皇宫的门亭。门亭上站着赦免他罪行的判官。

看到王子到来之后，疤瘌张队长接过面色苍白的干部手中的赦免令，当众念道："鉴于王瑞庭在劳动改造期间良好的表现，提前一年解除他为期三年的劳动教养，火速赶赴北京去接受新的考验，以观后效。希望王瑞庭同志在……"念到此处，我首先看到花色繁多的老倭瓜从他的怀抱里掉下来，听到摔成八瓣儿的脆响声，鲜黄的瓜瓢雪白的瓜子暴露无遗。应该说我在这之前，并没有像其他饲养员那样认真聆听疤瘌张队长当众宣布的赦免令，她们把赦免王瑞庭的命令看作自我慰藉的幻象，幻象中的表情痴迷而虚假，虚幻中的景象存在于她们的脑海里，完全回到自己放浪形骸的从前，仿佛此刻天上掉下来属于她们的特赦令。那么她们将会是什么样子？我没有再为她们设想下去。我自出生起就习惯了眼前的存在。我的存在是建筑在眼前种种可能基础上的灿烂，绝不是虚假的幻象。所以我一直观察着他的变化，像我观察着令我为之振奋的叫作小猫的公猪、反射着钢蓝色光芒的枪体，它们有着令我震惊的发现，便是我存在的依据。于是那抗拒本能诱惑的一幕重新回到我的眼前，伴着一道钢蓝色的光芒，叫我的预感经受崭新的挑战。应当承认，到此为止，唯一让我不能满足的是人的表现。在劳动改造的畜牧场里，我还没有更多地感受到人的别样的存在，更多的人服从于任何一种命令，并且心甘情愿地热爱着它们，还让年幼的我们继承这种热爱。

倭瓜变得灿烂之后，响起一片鼓掌声，掌声富有节奏，众人也都不再听疤瘌张队长念余下的话，脸都转向王瑞庭，向王子投去瞻仰的目光。面色苍白的干部跑下台阶，奔向停在房山下的吉普车，亲自打开车门，让王子上车。

当她们回到难堪的现实中，没有疤瘌张队长的监视，意识到刚刚过去的一幕永远不可能落到她们头上，便开始回忆自己的往昔。我是在这时候听到她们自我描述往昔的：有琉璃厂的扦手，德昌桅厂厂主的姘头，帘子胡同的暗娼，还有大学讲师、京剧团的青衣，闾祖阁诵诗班的领唱。各种不同角色毫不隐讳地描述扦手的恶行姘头的无耻暗娼的放浪，配合着猥亵的动作，展示出来自己并不以为羞耻的过去。遭到讲师和青衣的鄙视，凛然地呵斥她们当着我一个孩子的面不知道羞耻。

"你知道羞耻怎么来到这里。"姘头冲着讲师和青衣晃动着硕大的屁股。

"我就没有看到像你们这样不知道羞耻的东西。"讲师鄙夷地看着她们。

"那不是草间人饥鸟坐等，还留着一条青衣布巾……"青衣指着暗娼扦手妓女她们三个，颤动着纤细的手指。

"你骂我们！"她们一起拥过来。

"这是'二黄快三眼'，笨蛋！"讲师骂道。

"你们他妈才二黄三眼！你们妈没屁眼！"她们伸手去抓青衣和讲师。

两方在草垛上骂作一团，相互撕拽着对方的头发，尖叫哭号谩骂，吓跑了一头正在草垛里蓄窝的母猪，紧随其后众多的小猪，更是嗷嗷乱叫，四下奔逃。旁边诵诗班的女领唱看不下去，把我叫过去，将我揽入她的怀抱，不让我看她们的丑态，脸对着我的脸，让我像她那样闭上眼睛，聆听她唱一支"长亭外，古道边，芳草碧连天"的歌。我没有听出来什么绵长的意味。在我七岁到八岁灿烂的童年岁月里听来这歌就像一朵浮云，虚假而遥远。我当即推开同样虚假而遥远的领唱，挣脱她做作的怀抱，躲她远远的，盯着草垛上滚作一团的躯体，扦手娼妓姘头讲师青衣，混为一谈，不分彼此，在给母猪蓄窝的蒿草上，统统变成一只又一只巨大的虫子，咕咕涌涌，翻上翻下。那个女领唱，依然闭着眼睛，在旁边伴唱，一直没有停下来，虽然有如童声般纯洁，但让我觉得是那样的别扭，一句也没有记住，远不如滚作一团的虫子精彩。我一直看到她们面带抓痕，气喘吁吁，狼狈不堪，如同闹圈的母猪，不肯罢休。周围围了层层叠叠的人，我竟毫无知觉，直到被一声呵斥惊醒，回头才看见如我一样，都是幸灾乐祸的面孔，唯独疤瘌张队长独树一帜地站在幸灾乐祸的人群后面，不动声色就已经威风八面。

"关禁闭室！"疤瘌张队长命令道。

她们成为让我看到的第一拨进入禁闭室里的人员，尽管她们没有怯懦，表现得凛然大义，像走进刑场里一样，可是我怎么也摆脱不了那种对她们滚作一团、形同虫子一样的深刻印象。那片已经枝叶凋零的树林，再也遮掩不住低矮的红砖瓦房，我再次走过，再也产生不了以往玄奥的感觉，它们消失得如此彻底，令我惊讶。好多的孩子都不再恐惧，争抢着往那里跑去，听里面继续着童声的歌。我远远地离开。整个过程给我留下什么？从它的开始到结尾，一息尚存的新鲜感受，搅拌在整体狂乱的过程里，显出来本质荒唐的面貌！

冬天的到来，成了我唯一喜欢的，并且寄托希望的季节。漫长的寒假老师回北京探亲。他在我出生后的第三年，也就是一九六三年为增加基层劳改单位犯人子女的教育力度，来到所辖的兴凯湖劳改农场畜牧场，当我们的老师。他是个白面书生，戴着白色眼镜，不苟言笑，分外严肃。不同于劳动改造人员的地方是，他有探亲假公休事假还有教育我们的权利，任其随意享用。他去享受探亲假，我们便不用上学，不用每天早晨早起去湖岗下面行注目礼，湖岗也已没有了向日葵和鬼子姜，金黄色的花朵叫厚雪埋葬，寒冷拯救了我们，我们得到了冬天里锻炼比到工作岗位上效仿家长劳动更有利于成长的鼓励，躲开成人的监视，整天的时间都往封冻的冰河里奔跑。冰河布满了太阳岗两岸。一岸的灌渠全面封冻，并且白雪皑皑。我们主要往另一岸浩荡的芦苇丛里奔跑。现在芦苇荡光秃秃的，再也看不到春天带来的虚饰，整个的冰面上没有了飞雁和芦花。飞雁逃向了南国，芦花夭折于深秋。寒冬显示出来赤裸裸的威严，冻死了一切虚假的饰物。冰面上奔跑着呜呜作响的"大烟炮"，奔跑着一头咆哮的东北老虎。风把残破的芦苇拦腰吹断，夹裹着苇塘里的积雪，紧贴着冰面上游荡。

我们戴着狗皮帽子，整天都在冰河里活动。我和他们虽同处一河，但干的事情不一样。我独自去到芦苇深处，顶着咆哮如虎的"大烟炮"，弯腰割倒苇草。他们有爹割苇草，我没有爹帮忙，自幼当家。他们都在苇塘外面的冰面上守住塔头墩，用冰钎朝着塔头朝阳的一面用力往里杵。这种狩猎的方法通常是大人干的，就像打苇草通常是大人干的一样，我们都学会了，只是我学会的是为养家糊口，早早充当劳力，他们学会的是在玩耍中获得刺激的快乐，在距离我不远的冰面上喊声震天。我在他们欢快的喊声里干活并不感到自卑，反而干劲十足，好像他们是我完成重大任务的陪伴。我已经长大，感到发自内心中的力量强大有力，不愿意结伴同行，对同伴的存在置若罔闻。塔头里躲着的水耗子被一个人杵出来，蹿到冰面上逃跑。其他的人用榔头或木棒准备它探出头的时候，用力朝它的头上一击。说起来容易干起来难，水耗子逃窜得极其地迅速，多半是打不着的，很快就逃进芦苇深处。但是他们仍然乐此不疲，愿意在寒冬的冰面上跑来跑去，哪怕是一天下来空手而归，也喜欢以追逐它们为乐。它们光光溜溜，皮毛油亮，贼眉鼠眼，跑跑停停，引逗着他们一直追到茂密的芦苇里。

我在冰河上正面撞上他们，就是他们在追逐水耗子途中。我拿着一把镰刀正在打苇草，水耗子钻到我脚底下，我顺手一搂，他们追了半天的猎物归于我手。他们自动站住，与我隔着一片新割的苇茬儿，苇茬儿尖利新鲜，像崭新的刀刃，从冰里长出来。他们都不吱声，这样的结果让他们觉得突然，没有想出来到底该归谁所有。我在他们进退两难的时候，已经决定物归原主，并且不等他们张嘴，就像一个伟岸的大人，拎着镰刀拎着还在滴着血的水耗子，踩在尖利的苇茬儿上，朝着他们走过去。

"送给你们。"我很大度地把猎物举给他们，仿佛我在慷慨解囊。我想他们要跟我争辩，用以说明理应归属他们的理由。那样我会把手收回来，我需要的是他们恭敬地接受，像接受施舍那样。

北风在冰面上吹起飞雪，芦苇荡纷纷低下头，全都臣服于寒风。我面向他们迎风而立。他们眯缝着眼睛，冲着我张望。飞雪在我们之间飞舞，带着呜呜的尖叫，兴风作浪。隔着飞雪的屏障，他们好像不认识我，正在努力地辨认，大口大口喷吐出来的哈气，在翻起的狗皮帽檐上积聚成白霜，没有翻起的皮毛上同样裹满白霜，根根清晰，针芒一样刺眼。是我的举动叫他们感到鄙视还是害怕，两者必居其一。我当然希望是后者。

我最终等待证明我并不希望前者出现的愿望得以实现。他们中间上来两个人，主动要求帮我去打苇草，用以表达对我仗义举动的臣服之意。那只水耗子被另外三个人拎过去，其中有曾经带头丑化我爹的大军和王明，他们拎着猎物一言不发，消失在越来越大的"大烟炮"里的背影，倒使我觉得挺亲切。风里传过来大军的呼喊声，归属到我身边的两个人中的一个跑过去，又跑回来告诉我邀我参加他们到排干上举行的滑爬犁比赛。这样的赏赐对我没有必要。

我无意参加他们的团伙，也无意接受任何人的帮助，但我还是同意参加他们滑爬犁的比赛，完全是为了回报他们帮助我打了两天苇草，这是我理所应当偿还的债务。

排干属于主灌渠分向农田地的分支，就像一条河流，河岸的斜坡一边陡峭一边舒缓，陡峭的这边保护着畜牧场不叫漫溢的湖水溢出，舒缓的那边湖水可以直接流向农田地浇灌作物。两岸长满了穿天杨。白雪覆盖之后，正好是他们滑爬犁的理想场所：从陡峭的一边滑下去，冲过河底下狭窄的冰面，冲向舒缓的一面自然停止。通过滑行的距离，比赛谁冲得远，作为输赢的标记。连接两边的滑道经过他们专门的清理，穿过两岸挂着枯叶的树棵，足可以并排滑好几个爬犁。从压出来杂乱的爬犁印迹上看，这是他们经常光顾的地方，并且隐蔽在没人的树丛里，成为他们逃避监视的装扮下，释放欢乐的乐园，所以来者全是他们平日要好的伙伴，没有额外的人。我还没有完全被他们接受，很快被他们忘记，撇我于一边。其实正合我意：我为了还清债务，不是为了入伙结盟而来的。

这天阳光明媚，没有一丝风。我站在岸上的树丛里，他们从我脚前面的起始点，或坐在爬犁上，或趴在爬犁上，间隔着滑下去，滑到下面的冰面，带着惯性，冲向另一岸，停在斜岸上边，等着其他的伙伴上来，然后比较滑出来的距离。一轮完了，再回来进行下一轮。我看过一轮，就已经索然无味。我的心目中从来没有玩乐的兴趣，尽管我看似是一个小孩，其实内心早已壮大。我知道我真正的面貌，早不是年龄和身体所代表的样子，它们越小我的面貌就越深奥，布满皱纹，对任何一种让我感知到的活动，哪怕是一个细微的运动，都能够感受到它即将发生的轨迹，这种轨迹一旦出现无法摆脱，一步一步地揭示出来早就存在于我内心的秘密，最后呈现出来惨烈的面貌，而且每每应验，只是不知道它们到底是谁先于谁而存在。这种预感遍布我敏感的童年，让我随处可遇，只要是让我看到，它就会缓缓向我走来，带着诡秘的笑脸。

他们周而复始进行着枯燥的游戏。我已经不再理会他们的输赢。明媚的阳光照在茫茫雪野上，我渐渐忘记背后畜栏里恶贯满盈的牲口，忘记劳改队里等级分明的各色人等。隔着渠干和渠干上面一排矮树丛，大片的农田地，覆盖着洁白的大雪，像撒了一层厚厚的金粉，反射出来刺眼的阳光，阳光里正在滋生起来一片雪障。地里井然有序的防风林，变得模糊不清。有几只乌鸦在模糊的雪障里翻飞，黑色的身影上下翻飞时发出来幽暗的光亮，像一道一道的幽灵不断地闪现，在提醒着我去注意。应该有别的东西出现，但绝不是任何动物。我这个念头一经产生，马上就看到那个小小的身影，在雪地里跳动，由远而近，像一只绿色的兔子。他来自那个独立于我们存在的房区。

房区坐落在灌渠外面，现在处于雪障包围之中，暗红色的围墙从中透出来。越出围墙的铁皮屋顶反射着阳光，比阳光本身更为耀眼。

小小的身影越来越近，跳过那片雪野，草绿色身影在树丛后面显现。身影瘦小灵活，绝不比我们高大，一身草绿色的装束，佩戴着红色的臂章。这身装束和臂章属于管教干部后代特有的标志。我们隔着不过十米的渠干，他猫着腰，我看不到他正脸。即便看到我也不会认识。他们在场部上学，从来不跟我们说话。

他在树丛里往前悄悄地穿行，停在对岸的枯叶凋零的树影后面，认真地观察一番河岸下面的情况，然后才突然站起来，蹿到树影前面，挺直腰杆，一身绿军装，扎着军用皮带，草绿色的棉帽子中间镶嵌的五角星分外红。

"嘿！"我听到他喊了一声，看见他的一只手叉着腰，一只手指向河下面。

河岸上下的孩子还都沉浸在比赛的欢乐里，他们大部分都滑到对岸，手拿着爬犁，等着最后的大军滑过去。大军在我脚前面起始点上，爬犁冲着倾斜的雪道，他已经坐好，准备滑下去。

"嘿！"第二声喊声才叫他们向身后张望，看到威风凛凛的装束，看到红色的五角星，看到指向他们的手指。他们像遇到了管教干部的呵斥，立刻扔下爬犁，一声也没有吭，冲着沟沿的树丛，冲着河底的冰面，四散而逃，消失得无影无踪。

我要说的是坐在爬犁上的大军，这个平日里他们中间的头领，曾经百般侮辱过我的教养犯的儿子，一颗大光头就在我微微垂下的视线里，冒着蒸腾出来的热气。他这颗装满恶戏的脑袋曾叫我想象的大刀杀伐十遍，却总也不能真正落地，我已经不能够仅仅满足于空想。他或许会再现冰河里冷漠背影的一幕，像我这样稳坐不动？我的担心转瞬即逝，爬犁失控地冲下去，偏离了现成的雪道，冲向树棵之中，他栽进里面，爬犁离他而去，独自滑向河底。

我感到些微的宽慰，又一次看到对面的雪野，翻飞的乌鸦不再翻飞，不再闪现出来幽暗的亮光，厚雪上的金粉不复存在，雾障也已随风而去，防风林变得井然有序，雪地平坦舒缓，全然变换一番明媚的天地。

"嘿——"穿那身草绿色军装的孩子在叫我，他已经跨过冰面，停在这岸的树棵里，"你过来看呀！"他在招呼我，向我投过来求救的眼光。

我这才听见大军的喊叫声，只往下走几步，光秃秃的树棵中间，大军仰面躺在松软的雪地上面。他的胳膊叫树棵别断，断处在上臂位置，断成了两截，加上胳膊肘自然弯曲，整个胳膊变成三截，朝着头上的方向撂在雪地上面，好像不再是他的东西。他闭着眼睛，脸色苍白。

"不怨我。"我看见那个管教干部的孩子说着往后退去。

"你站住！"我叫着他跟他过去。他的一张又窄又瘦的脸，像大军的脸一样苍白，眼神慌乱，根本没有我平时看到的傲慢神情。

"我就喊了一声。"他顺着滑坡退却过去。

"嘿——"他这么一提醒，我灵机一动，像刚才他那样喊他一声。

"妈呀！"他惊叫着，转过身滚下滑坡，在冰面上站起来，又摔了一跤，才艰难地爬起来，爬上对岸，在雪野里继续摔着跤，消失在早已清晰起来的雪地的深处。

"救救我！"我听见大军在向我求救的声音。

我没有过去，对面的乌鸦重又现身于雪野，它们像老鹰一样冲着我飞过来，沉稳又舒展，临近我的头顶，一对又一对油亮的小眼睛俯视着我，顺从又臣服。

"救救我！"我听着大军继续朝我呼救，依然无动于衷，转身离开渠干，跟随着距离我头顶不远处飞翔的乌鸦，往畜牧场走去。它们已经知道我要上哪里去，一直在前面为我带路，附和着我脚步的节拍，不紧不慢。路上没有碰着两个刚才吓跑的孩子，他们不知道后来发生的惨剧，为此我分外得意。

乌鸦落在马号外面的草垛上，光秃秃的马场上没有拴一匹马。我走进灰暗的马厩，里面的气味刺得我直流眼泪。马在马槽后面纷纷向后挣脱着躲避着我。

"有人吗？"我敲开甬道尽头值夜班的小屋。里面一片烟雾，好多车老板都坐在一面烧热的小炕上抽着旱烟，津津乐道地看着大军他爹表演。他爹正在形容自己过去在菜市口一带怎样称霸，怎样浪得四虎中老大的名分，说着便拿喂马的王禹久做着示范，摆弄得他像一只小鸡，炕上地下乱蹦。这是老四面钟银号执事兼一贯道主的双料劳改犯，穿着一件开花的破棉袄，腰扎破草绳，喂种马和儿马。小炕上堆着他油渍麻花的行李，大圈套着小圈的眼镜已经掉到地上，他在地上爬着四处乱摸。车老板们为此哈哈大笑。他们没人理会我的出现。

"孩子！"倒是王禹久抬起头叫我一声，脸上挂着掺进去温和含义的惨淡笑容。这种自顾不暇的怜爱那么刺眼，往往是这些戴眼镜的劳改犯见到孩子时惯有的表情，我却从来没有给予他们希望得到柔弱笑脸回报的安慰。置若罔闻地抗拒惨淡的诱惑没有人教，我天生具有。

"大军的胳膊摔断了！"我昂起头有力地说道，转身走出来。

"在哪儿？"大军他爹在光秃秃的马场上抓住我的胳膊，表情凶狠。

"撒开！"我仰脸瞪着他更为凶狠的眼神，这个称霸北京菜市口一带，会摔跤会打拳的壮汉，在太阳岗上拉开过架势一决雌雄的教养犯，虽然脸上早已生满横肉，我现在却一点都不怕他，哪怕他手里的鞭杆换上拳套，也不会吓住我。

"在哪儿？"他马上撒开我，几乎是在哀求我，凶狠的表情瘫软得像一摊泥。

"在渠干上。"我冷冷地告诉他。

"我的儿子!"他光着秃头呼号着,连棉衣服都没有穿,只穿了一件颜色褪尽的秋衣,撒腿往渠干方向跑去。

我一直望着他呼号的背影消失干净才往家里走去。走在回家的路上想到,他们家应该感谢我!这个想法唤起我意外的发现:再说没有人知道我从中真正得到怎样的收获,反而他们还得前来感谢我,感谢我救了他的性命!我为此得到双倍的满足!我为我崭新的发现捡起一块石子,欢快地赶跑了那些跟我一起到家,落在门前树枝上等待领赏的乌鸦。

这天晚上,我第一次难以入眠。跟我们家一趟房住的大军家里,传出来他彻夜不停的痛苦的号叫声,号叫声同我期待中的敲门声一样令我振奋。但是直到鸡叫三遍,窗户发亮,他们家也没有人来我家,没有说一声感谢我的话。等到他胳膊好了重新成为那些孩子的头领,见到我也没有说一句谢谢我的话,就连表示这种意思的眼神和举动也没有出现。如果我不叫他爹就好了,我渐渐想到,那样他就会冻成一具僵尸。当我看到大军变成僵尸的可能不复存在,重新变得耀武扬威以后,我为我未能够清除心底残留的一点恶意的仁慈悔恨不已。

一九六八年冬天,享受完探亲假归来的老师,把《南征北战》电影胶片从北京带来。

黑夜降临的队部大院里,寒风在四周光秃秃的树枝上呼啸,裹带着飞扬的雪粒正在肆虐。畜牧场五花八门的各色人等,按不同身份列队排开:囚犯背朝湖岗,由持枪战士押着,挡住迎面刮来的寒风,然后是教养犯成班成组排在囚犯后面,剩下的人在两道人体防风墙阻挡下，坐下来或者站立着，脸一律朝着队部大瓦房正门方向。正门墙壁上挂上去四方形白色银幕，银幕被刮过头顶的寒风吹得摇摇晃晃。随着疤瘌张队长一声令下，摇晃的银幕上出现南征北战时期战斗场面，解放军扛着枪意气风发，穿梭于陕甘宁边区崇山峻岭之中，运动战中不忘宣传抗日救国枪口一致对外的统一战线思想，无心恋战的国民党王牌军丢盔卸甲，战败的团长脑袋上缠满绷带被押进壁垒森严的指挥部，声泪俱下地对最高指挥官张军长坦述：我辜负了长官多年对在下的栽培，理应枪毙我我毫无憾意。但是我要说共军说的在理呀！我们放弃了整个东北大好河山，不抵抗倭寇，掉转枪口打中国人，东北军官兵怎能不军心动摇啊！军长——

空旷的黑夜中响起一片掌声，夹杂着跺脚声，"好好"的赞叹声，飞雪被感化，寒冷变得温暖，囚徒劳改人员教养犯就业人员管教干部持枪战士，一张张朝着银幕的脸，被银幕上反射出来的光束照亮。这是北国边陲中一个罕见的寒夜，寒风叫气温骤降，足足零下四十度，人们专注的神情热情沉迷。

张军长没有枪毙团长，他在指挥部里来回踱步，口中喃喃自语：共军真是太厉害了！整场电影里，我格外注意着这个穿着将校尼军装的国民党中将军长，他笔挺的装束洁白的手套百万大军精良的武器深深吸引住我。随着整场战事的推进，张军长那张标准的国字脸上，越来越难以控制低落的情绪，手指不断去捅着标有青天白日帽徽的大盖帽，说话时频频向下撇动着嘴角，带动出来向下延伸的两道鼻纹，叫我对他和他的军队产生怀疑。最后变得馈不成军时刻，张军长向解放军缴械投降时表现得无奈又怅惘，他的表情成为我整个晚上记得最清楚的一幕，阔绰的装束和

174

他百万大军精良的武器，随着他无奈又惆怅的表情，在我的眼睛里开始动摇，最终成为无足轻重的摆设。我尚无辨别历史真相的能力，但我感受到了远比了解任何真相更令我信服的真实，这就是他过早慌乱的表现，与他的显赫身份相去甚远。这时候我觉得他连我都不如，虽然我自幼生长在恶劣的环境中，但是我却由此获得了孤独又阴残的力量。我为我整场电影过多地关注他的命运产生反感情绪，抬头看一眼如痴如醉的看客，他们早已冻僵的表情完全臣服于情节跌宕的电影故事当中，如果这时候冻死，全然一副副傻笑的面孔，如同一个模子刻出来的僵尸，绝没有我对张军长发自内心蔑视的力量。

黑暗中呼啸的寒风，夹裹着飞舞的雪粒，重新回到眼前，它们提醒我冻硬的脚尖正在钻心地痒痛。我站起来，遭到后面的大人大声的斥责，叫我坐下，我没有理会，转过身，迎着镜头射过来的长长的光束，稳步走到后面哗哗作响的放映机跟前。疤瘌张队长正站在那里，他没有一丝一毫的傻笑，威风凛凛地注视着整个场面，放映机散射出来冰冷的寒光散落到他破碎的脸颊上，仿佛盛开着一朵冰凌的花朵。我豁然觉得他才是一位真正的军长！解放军漫山遍野欢呼胜利的景象重新出现在银幕上。他们装备简单，衣着朴素，叫我觉得亲切无比。但是我马上又感到那样灿烂的笑脸永远不属于我，惆怅之余，我还是为他们取得的辉煌胜利带头鼓起掌来，我是由衷地折服于胜利者的力量。

第二天，老师结合昨晚的电影在班上为我们上了一堂生动的阶级教育课。首先叫学生自动举手发言，讲述一段整场电影中记忆最深刻的感人场面，学生们挠着冻坏了的手脚，争先恐后发言，描述着他们记忆中深刻的场面：解放军在松峰山上的阻击战，运动战中急行军夜行百里，全歼王牌军整团兵力，统统是这些正面人物可歌可泣的英勇表现。敌团长声泪俱下的哭诉，张军长那句共军是真厉害的感叹，成为他们拍着课桌敲着炉盖共同取乐的笑柄。我从小就不具备在不同的场合发表不同言论的应变能力，只觉得他们的讲述远不是我的对手，我没有举手，便主动站起来，眼前又一次看到了几近逼真的效果，它们完全集中在张军长这个重要的反面人物身上。我细致入微地讲述昨天晚上观察到的东西，他那注定失败的结局，随着我全身心投入的讲述，越加清晰地让我看到早已溃败的征兆，重新在一张标准的国字脸上复活。班上鸦雀无声，他们仿佛又回到被忽略掉的电影细节里面。这些本应当不足挂齿的内容我却记忆犹深。

"停！"老师打断我正要对解放军最终取得的胜利发出由衷折服的赞叹之声，"你整场电影为什么都是记住了他？"他盯着我的眼神就像钉子一样尖锐。

"我——"我这时候才发觉老师刺中我的要害之处。的确，我为什么没有记住更多正面的东西！我无言以对。

"因为你有一个像张军长一样的爹！"老师郑重地告诉我。

"嗷——"寂静的班上顿时哄堂大笑，好像心照不宣的秘密终于被轰然揭开之后，发出来的欢快的笑声。

"不！"我断然否定道，迎着全班人傻笑的面孔，公然对峙中投过去抗拒的目光。

"那么你希望你有什么样的爹？"老师挥手制止住他们的傻笑，面带轻蔑的笑容。

望着老师无声胜有声的轻蔑笑脸，我知道了我无可选择的事实，又一次出现在意想不到的暗合之中。我对爹腾云驾雾的幻象瞬息之间坍塌下来，纵然有将校尼军服有白手套装扮，慌乱不堪的表现叫我自然而然产生反感，显赫的身份马上变得可笑变得滑稽，而这样的人如果成为我爹，都是我不能接受的事实。如果说我还有希望的可能——老师这个轻蔑的提醒马上变成另一种幻象出现在我的脑海里——这便是疤瘌张队长的一张威严无比的破碎的面孔！

"不要妄想了！"老师扶一扶眼镜，他窥视到了我的重新诞生的幻象，马上予以严厉警告。

"我没有妄想！"我紧跟着又否定掉他的警告，并立刻明白了"妄想"这个词的贬损之义。

"嘿嘿！你这就是妄想！"老师冲着我发出来冰冷的嘲笑声。

"嗷嗷！妄想妄想……"全班同学立刻响应老师的警告，拍着桌子发出嘲笑声。

正是这扑面而来的嘲笑，非但没有阻止我妄想的步伐，反而促使妄想的步伐继续向前，脑海中重新幻化出来的破碎的面孔，并迅速成长为一轮初升的红日，朝我滚滚而来，散发着灼人的光芒！令我在新的激动的战栗中忘记了眼前嘲弄我的现实，看到湿地之上霞光漫天的情景，霞光的源头，又是那张破碎面孔散发着灿烂笑脸的光源。

整个畜牧场在这个寒冷的冬天，不分等级身份，不分老幼辈分，纷纷模仿起张军长那句注定失败的腔调：共军真是太厉害了！热情模仿的腔调日益高涨，布满壁垒森严的角角落落，大有驱赶寒冷之势！疤瘌张队长真是太厉害了！高涨的热情很快在现实中找到落脚之处，疤瘌张队长解放战争时期的英雄形象，开始被纷纷传诵：战场几经转移，最后转移到松峰山下，成为手持歪把子机枪的张连长；打碎颧骨依然冲锋陷阵，最终演变成张连长把飘扬的红旗插到敌人山头上的壮烈举动。他才是真正的英雄！

妈妈沉浸在广泛传诵声中，给我们指明了英雄的方向。"哪像那些王八蛋！"跟着又指明截然相反的方向。前后高低不同的语调，使我在前面高昂的调门中，听出来崇拜与向往的成分，在后面低沉的调门中，听出来轻蔑和怨恨的成分。崇拜与向往的指向不必再说，轻蔑与怨恨的指向也已经昭然若揭。我没有向妈妈核实过的秘密，就这样进一步固定下来！"就是王八蛋！"姐姐仍然被蒙在鼓里，仍然机械地模仿道。

"我们请他来咱家吃饭。"妈妈好像是突然想到，其实是情不自禁表露出来蓄谋已久的期待。"请啊！"姐姐高兴地响应。"你呢？"妈妈怀疑我是她期待的障碍，询问的语调紧张而低沉。"他会来吗？"我整个身心处在不断暗合的激动当中，更多的是一份担心。"你欢不欢迎？"妈妈屏住呼吸对我更加疑虑重重。"我当然欢迎！"我表达出来心中由衷的渴求。"再说他一个人住在办公室里多么孤单（他始终没有结婚）！"妈妈得到我确定的语气，再无顾虑，表现出来少有的怜爱表情。"就是多么孤单！"姐姐继续机械地随声附和。我没有附和她们孤单的说法，我远不止是希望他能够到来，我更加希望能够早日投入他红日一样灼热的怀抱！那是我梦寐以求的爹的怀抱，我坚守在绚丽世界中等待得太久太久，尽管我的年龄还不到十岁，但等待的时间已经超过刻在身体上的年轮……

转天天黑下来以后，在我心中占据爹的位置的疤瘌张队长，如期地叩响家门，给我们带过来专门供应管教干部吃的糖三角和两份肉菜。妈妈只顾瞅着他，他不瞅任何人，不说话也不吃东西，独自坐下来，埋头抽着手卷的烟炮。烟雾蒸腾中，我们也没有吃东西，不时朝他看去一眼。咫尺之间，破碎的脸颊，随着跳动的油灯，愈加威严，直至抵达瘆人的地步。"吃呀！"他终于不耐烦地抬头吼我们一声，瘆人的目光逼视过来。"妈妈！"姐姐害怕地靠向妈妈的怀抱。"不怕！"妈妈眼瞅着他，揽过来姐姐。"来，吃！"妈妈轻轻地咬一小口糖三角，向我们投过来鼓励的目光。姐姐低头咬上一小口。我已经昂起头，迎着破碎的面孔，感受到瘆人的威力仿佛一条汹涌的河流，畅通无阻直入胸怀，胸中顿时充盈起来摄人心魄的力量。疤痫张队长在我有力的瞩目中站起来，妈妈嚼着东西跟着站起来，他们一前一后走出家门，走进黑洞洞的夜色里。

姐姐双手擎住脸颊，眯缝着眼睛，盯着跳荡不止的煤油灯，听着外面呼啸起来的北风，述说着妈妈顶风冒雪来到公猪舍，查看完鼾声如雷的公猪，跟随疤痫张队长威武的脚步，来到母猪舍，查看完正在生产的母猪，打开手电光绕着饲料间转一圈儿，照亮墙上画出来硕大的白灰圈儿，检看风雪当中有没有狼的身影出没，造没造成危害牲畜安危的不良后果……

我知道那注定不是姐姐描述出来的光荣里程，至于应该是怎样效果的里程，不愿意超越客观存在猜测看不到情景的习惯已经深入我心，但我可以肯定接下来的情景同样浮现在脑海当中：再不用面对恶意的侮辱与欺凌，于孤独凄美的瞩望中空升一腔没有结果的杀伐之气；再不用伫立万道霞光阴影下面，独享钢蓝色的虚企的光芒，以及残留心底的未能彻底清除掉的恶意的仁慈……纵然它们阴郁而又灿烂，带给我强大而又虚幻的力量，可是一旦红日一般灼人的破碎的面孔，理所当然地占据我心中空余许久的崇高位置，一切的幻象都将云消雾散。我布满皱褶的阴暗的内心，必将重归与我身体相符的年龄，身心统一地穿上草绿色的装束，佩戴上红色的臂章，帽檐上嵌有红色的五角星，腰间扎有宽绰的军用皮带，从窗明几净的房区阔步出发……我当然不会忘记手中拎上一把真正的军刀，穿过人群，一路杀伐下去……

妈妈夹裹着寒风幸福地归来，我才停止平生唯一一次有望命运得到根本改变之前，理所当然地展开的合乎情理的鲜血淋淋的遐想。姐姐急切地印证着她注定错误的猜测。妈妈欢快地应付着她的错误猜测，寒意退尽的脸颊上，留驻下来两朵不散的红晕，将姐姐一把揽入怀中，唱起来"反动派被打倒，帝国主义夹着尾巴逃跑了"的雄壮战歌，姐姐自动地跟唱起来。在铿锵有力的战歌声中，我退到屋角，注意到跳动不已的灯影里面，摇晃姐姐唱歌的妈妈，腰身上晃动出来未曾有过的柔韧，持久不散的红晕更是我未曾见过的颜色。母亲身体上微妙的变化牵动起我内心未曾体验到的波澜，波澜推助着我向往的力量，超过眼前的两位亲人，奔向另外一位远胜过她们的至亲的灼热的怀抱。

疤瘌张队长再次到来，再次放下糖三角和肉菜，没有看我们一眼，转身走入浓浓夜色里。妈妈紧随其后关门出去。我间隔一会儿工夫，才跟随出去，跟随上一前一后两个前行的背影，踏上通往猪舍的积雪道路。北国隆冬的寒夜，北风停止呼啸，苍穹遥远而迷蒙，蒿草被积雪压弯，在路边发出清脆的折断声。寒冷犹如一层冰凉的锡纸，迎面贴到脸上，呼吸起来有如薄荷般清凉，沁人心脾。

他们一言不发，径直走进公猪猪舍大门。几盏提灯挂在顶梁柱的钉子上，映照出来猪栏长长短短的阴影，洒落在结满霜冻的土墙上面，大片猪圈浮现在灯影下面，形成一个个无底的黑洞，阒寂无声。我撩开厚实的门帘，没有再往前跟随上去。他们走进黑黑的甬道。睡在圈内的公猪听到脚步声，发出来半醒半睡的咕噜声。妈妈走到甬道中间的位置不往前走，面朝猪圈把住栏杆，谦逊地弓下去上半身。疤癞张队长威严地站在她的身后。他们下半截身体陷入黑暗里。疤癞张队长暴露在光影里面的双手，一只手压到妈妈肩膀上，一只手按在妈妈后脑勺上，仅让一团乌黑的头发显露在光影中。妈妈显露的头发，随他的上半身的节奏，前后活动起来。他们前后一致的活动带动圈门吱嘎吱嘎响起来，带动头顶上悬挂着的一盏提灯摇晃起来，惊醒了沉睡的公猪。黑洞洞的猪圈当中，站起来一片白色的猪背。它们和我一样，经过短暂的惊悸与愕然之后，幡然醒悟醒悟出来这是一幕人世间饥渴难耐的交媾！

我慌不择路地跑出大门，跑到空荡荡的积雪里。头脑中最为牵动心弦的爹最后的幻象，于站立当中从此灰飞烟灭。公猪的尖叫声冲出猪舍。一只被惊醒的猫头鹰，飞离树上的巢穴，在我面前的雪地上空翻飞，迷离斑驳的身影，映照在积雪的青光之上，恰似我迷失的身心，重归寒夜般孤寂之前，激烈挣扎的内心写照。直到猫头鹰重蹬上枝头，我随它归巢的身影望过去，看清楚树林内外的雪地，比我来时更显得清白许多，林梢之上的苍穹，颗颗寒星洒下来清冷的光芒，暗夜瞬息间已转化成白昼，一栋一栋猪舍毕露于雪光之上，画在墙上吓唬狼的白灰圈，写在白灰圈旁边震慑人心的红色字迹，待我重新识别出来它们恫吓与拯救的含义，脑海中两张欢腾的嘴脸，已经隐退下去，变幻上来一张颧骨破碎的面孔，失去红日般的光芒，回到真实的轮廓上来，仍然具有威严的恫吓效果。

　　两个身影走出猪舍大门，我猛然蹿到他们的眼前，小猫一样敏捷。妈妈首先惊骇地"啊"了一声，我没为她的惊叫动容，朝着疤癞张队长望过去，准备重新记住他颧骨破碎的面孔用以替代固有的印象。但是他好像已有察觉，提早地转过身去，走下一条封冻的排水沟，消失在对面的母猪猪舍黑暗的门斗里。

　　但他破碎的面孔还是没有逃过我的眼睛。尽管他第三次踏入我家家门，停留的时间比前两次更为短暂，转身的动作比前两次更为谨慎，似乎专门逃避我的观察，隐蔽他固有的面貌：放下手里的饭菜，没有抬头，转身出门。我妈迅速跟上去，奔赴他们俩欲望奔腾的里程。两个人先后出门的一瞬间，暗淡的灯影为我着想一般，潜入两人之间，犹如闪电一般耀眼，照亮一掠而过的破碎的颧骨，使我迅速识别出来它的真实面目：左边颧骨凹陷下去，在凹坑里纠结成一团死疙瘩，拉扯下来左边的下眼皮，露出大片显眼的眼白，形成向下垂吊的吊眼儿，嘴角却向上拽上去，半边嘴角儿合不拢，暴露了一边龇出的牙齿。右边虽然是正常的颧骨，但和左边扭结一团的情景搭配在一起，完全是相反的效果，变成一张怪物的脸膛！哪有什么威严可言！一天之内陡然的变化，清除了我头脑中对它原有的印象，使它恢复了本来的面目。我心里滋生出来惴惴不安的惶恐之感。

　　"他的一只眼睛永远闭不上。"我还是带着不安的惶恐心情对姐姐坦白了自己惊人的发现，以求证她的反应，寻求哪怕是些微的认同，我也会感到一丝心理上的安慰。

　　"你说谁的眼睛永远闭不上？"姐姐已经擎好脸颊，准备再一次自以为是地描述他们行进中的光荣里程。

"他的嘴永远合不上。"

"谁的嘴永远合不上？"

"他的颧骨永远是一个大坑。"

"谁的颧骨永远是一个大坑？"

"他就像一个怪物。"

"谁像一个怪物？"

"张必有！"我居然想到疤瘌张队长的名字。

"你不是说张队长吧？"姐姐竟然跟我同时想到他许久未被直呼过名字，只是有些不相信我会如此不恭地形容她心目中的高大形象。

"就是他！"我把确定下来的目标大声告诉她。

"你敢侮辱英雄人物！"姐姐陡然间惊恐地站立起来。

"他连猪都不如！"我又一次看见他那扭曲的嘴脸。我感到格外疲惫，并且看到疲惫的心脏蜗居到幼小的身体里面，已经是垂垂暮年的老人的心律，尽管跳动得苍劲有力，但却十分缓慢十分迟疑，无以凭借。

姐姐再没有坐下来继续猜测他们光荣的里程。我的断言掀起她愤怒与恐惧纠结一团的风暴。纸棚呼嗒呼嗒作响的风声里，她一会儿把头探出门外，四下里张望，害怕被人偷听到我耸人听闻的断言，一会儿把头缩回来，对我怒目而视，发誓要等妈妈归来，把我的断言如实地描述给她听。这自然让我想起来妈妈同样一副扭曲的嘴脸。我并不害怕她描述给谁听，只是感到面对注定两朵红晕的母亲，自己不能镇定自若的紧张。但我还是心存一丝幻想：也许妈妈听罢姐姐的描述，会给我述说她慑于疤瘌张队长的淫威，为一双儿女免受无辜伤害，痛苦无奈的真实心理，从而把我看到的一幕得以纠正过来。这样我也许会将它从此永远埋藏心底，并在今后无眠的长夜里，屡屡跳过母亲遭受屈辱的欢腾之声，听到有别于动物直白简单地抵达物种延续目的更为柔弱复杂的人类之声，并为此洒下儿子对母亲永远心怀愧疚的热泪。

"妈——"姐姐的惊叫让我从心存的幻想中抬起头。破门而入的妈妈，果然是带着寒冷退去的两朵红晕，带着腰肢颤动的柔媚，眼睛里更是比以往多出来闪闪发亮的兴奋。透过这些新仇旧恨的迹象，我一下子失望下来。

姐姐如她所言的那样，一五一十地描述我的断言。

"啪——"妈妈没有听完，上前给我一记响亮的耳光。

"活该！"姐姐跟着响亮地赞叹道。

这些来自亲人的伤害，依然没有激起我对母亲感情上的背叛。我只是转身趴到炕上，将头深埋入被垛里，再也听不到她们愤怒的指责声，一行从未流过的屈辱的眼泪缓慢地流下来，深埋的头再也没有抬起来。一直到第二天也没有上学，屈辱的眼泪和无以名状的昏睡经过一天一宿漫长的里程，直到第二天天黑才停止运行。

"起来！"我被妈妈拽起来。

在姐姐高举煤油灯的协助下，妈妈让我睁开眼。

我于睡眼迷蒙当中，看到疤瘌张队长丑陋的疤瘌脸，怪物一样悬置于灯影外面，非但没有减弱它恫吓的效果，反而闪烁出来更为阴沉更为狰狞的本来面目。我立刻闭上眼睛，惴惴不安之感比以前更为严重地弥漫心头。

"说！"妈妈让我说出来疤瘌张队长听完他们的转述，对我的行迹产生出来的种种的疑问。

我发现我已经不能再听到妈妈为虎作伥的声音，它令我感到恶心。

　　"啪啪啪——"妈妈第二次扇起来的耳光，在一阵低沉的狰狞笑声中接二连三地更加用力起来。

　　伴随着脸上一阵紧似一阵的疼痛，心头却没有疼痛的感受，反而升腾起来通畅的释然之感，面对那张丑陋疤癞脸狰狞面目的惴惴不安，面对母亲感情上难以割舍的不忍，随着声声耳光一点一点地剥落干净。陡然间再次睁开的眼睛，朝着阴沉的狞笑迸射过去的目光，由愤怒转向荫翳再转向刻毒，变成一把更为阴沉的利刃！胸腔随即被利刃的光芒照得通透明亮，短暂迷失方向的孤寂的力量，重新充填到周身奔腾的血液里面。我攥紧拳头，咬紧牙关，暗自发誓一定要摧毁这张丑陋狰狞的疤癞脸！连同妈妈贪欲的嘴脸，连同帮助他们高举油灯的姐姐执迷不悟的面孔，统统囊括在我摧毁的力量范畴之内。

　　面貌清瘦的老师听完我如实揭发出来的他们的丑行，淫荡的场面叫他这个尚未经历肌肤之欢的年轻大学生惊愕地张大嘴，不认识我一样目光在我脸上停留几秒钟，才慢慢合上嘴巴，恢复异常严厉的表情里，带着急促不安的呼吸声。大声表扬我痛改以前暧昧的立场、大义灭亲！老师小声嘱咐我不要声张，让我静候佳音。

　　佳音在第四堂课铃声响起时降临。两位荷枪实弹的边防军战士走进依旧吵闹的教室，点到我的姓名，让我不要害怕，由他们护送前去大队部完成光荣的使命。教室里顿时肃静下来，没有谁能够想象得到我接受下来怎样高不可攀的使命，并由边防军战士亲自护送前去完成。

　　我昂首挺胸踏上前往大队部的道路，心中充满果敢坚定的力量。那个在畜牧场各色人等心目中殿堂一样神圣的训诫场所，变换出来另外一番不同于深秋和冬夜的景象：积雪堆成两堵高墙，矗立院地两边，雪墙上用炉灰渣拼成两行醒目的字迹，一行是：改恶从善、重新做人。另一行是：认罪守法、前途光明。枝头上不见一片枯叶，棵棵干枝直指天空。一对喜鹊上下翻飞，吵闹不息。院子里照例站满服刑犯人、教养人员、刑满就业职工，各色人等不再是为一个虚假的王子躁动不安，不再是为一场战胜国民党反动派的电影痴迷呆傻。排列成行的队列，一律面朝一队荷枪实弹的边防军战士把守的队部大门，神情驯服而紧张。

　　我穿过胆怯的队列，穿过边防军战士把守的大门口。一片寂静当中，唯有喜鹊的吵闹声，更为突出更为嘹亮，专门为我预报着喜悦的消息。队部长长的走廊中间位置，两位军人手持钢枪，把守在队长办公室门口。疤癞张队长坐在他的单身汉铺位上，埋头抽烟。妈妈靠着门后墙壁站立中，看见我进来，求救般地唤我一声小名。我并没有回应她的召唤，径直走到戴领章帽徽带手枪的边防军军官面前，如实回答着军官的提问。这些已由老师转述出来的情景，没有引起上岁数军官急促的呼吸声。问到妈妈在他们丑行进行到最为丑陋的欢腾时刻，表现出来的表情是抗拒还是迎合的嘴脸的关键时候，我没加犹豫，把她的欢腾和疤癞脸上发出的欢腾，描述出来一样沉迷的状态。

　　"你能确定吗？"军官严肃地问道。

　　"我能！"我有力地回答。

　　"她是你妈妈！"军官不忘提醒我对母爱的关注。

　　"我没有妈妈！"我回答道。

"啊——"妈妈发出来一声惊叫,顺着墙壁滑落到地上,瘫软成一团。

"站起来!"军官严厉地喊道。

妈妈借助着墙壁的辅助,勉强地站起来。

"张必有!"军官向另一个方向转过头,声音更加严厉。

"到——"疤瘌张队长愕然抬一下头,丑陋的疤瘌脸剧烈地抽搐一下,吊眼里布满无奈的慌张和无助的恐惧。

"站起来!"

随着一声更加严厉的命令,疤瘌张队长迅速地立正站好,低下带疤瘌的头颅。

"押出去!"

四个军人上去,分别押上他们俩,先我一步走出门去。

疤瘌张队长和妈妈低头站在队部大门口两侧,背后墙壁上依然是五角星的标记,依然是兴凯湖劳改农场畜牧场的白地黑字。只是垂立于它两侧的人,已全然是另外一番面貌。边防军军官在宣布对他们判决之前,首先宣布一条远远置于他们丑恶行径之外、关乎国家安危的惊人消息。

"在长达数千公里的边境线上,已经发生多起我国边民被苏联军队打伤的重大事件,两国战事一触即发。"

我第一次听到包括我们兴凯湖在内的边境线上,即将要发生一触即发战争的惊人消息。

"国家安危受到威胁的紧要关头,张必有身为管教队队长,置党和人民赋予的重大使命于不顾,把手中的权力变成贪图淫欲的手段,应当受到军事法庭严惩,押解功德林监狱!但是迫于形势紧迫,路途遥远,押解不便,判有期徒刑十年,就地服刑!"

疤瘌张队长当场被扒掉代表管教干部身份的蓝色制服，穿上印有××字样的狱服，并施以手铐脚镣，押解进囚犯的行列。我妈在宣布完疤瘌张队长的刑期，被宣布劳动教养三年。她自动走到教养人员的行列当中。

众目睽睽之下，疤瘌张队长由高高在上的劳改农场畜牧场最高行政长官，瞬息之间沦落成为需要服十年刑期的在押囚犯，云泥之别的落差，是连曾经称霸一方的菜市口四虎都想象不到的距离。更想象不到的是这样的距离是由我一个不满十岁的孩子一手操办而成的。至于把自己的亲生母亲——等待服刑丈夫归来，并无犯罪记录的家属——变成教养犯行列中的一员，也是由一个不满十岁的孩子一手操办的结果。

所有的目光撞在我的身上纷纷垂落下来。我为此心情坦然，傲然屹立，毫无悔意。

"希望在押所有的服刑犯人、所有劳动改造的教养人员，要向勇于揭露领导干部丑恶行径、大义灭亲的少年儿童学习，随时准备到迎击侵略者入侵的战场上，为保卫祖国神圣不可侵犯的领土，英勇杀敌，再立新功！争取早日减刑，回到广大人民群众的行列当中！"

我因此获得意想不到的奖赏：戴领章帽徽的边防军军官亲手在我胸前佩戴上一朵纸做的大红花，亲手在我的手臂上别上红色臂章。这些并非梦寐以求的意外之喜，最终由我自己的力量获得，并由此产生的骄傲和满足，超过以往对任何情景的感受，身心随之徐徐上升。一片来自整齐队列里的鼓掌声，加速我身心上升的速度。

"看——"军官扬手指向天空，"我军的战机已经在保卫伟大祖国的领空！随时准备歼灭侵犯我领空的敌机。"

我于徐徐上升中仰面看见两道并行的白色线条，出现在淡然的天空当中。军官介绍说明它们是昨日刚刚从沈阳军区调配过来，负责边境线上执行巡逻任务的我军战机，白色线条是战机掠过天空时留下来的痕迹。听完这番具体的描述，我得到了彻底摆脱罪恶深渊苦苦纠缠的轻松。保卫祖国的号召充满徐徐上升的内心世界，随时准备消灭来犯敌人的决心，像驰骋战机的天空一样高远起来。

妈妈作为教养队伍中行径恶劣人员，不允许在猪舍饲养公猪，被发配到灌渠上挥舞镐头，刨起来冻瓷实的土方。很晚下班回到家中，一副疲惫驯服的表情，仿佛是在我的监视下做饭吃饭，姐姐也跟随妈妈一样低声下气起来。

我对一切驯服的表演一概置若罔闻，哪怕是面对我曾经的至亲也不例外，再说她们已经不是我的亲人，我已把亲情埋进深渊，成长为具有保卫祖国神圣使命感的红色战士。重归学校，在不费一弹一枪大义灭亲的战役中彻底臣服下来的同学，眼瞅着我手臂上的红色臂章，再没有人胆敢重复以往恃强凌弱的游戏，再不扮演两面派嘴脸，全然模仿着我的表情，神情庄严神圣，积极投入即将爆发的战事当中，扛起来带铁头的红缨枪，争相描述侵略者的模样：大鼻子凹眼睛，头发五颜六色，披头散发。这些全是凭空想象出来的狰狞面目，不能在现实中找到依据，因为谁也没有见到过侵略者真实的长相。

带着这样落不到实处的猜想，伴着冬日寒冷无比的晨光，重新来到太阳岗下面的木桥上面，一如既往地接受注目礼的教育。

桥下一改夏天的景象：不见清澈的湖水，不见粉色的浮萍，不见鲤鱼的喧闹，一派冰封的肃然。矗立满坡积雪当中的警示标牌，换上随时准备歼灭来犯敌人保卫伟大祖国的标语！没有了恫吓与拯救的含义，全然一致对外同仇敌忾的崭新面貌。我作为唯一一名佩戴红色臂章的战士，从队列末尾荣升到排头的位置，站立在老师背后，带头瞩望过去。太阳如同夏天一样升起于湖岗后面的地平线上，霞光依然落到辽阔的湿地上面，只是经过冰雪的过滤，折射上来的光芒，变得像冰凌一样冷峻凛然。湖岗上的马蹄声，伴随叮叮当当的铃铛声，节奏紧凑匆忙，没有了四平八稳的步伐。待到它们真正地出现，已经不是八匹马，已经是八十匹马组成的边防军巡逻大队。身背钢枪，急驰而过的威武身影，像是给我们发出来准备战斗的号角。

老师闪身站到一旁，把自己的位置让给我。我跨前一步，转身面向队列。

"边防军叔叔干吗去？"我询问他们。

"保卫祖国去！"他们回答。

"我们应该怎么样？"我问他们。

"像边防军叔叔那样！"他们回答。

"像边防军叔叔哪样？"我问他们。

"随时消灭来犯的敌人！"他们回答。

紧张的战事果然在转年残冬季节爆发。只是没有发生在兴凯湖这一段边境线上，而是在百里之外的珍宝岛上交火，但很快便偃旗息鼓。英勇的边防军战士身披白色披风，手持火箭筒，趴冰卧雪，迎面痛击侵略者坦克车的战地报道和传真照片，通过广播喇叭通过油印报纸，给予我们极大的鼓舞。战事因此更加吃紧起

190

来，我们已经等待不了，侵略者的相貌，变成木炭大鼻子枯草长头发的狰狞雪人，红缨枪喊声震天地响彻在残冬岁尾。

一九六九年四月凌汛季节来临，兴凯湖开化的湖水夹裹着冰凌，像这一年持续紧张的战事，汹涌澎湃，淹没了湿地里开始返青的芦苇荡，直逼湖岗。畜牧场所有人员响应上级的号召，把战胜汹涌上涨的湖水，等同战胜入侵的敌人，准备打一场英勇无比的抗洪抢险伟大战役。囚犯首先排在最前列，站在齐腰深冰冷湖水里，打桩填石，形成第一道防线。教养人员运土装麻袋，增加湖岗高度。我们手持红缨枪，面朝水面上涨的方向，预演站岗放哨的角色。傍晚湖水涨至岸边，排浪借助风势，溅起一人多高浪头。老师命令我们从激烈的战场上撤下来，等待第二天风停后再战。

最高指示通过广播喇叭传达下来，像我们这样在等待中的家庭，需要内迁到完达山下的建设兵团四师四十团，继续接受贫下中农进一步的劳动改造，继续进一步地等待下去。

两天以后，我乘坐上开往外界的太拖拉卡车，行驶在太阳岗上面。迎面开来战旗飘飘的军车，身穿草绿色军服、腰扎军用皮带、屯垦戍边的兵团战士，手握钢枪，飒爽英姿，战歌嘹亮，前来保卫伟大祖国的边陲。等待丈夫来临的孩子和女人们，统统规避到路边，自动地低下头去，等待着军车过去。

我渴望杀敌的决心丝毫没有受到影响，掠过飘扬的战旗，看见天空中出现更多拖长的白色线条，这是更多的战机留下来准备战斗的痕迹。我的头脑中马上幻化出来战场上人喊马嘶血光冲天的壮烈情景，我驰骋其间……

车行三公里之后，兴凯湖壮阔的湖面展现在眼前：那些无法通过导流堤流入湿地的大块冰排，涌至岸边，层层叠叠堆积起来，形成一座又一座冰山。阳光照在冰山上边，折射出来无数道光芒，射向蓝天，格外耀眼。整个车队的人纷纷站立起来，面对大自然赐予他们的美丽景象，发出来长期淤积在胸的叹息之声。

我被叹息之声从厮杀的战争幻觉中惊醒过来。一车的人，包括妈妈包括姐姐，还有其他两家的孩子和女人，三家一组组成的整个车队，在我的眼里，已经成为前往深山密林中抱头鼠窜的真正敌人。

"缴枪不杀！"

我跳到车棚上，手端扎枪，对准他们张开的嘴巴。

他们慢慢收回目光，看到我高高挺立起来的形象。

"举起手来！"

我抖动着红缨枪头。

红缨抖动中，他们慢慢地合上嘴巴，慢慢地低下头，慢慢地坐回到家具的缝隙里，猫一样驯顺中，慢慢地传过来一声哭泣。那是妈妈的哭泣，跟着是姐姐的哭泣，跟着是满车孩子女人的哭泣。

我在满车羸弱的哭泣声中，毫不动摇，仿佛站立光芒之上。

妈妈

　　姐姐皱着眉头看着我。我对她说我能跳过去。我们在麦地与房子之间的空地上玩跳房子。空地上画着要跳过去的格子，一共十个格子，代表十幢房子。我一条腿站在地上，等着她给我数数。我告诉她我可以一下子跳过两个格子，她只能跳一个。

　　"不玩了。"她没有等我跳起来便不再瞅我，眼睛转移到辽阔的麦地深处。

　　"那我们玩什么？"我放下腿等着她说话。她没有说话，还是望着麦地深处。

　　麦地已经有了毛茸茸的绿色，绿色晃晃荡荡，好像通过我们跟前长在墙根下面，没有间隔中间一段空地，坐在屋里随时抬眼能够看见它们，阳光照在上面，绿色分外突出分外晃眼。它们是种子刚刚发出来的细芽。

　　"它们刚刚发芽。"我告诉她。

　　"我知道。"她说。

　　"那你来玩跳房子。"我说。

　　"真烦人！"她扭过脸去。"烦死人！"她一个劲地说。说着走到空地上的一个树桩跟前。空地上有六个这样的树桩，它们原来都是树，着过火之后变得黑黢黢的。爹锯下来上面的树头，剩下下面五十公分高的树桩。姐姐坐在树桩上面，树桩和她的小腿一般高。她侧着脸，注视着脚底下的地面，注视一会儿又抬起头，望着前面绿意突出的麦地。

"这么晃眼！你晃眼吗？"她皱着眉头问我。

"我不晃眼。"我回答道。其实我也感到突出的绿色晃眼，我说不晃眼是想让她站起来继续跟我玩跳房子。

"晃得我心烦！"她又低头看地上。地上什么也没有。我跑到另一个方向，倚着房山的柴火堆，看着她的眼睛。她的眼神显得有些焦躁不安。

"你盯地干吗？"我问她。

"我一抬头就晃眼睛。"她抬一下头又低下头再不吭声。

明亮的光线落在柴火堆上，新鲜的柴火带着水分，发出来柔和的光泽，还绽放着绿芽。有一只鸡站在上面。她不只是怕晃眼就不抬头！我替姐姐想着，我得让她抬起头。于是我从背后抽出来一根软椴木，劈下来上面的枝丫，剩下半截短棒。她越来越焦躁的眼神凝聚在一起，凝固到地里面我看不到的东西上面。她仿佛能看到叫她晃眼的麦地一样。我瞄准那只鸡。鸡在伸头伸脑，准备往起跳。我扔过去短棒。砰的一声打在柴火的乱枝上。咕咕咕，鸡飞起来。

"哎唷，"姐姐抬起头，"吓我一跳。"她看着鸡飞得和屋檐一样高，落到崭新的房顶上，顺着风向跑过梯形的苦草，跑过一排红瓦压住的屋脊，消失在房顶后面。"鸡飞得可真高呀！"姐姐慢慢地说，眼神渐渐地扩展开来，渐渐地明亮起来，渐渐忘掉能够看到的东西。

"你们干吗？"爹从屋里跑出来，披着一件上衣，"干吗弄得鸡咕咕叫？"他问我们，眼睛往房顶上望过去。

"它飞得可真高呀！"姐姐站起来，手指着房顶，眼睛睁大，面向麦地对我们说，"飞过了房顶！"她把辫子从胸前甩到背后，撒腿往房后跑去。

"她总说她心烦。"我说出来真正的原因，不是麦子晃眼的缘故。

"别管她。"爹扛上背垄的镐头往房后走去，让我找把镐头跟他去干活。

菜地的面积不大，用不着马，两匹马站在对面的马棚里面。地里还有去年背过旧垄的模样。我们叉开两条腿，骑在垄背上倒退着把旧垄从中间破开，用带凹兜的镐头兜住土往垄沟里面堆，堆出来一条新垄的模样。"全都是树根。"爹指的是埋在地里的树根，树有多高树根就有多长。风化石路边的杨树离我们有十多米远，也有十多米高，亦有十多米长的树根，地里的水分都叫它们吸走了。爹用镐头把发现的树根砍断：咚咚咚，镐头不断地落在树根上面。"爹！"有人在喊他爹。那个人从我们家旧房子后面走过来，迈过排水沟来到菜地里面。他不停地叫喊着爹。妈妈跟在他身边。

"有人喊你，爹。"我说。

"嗳嗳——"妈妈也在喊。

"谁，喊谁爹？"爹抬起头，下巴颏挂在镐头把上面。

"有人喊你，爹。"我又说。

"喊我爹！"爹吃惊地瞪大眼睛。

"爹!"那个人依旧叫喊着。他背着一个草绿色的硕大的帆布背包,背包上净是耷拉下来的草绿色带子,带子耷拉到他的腰下面。他一直不停地喊着爹来到我们面前。

"这就是你爹。"妈妈停下来指一指爹,"这就是园子。"又指一指我,"他是小键,是你哥。"妈妈告诉我。

爹没有说话,也没有伸出手表示欢迎,下巴颏始终杵在镐头把上,眼睛盯着新背起来的垄沟。妈妈转动着脑袋,看看爹又看看他。他们相互看一眼,很快转移开视线。没有人再吱声。

"走啊!"妈妈推一推爹。

"噢——"爹才抬起头,转身迈过几条新背起来的垄沟。他们跟着爹,朝着我家的方向走去。走过马棚,他拍一下半截身子伸在外面的马背,马往后一跳,撞到后面的栏杆上,栏杆被撞开来。他没有喊叫,纵身跳起来,跳得真高,栏杆从他的脚下面扫过去。

我哥?我想不起来我有这么一个跳得这么高的哥哥。我不知道哥哥是什么样的感觉!我知道姐姐,姐姐总是说真烦人!我一个人,没有心思背垄,等和他们拉开一段距离,我便迈过几条新背起来的垄台,路过马棚下面,像他一样拍一下马棚里伸出来的马背,马没有跳开来,回头龇着牙伸过来舌头,舔一下我的手背。我哥,我有哥哥吗?我躲开它的舌头,看见他们走进房山的阴影里面。我如果有哥哥,妈妈早应该告诉我,但妈妈为什么不告诉我?我走进房山的阴影里,他们已经转到房子前面去了。

"是咱哥!"姐姐说。她倚在房前的墙壁上,手里捧着一捧毛葱头,挨个往下剥葱皮。

"谁是咱哥?"我问。门里面响起掀动锅盖的声音。

"从老家来的。"姐姐说。

"哪个老家？"我问。我感到非常遥远。

"咱妈的老家。"姐姐说。

"我知道咱妈的老家。"我想起来。

"咱哥长得像你。"姐姐说。她的眼睛里没有了刚才的焦虑，闪烁着兴奋的神采。好像她一直就等待有这么一个哥哥的到来，等得她心烦意乱，现在终于来了，终于叫她兴高采烈起来。

我没有理她，推门进屋。妈妈在外屋地哈着腰做饭，我们没有说话。我进到里屋。他坐在炕沿上，两只胳膊挂在后面的炕面上，两只手正好压住糊在炕面上的两朵油纸花。"咱哥长得像你。"窗户射进来明亮的阳光，落在他的后背上。他的脸上长了一层雀斑，我脸上没有。爹坐在一只马扎上，抱着两只胳膊，闷着头抽着旱烟。

"我下火车打听了半天。"他说。

"顺着铁道南走过来就到。"爹说。

"我搭上一辆拖拉机。"他说。

"吃饭啦。"姐姐打开门，门外涌进来白色的水蒸气，"放桌子。"她说。我倚在火墙上，看着他和爹。爹抬起头，他也正看着爹。他们的目光遇到一起，脸上都显得不自在，马上躲开来。姐姐把矮桌放到炕面上，"快吃饭呀！"她惊喜地叫喊着，又跑到外屋端进来三碟菜——毛葱头炒鸡蛋、白菜片炒木耳、醋炒土豆丝。又跑出去端进来一盆汤，汤上漂着一层鸡蛋花儿，漂着零星的紫菜叶儿。汤盆放在三个菜中间。

"你坐炕里面。"爹站起来。

"我不会盘腿。"他看一看爹。

"我上去。"爹爬到炕里面盘上腿。

　　妈妈进屋拿出来一瓶酒，瓶嘴上倒扣着三个酒盅。爹倒满白酒，先给他一杯，他把酒杯推到我面前。

　　"我不喝酒。"我说。

　　"他不会喝酒。"爹把酒杯拿到自己面前，又给他倒满一杯酒。

　　"妈！"他首先说话，没有等爹说话，自己举起酒杯。"吃饭吧。"妈妈低着头看着桌上的菜和汤。"妈！"他又说，酒杯在他手里微微地颤动一下。"妈！"他的手停在半空中，"你不知道……"白酒洒到手背上，流到桌子上。我们都放下筷子。他不看我们也不看爹，怔怔地盯住妈妈，目光急切，并且渐渐红润起来。"我找了好长好长时间，没有人告诉我，"他把白酒一口捆下去，头埋在胸前，头发冲着我们，长长的头发坚硬粗实，"我找了好多好多年，没有人告诉我。"他摇着头，重复地说着。妈妈夹起菜没有送进嘴里，嘴唇已经整个把牙包住，好像嘴里已经有了菜，腮帮鼓起来，又塌下去又鼓起来，发出来"喔喔喔"的闷声。菜从筷子上掉到桌子上。

　　"快吃饭别喝酒。"爹说。"不，我喝！"他又捆下去一杯白酒。姐姐把一碗饭放到他跟前。"我的饭。"我说。"你自己盛。"她说。"妈你干吗？"她的眼睛盯住妈妈，"干吗呀妈？"她低下去声音。我们不再说话，饭桌上一片吃饭的声音——吧唧吧唧吧唧。"快吃吧！"爹敲一下碗边。妈妈没有动筷子，没有再发出来闷声，一直盯着桌上的菜和汤，一动也不动。"妈，我现在真高兴。"他嚼一会儿米饭，露出来高兴的笑容，"妈，我给你带来了东西。"他放下饭碗下到地上，把放在地上净是带子的背包打开来。"这是给爹的。"他先把一瓶精制的竹叶青白酒放在桌上，酒瓶用红纸包着，用金黄色绸带扎住瓶口。"这是给妈的。"他把一顶帽子递给妈妈，帽子里里外外都是短毛，又黑又亮。"我哪还能戴这个？"妈妈的脸一下子红了。"还有这个。"他又递给妈妈一件红色的披肩。"我哪还能披这个？"妈妈的脸又红一下。"还有这个。"他又递上来一双红色的皮靴。"我哪还能穿这个？"妈妈红着脸把这些东西紧紧地抱在怀里，望着他在地上翻腾着东西。"这是给你们的。"他又翻腾出来一件东西，"我不知道你们是两个人。"他把东西递给我们。我们看见一件奇怪的东西，用竹子做的，还有两个轮子，像车轴连着两个车轮，只是小好几十倍。

"什么呀！"姐姐说。"空竹。"妈妈说。"是吗。"姐姐说。"对。"他说。"有单轮的有双轮的，这是双轮的，六个响的。"妈妈说。"对。"他指出竹轮上的窟窿眼，每个轮子上三个，一共有六个。"你怎么知道的？"姐姐看看妈妈又看看他。"妈妈什么都知道。"他说。"是吗？"姐姐说。妈妈含着笑没有吭声。他又从背包里拿出来像鞭子又不是鞭子，两头带鞭杆的东西。"走，我跟你们玩去。"他站起来真高大，头差不多顶到顶棚上。"不吃饭啦？"爹说。"不吃啦。"我们说。

我们跟着他走出屋子，他在门口把那个空竹缠到绳子一头。他让我们看着。他比我高出一头，比我宽出一倍。空竹从绳子一头滑向另一头。"就这样。"他说着开始上下摇动两个像鞭杆一样的竹棍儿，一边上去一边又下去。空竹旋转起来，越旋转越快，看不见原来的形状，看不见那些洞。我们却听到那些洞发出来声音——呜呜呜！越来越响亮，像天空中飞过来带哨的鸽子，首先把一趟房住的杨香吸引出来，她从房子前面的玉米楼里探出头，跟着国顺也从里面探出头，两个脑袋一上一下，向我们家这边张望，两张脸上布满了惊讶和羡慕的表情。

"给我试试。"姐姐脸色红润，眼睛闪闪发亮。"你得快点儿摇。"他把两个竹棍递给她。"怎么摇啊！"姐姐焦急地看着他，双手握住竹棍不再动弹。空竹刺刺啦啦地滚到竹棍上面，不再响了。"我不会呀。"她摇着头。"慢慢来。"他接过去。"你把着我的手。"姐姐说。他们的手握在一起。"这么样。"他把姐姐的手向斜上方摇上去。嘻嘻嘻，姐姐笑起来，脸上出现两个小小的酒窝儿。

他说先到屋子后面看看两匹马，再去看看叫作斯大林100号的拖拉机。"吁吁吁。"他到马跟前拍着马背，马转着圈不让他拍。"你骑上去。"姐姐把马缰绳解开攥在手里，另一只手摸着马的鼻梁。"我骑。"他抱住马的脖子，看着我们。他穿着一双回力牌球鞋。马向他翻动着嘴唇，向后闪动着脖子。"你们在干吗？"妈妈在后窗户里面向这边张望。"骑呀！"姐姐说。"骑！"他一用力，抱着马脖子骑上去。"咴咴咴——"马叫起来，四蹄向后踢过去。"我拽不住！"姐姐喊起来。"吁吁吁。"我上去抓住马笼头。"哎呀！"妈妈也喊起来，她翻过窗台，奔跑过来。"哎呀！"他也喊了一声，从马背上摔下来。

"你不会骑呀！"姐姐松开缰绳，扶他坐到喂马的干草堆上面。马跑起来，缰绳拖在地上。马跑到榆树下面，绕一个圈儿，朝着背了一半垄的菜地跑过去。"你不会骑干吗还拍它！"姐姐说。"你们干吗让他骑马！"妈妈瞪我一眼，扶着他的胳膊，"疼不疼？"摸完他的脸，又摸他的后背。"我没有叫他骑。"我说。"没事儿。"他摇着手。"我以为咱哥会骑马。"姐姐说，"是不是？"她问我。我点一点头，一声不响地看着他和妈妈面对面，对视的目光中流露出来意味深长的东西。"你别光瞅着。"姐姐也瞪我一眼。她让我也去扶他，三个人去扶他一个人。他其实不想起来，妈妈也没有扶他起来的意思。他们面对面在交流着谁都不知道的意味深长的东西。

我们上了通向礼堂方向的大道。两边的树影把路面遮住，树影后面是一栋又一栋的房子。我们走在树影里面。

"给我讲一讲。"姐姐拉住他的袖子。"讲什么？"他看着姐姐。"你坐火车来的。"姐姐说。

我们走过三杨家的院子，他们家的牛车停在院子里，他们家的两个人——杨香和国顺，还在玉米楼上一上一下地望着我们，好像他们一直在一上一下望着我们，一刻也没有停止过。

"我在火车上遇到一个人，"他走道时手插进裤兜，胳膊向两边摇摆着，"那个人是个结巴，火车到站了，售票员来管他要票。"他看看我们，说，"爱听吗？""爱听爱听。"姐姐拍着巴掌，在大道上转着圈儿，连蹦带跳。"你到哪儿下车？售票员问结巴。我……我……我……"他学着结巴说话，又挤眉又弄眼，"那是一个偏僻的小站，叫作窝里车站。我……我……我……售票员以为他蹭车不让他下车。火车只停一分钟。我……我……我……火车就开了。我……在窝窝窝窝里车站……下下下车！这才报出来窝里车站的站名。"嘻嘻嘻，姐姐弯下腰，手捂住嘴笑出声音。

"篮球！"他突然说。我们来到礼堂前面的篮球场旁边。已经有两个人正在球场上打篮球。他们是后面牧场兽医所的兽医，曾经牵走过我们家一匹辕马的三个人中的两个人，没有穿白大褂，浑身依然散发着紫药水味儿，跟牵走那匹辕马时候的药味一样。辕马再也没有回来。"我投篮你们俩看着。"他飞快地迈过路基下面的排水沟，跑到球场里面。"来球。"他也不认识他们就喊他们给他球。兽医把球抛出来。他举起一只手在空中接住球，直接往地上按下去，拍动着球。回力鞋蹬着球场上的沙子沙沙响。他在三米线的地方托起球，脚步变大，腿变得舒展起来。兽医退到三米线外面。一步两步，第三步跃起来，球飞出手，砸到篮板中间画出来的四方框里，弹回来弹到篮圈内，在篮圈里逛荡几下，穿过篮网落到地上，滚进球架空当里面。

"你行吗？"姐姐问我。

"我不行。"我承认。

兽医又给他球。他站在罚篮的白灰圈内，将球放在脑袋斜上方，胳膊自然收回来，对准篮板伸出去。唰！没有挨着篮圈，球直接落到网内，落下来。"咱们分伙玩一会儿，"他说，"正好四个人，两个人一伙儿。"他指一指我，又指一指兽医。我没有动看着兽医。"玩吗？"他向我伸长脖子。"玩吧！"姐姐什么都忘了，她倚在一棵树干上，手背在背后面说，"你不玩？"我没吭声。"他不行！"姐姐说。"你怎么知道我不行？"我说。"那你去玩呀！"姐姐嘲笑着我。他们分好伙儿，他自己对两个人。那两个人先发球。

"我回家。"我不想再看下去，球砸得篮板咣咣响。"我看。"姐姐说。"你看吧。"我看见许多屋顶冒出炊烟来。她没有理我，侧着头，一只脚蹬在树上。"真棒！"她不时地赞叹道。

外面天黑下来之前，我们坐在空地里的树桩上，看着麦地里蒸腾出来白色的气息。没有人说话，仿佛都在等待着他说话，等待着他告诉许多我们不知道的东西。可是直到天黑下来他也没有说话，没有告诉我们任何东西。"进屋吧。"爹决定不在外面等待下去，让我们全部进屋。屋子里全是煤油灯味儿。"后面好多人家都点电灯。"他临躺下之前往后窗户外面看一眼，看见好多人家亮着电灯。"咱们家是新房子，还没有拉过来电灯。"妈妈告诉他。再没有人吭声，我们都躺下来。他躺在北面的窗台下面，一张用板子临时搭起来的床铺上面。爹、妈、我和姐姐，躺在南面的炕面上。我们继续等待着他告诉我们一些东西。黑暗里，他吸着烟，烟头一闪一闪，烟气弥漫过来，我们强忍着烟味，不发出一点儿声音。藏在墙缝里的蛐蛐儿叫起来，吱吱——吱吱，停一会儿叫两声。

"其实我从小就感觉到，"他在蛐蛐儿吱吱的叫声里开始说话，"我感觉到她不是我妈，她对我的一举一动我都感觉到不是我妈。我问过她我在胡同里听人家说过南所胡同36号里面发生的事情，"他把烟掐灭，两只手压到枕头上，脸朝着顶棚，"人家说南所胡同里的桃儿从孔德中学放学以后，坐在门口的石狮子上面，冲着小大院大声地说，小大院的叔叔阿姨们，你们听着，我的后妈买了苹果买了糖馅点心，给她的儿子和黑心肠的二叔吃，给我剩下半笼屉包子。渐渐打开的院门里伸出来一张张熟悉的面容。桃儿接着大声说，小大院的叔叔阿姨们，你们放心，我吃得饱饱的，我就是让你们知道他们是些什么东西……后来桃儿大了，总往外面跑，不愿意回家。再后来桃儿和水电部的职员生过一个孩子。他们说着说着，看见我到来马上不再说话。我就问她。她不让我跟他们玩，不让我去胡同里。我们还住老水电部的楼房。墙院外面就是半爿街，现在叫明光胡同，拐过去就是南所胡同。胡同里都是四合院。我也问过我爸（他不说爹他说爸）到底是怎么回事！他说完没事，眼神马上躲闪开。我说不是，我不相信。我爸反过来问我，不是什么？我没有继续问下去。我自己去打听。很快，我便跟36号冯家的钢儿混熟了，跟他玩瓷片儿玩蛐蛐儿。你有姐姐吗？我问钢儿。有，在西城。他告诉我。有没有不在西城？在外地？在东北？我问他。东北？他吸溜吸溜地吸着鼻涕。对！东北！我说。钢儿想一想，摇一摇头。你回家问一问你妈。我说。那你给我那个'老黑盖儿'，他要我的蛐蛐儿。那你得去问，我要求他。他答应了。我把脊背上带两条黑杠的'老黑盖儿'送给他。几天过去了，一直没见钢儿的影儿。我去找他他也躲着我。我更觉得纳闷，更想弄清楚。后来，我遇上了过去老四面钟银行职员，叫金禹久，我叫他金爷爷，他住独门独院，总一个人出门推蜂窝煤。"忽然他话锋一转，"妈，你知道金禹久吗？"

屋子仿佛无比巨大，仿佛是空空荡荡的大殿，他的声音荡过来荡过去，像麦地里刮过来的风，刮在我们脸上。我们仰面躺着，一声不吭，像睡着了一样，其实都睁着眼睛，眼睛前面什么都没有，空空荡荡。"我知道，"妈妈开始说话，"金禹久年轻时候穿着一身黑绸大褂，戴着一副金丝边眼镜，穿着一双红色火箭头皮鞋，口袋上垂挂着镀金的表链，戴着一顶白色礼帽，打着一把黑色遮阳伞。"妈妈的声音像从姐姐嗓子里发出来，又比姐姐声音悠远而有韵味儿。

"他的腿不好使唤，"他又接着说，"我帮他买菜买煤。"通过窗口射进屋子的月光下面，他伸出来一条腿，"有一天，我正倚在他们家门口的石狮子上面，等着他出来搬煤。他看见我，叫我进去。请进请进，他总是那么客气，又拱手又哈腰。我第一次进他家的独门独院。满院里都是葡萄架，葡萄藤爬到东屋的房顶上。葡萄架下面放着一把竹椅。是小键吧！一位白发苍苍的老太太从玻璃后面探出半张脸，另外半张叫玻璃上的纱布帘遮住。"

"那是金禹久的太太，"妈妈说，"金太太那时候比他就小一岁，三天两头换一身旗袍，大红的水绿的藕荷的，好多种颜色。两个人经常手挽手出现在小大院里面。"

"我不知道，我吓了一跳。她从来没有出过院子。"

"她从前是一家新加坡银号老板的闺女，银号就在半爿街小教堂后面。"妈妈说。

"快坐下来，老太太走出屋，拄着拐杖，让我坐在竹椅上，他们坐在北屋的台阶上面的布椅上。"

"他们跟你讲啦？"妈妈说。

"你跟别的孩子不一样，金禹久说。所以我们把你叫过来，金太太也说。你应该知道！金禹久挺起胸脯说，应该知道自己的妈妈！他仰起脸看着四合院上面的灰瓦。我一句话也没有说，心里怦怦直跳。"

"他都对你讲啦。"妈妈说。

"我不知道该不该说，爹！"他问。他用爹称呼我爹。他还有一个爹，他不叫爹叫爸的爹。

爹"嗯"了一声，也没有说该不该说，就像一个局外人。我从被子上看见爹，他一动不动，躺在窗外射进来的月光里，鼻子和眼睛清清楚楚，死人一样"嗯"了一声。

"那不是耻辱！"金禹久说。

我们看不见那个场面，我们都是局外人。

前窗和后窗都打开着，对流的空气穿梭往来。姐姐带他去后面牧场上看黑白花奶牛。"奶牛奶牛！"他惊喜地喊着，从打开的窗户前面跑过去。他和姐姐手拉着手，笑声追赶着笑声，追赶着他们的脚步声，直到我听不见为止。

爹在房后面给马铡草。他穿着一件跨栏背心，手握着铡刀把儿，腰弯下去又直起来，膀子上的皮肤散发着黄色的光泽。妈妈蹲在下面，戴着一副白线手套，用头巾包着头，把成捆的草放到铡刀底下。咔嚓咔嚓咔嚓，铡草的声音随风传进屋里，还有他们断断续续的说话声传进屋里。

妈妈："你怎么不说话。"

铡刀："咔嚓咔嚓咔嚓。"

爹："你让我说什么话？"

铡刀："咔嚓咔嚓咔嚓。"

妈妈："我知道你是怎么想的。"

铡刀："咔嚓咔嚓咔嚓。"

爹："我怎么想的！"

铡刀停下来，爹提着刀把儿，刀刃儿磨得中间凹进去，闪烁着亮光。爹挺直身子，盯着妈妈。他们周围都是铡碎的稻草。阳光照在碎草上面，发出新鲜的淡黄的颜色。妈妈仰起脸，脸上凝聚着困惑与不解的神情。

妈妈："干吗这么看着我？"

没有爹的声音。

妈妈："干吗这么看着我？"

又停了一会儿。

铡刀："咔嚓咔嚓咔嚓。"

爹："那我怎么看着你？"

铡刀："咔嚓咔嚓咔嚓。"

妈妈："慢点儿。"

铡刀："咔嚓咔嚓咔嚓。"

妈妈："我都跟不上你铡啦。"

爹："你早就应该跟不上铡。"

铡刀："咔嚓咔嚓咔嚓。"

妈妈："你这叫说话吗？"

铡刀："咔嚓咔嚓咔嚓。"

爹："什么叫说话你教教我。"

铡刀："咔嚓咔嚓咔嚓。"

妈妈："你慢点儿。"

铡刀："咔嚓咔嚓咔嚓。"

爹："操！"

铡刀："咔嚓咔嚓咔嚓。"

妈妈："你骂人。"

铡刀："咔嚓咔嚓咔嚓。"

爹："我骂人。"

铡刀："咔嚓咔嚓咔嚓。"

妈妈："什么东西！"

铡刀："咔嚓咔嚓咔嚓。"

爹："你再说。"

铡刀："咔嚓咔嚓咔嚓。"

妈妈："什么东西！"

铡刀："咔嚓咔嚓咔嚓。"

爹："婊子养的！"

铡刀："咔嚓咔嚓咔嚓。"

妈妈："哎哟！"

妈妈从草垛下跳起来，捂着手上下蹦跳着。白线手套还挂在手指上。

爹："我不是故意的。"

妈妈："该死的该死的。"

爹："我真的不是故意的。"

"妈！"我想到妈妈的手指头在草堆里跳动的情景。"妈！"我的喊声大起来，在房前房后来回蹿动。妈妈朝我这边走过来，用手套紧紧捂着手指。我快要看到血啦！我心里的恐慌加剧着，像一只见到猫头鹰的兔子。我们相遇啦。在牲口棚旁边站住。面对面望着对方。仿佛都很惊讶。都很意外。"你没有跟他们去？"妈妈问我。脸上没有刚才说"该死的该死的"时候的表情。"妈，你的手！"我想到她的手。"没有事。"她把手放进怀里。"我看看。"我喊道。她怀里的手指在流血，流到衬衣上。妈妈没让我看。我走到他们刚才铡草的地方，没有血迹挂在稻草上面。我把稻草拨弄开来，它会像活物一样在里面跳动。"你找什么！"爹说。他好像什么也没有发生一样，把夹在铡刀床缝里的草棍拽出来。"手！"我说。"什么手！"爹平静地问道。"手！"我转身往回跑去。嗡嗡嗡，脑袋里总有个声音，嗡嗡嗡。"妈！"她已经站在炉灶间把手指用小灰裹好，缠上布，准备做饭。"干吗？"她同样平静地望着我，同样像什么也没有发生一样。

"能踩吗？"他往绿茸茸的麦地上伸着脚。麦子刚刚开放第一片叶子。麦子没有目的地摇荡着，仿佛一片碧绿的水面。"我们正准备去镇压。"我拉着离我不远的石磙子。"镇压？！"他不解地瞅着我。我告诉他镇压过的麦子长出来不至于叫风吹倒。
"那我也去。""你不行。""行！"我没有再跟他争执，把拖拉机开过来，把石磙子挂在牵引架后面。他坐进驾驶室。我们往麦地里开去。

我没有听清他冲着我说的什么话。拖拉机链轨哗啦哗啦地响。"你说什么？"我冲着他的耳朵问他。"我没有见过这么大片的麦地。"他也冲着我的耳朵回答。耳朵里吹进来一股热气。他的脸上闪动着喜悦的神情，倒像是不是坐在拖拉机里，倒像是坐在没有坐过的地方，东张西望，大惊小怪。

拖拉机开进麦地深处。

"你就光动这个东西？"他满脸喜悦的神情回到驾驶室里，指着我来回来去拽动的操纵杆问我。"还有这个。"我往上提一下控制油门的手柄。机车向前猛蹿出去。我把油门手柄压回到原来的位置上，机车又平稳地行驶起来。"光动这两个东西。"他轻松地说。"不！"我还想对他说。他不听直接伸过脚来。"别踩！"我说。"我试试。"他直接踩到离合器上面。前面烟囱里冒出来一股黑烟。"松开！"我喊道。他没有松开。发动机憋灭了火。"怎么办！"他紧张地看着我。"没有办法。"我说。"怨我怨我。"他点着头，脸上挂满歉意，以为机车坏了。"没事！"我笑着说。我们下车，我用绳子重新缠到启动轮上，机器重新响起来。"嘿嘿嘿，"他又笑着跳上车，拍一下我的后背。"一边去，让我坐副驾驶的位置上，我来！"他冲我比画一下。"不行！""行！"他绷住脸，朝着油门踩下去。机车向前扬起头。压过的麦子和没有压过的麦子分出来层次：压过的地方发白，没压过的地方显得绿。我们来来回回往返于麦地的南北方向。他已经学会不动操纵杆让机车自己前进的办法。

"歇歇吧。"我们正好又回到麦地中间,我先跳下车,机车继续往前开。他也跳下来。"熄火呀!"我喊道。机车自己往前开去。"才二档。"他像没事人一样望着行进中的拖拉机。"不行!"我追上去,踩着转动的链轨把油门压到0的刻度上。"应该让它自动走,"他说,"无人驾驶。"他走到机车旁边,"就是不能拐弯,"他看着拖拉机链轨,"能拐弯儿就成了无人驾驶。"我跳下来,他跟着我,我们坐在麦地里。"我认识韭菜。"他的手在麦子上摇晃。"韭菜和麦子不一样。"我说。我开始看见地里绿油油的一片还纳闷,"怎么种这么大片韭菜,能吃得了吗?"他抬起头。我们的目光交汇在一起。"你们长得像!"突然想起姐姐说过的这句话。"我们长得像吗?"我问他。"像吗?"他转动着脖子,让我前后左右看他的侧脸和后脑门。他的头发剪的时候下了一番功夫:后面长前面短。长得像扫帚,短的遮不住脑门。他的左脸上除了雀斑,还有起过青春痘之后留下来的黑点儿。我脸上粗糙但没有黑点儿。他脸白脖子也白。"你们眼睛像!"姐姐说。他是双眼皮,我也是双眼皮。"我们是一个妈生的。"他望着我。"一个妈生的!"我心里跳动一下,并不好受。"你一直在妈身边。"他伸手拍一下我的脸。"别动!"我忙闪开。"兄弟,怕什么!"他笑着说。我脸上热乎乎的,不是因为他说兄弟而高兴,是因为不是一个爹而难受。嘿嘿嘿,他并不计较,翻身跳起来。

"你干吗不坐下来?"我又拍着绿茸茸的麦地让他坐下来。我不知道该怎么办,中间隔着一个爹一个爸,两个不同的内容。"妈!"他说,"妈!"他又说,"妈妈!"他一声比一声大地喊起来，手臂在胸前张开，冲着辽阔的麦地，好像那里的更深处有他的妈妈存在。"并不是我的妈妈。"他往怀里搂着空气中存在的形象。"你坐下。"我说。麦地上空晴朗无云。他不肯听我的话。"兄弟！"他低下头，望着我的目光我从未感觉到过，像这一片绿意浩荡的茸茸的麦地，绿意上面沾满湿润的露珠。我低下头。我们不是兄弟，我们还是什么？我还不知道，总觉得中间隔着的东西清晰可辨。他的回力鞋上沾着柴油，敞开怀的夹克衫上也沾上柴油。领子却竖起来。"你很漂亮，"他说，"很潇洒。"我站起来，才到他眉毛处。"你也很漂亮，"我说完心里直发慌，"你也很潇洒。"我又说了一句，脸上直发烫。"我知道。"他说。他不发慌，脸不变色。"你的日子怎么过的？"我突然问他。"什么日子？"他看着我。"你生下来以后的日子。"我不禁想到。他"噢"了一声，转过脸去。"我待过业下过乡到过工厂进过拘留所到大兴县挖过沙子，"他望着麦地深处，"我就像这些麦子，倒下去挺起来再倒下去再挺起来，"他比喻着自己，手掌放下去又立起来，"我就是走到天涯海角我也要找到妈妈，就是走到天边……"他的手伸出去，指向麦地之外，指到远处的蓝色山脉，"那山可真蓝！"他惊叹道，就地头朝下翻了个跟头，头没有着地，转一圈儿，脚又站住，"蓝蓝的天上白云飘！"他张开手臂大声唱道，"白云下面马儿跑……"

姐姐在喊我们。她在麦地边上冲着我们招手。她换了一身新衣裳，站在家门口的树桩上喊我们。"她是一个好姑娘。"他转过头望着她。我们往拖拉机那边走去。"你摸过姑娘吗？"他站到链轨板上问我。"什么！"我吓了一跳。"摸过姑娘这儿吗？"他的手往我胸前摸一下。我闪开身，身上的血全涌到脸上。哈哈哈，他笑起来，"别害怕。"他瞅瞅我。"我想都没想过。"我说。我们坐到驾驶室里。"没想过吗？"他问，眼睛意味深长地眨动着。"没有。"我说。哈哈哈……他笑得越来越难听，眼睛里越来越复杂，堆了好多的东西。

　　她和那么大男人手拉着手，我能够听到杨香的说话声。"喂！"我跟在他们后面，叫他们家的园障挡住，杨香没有看见我。"干什么？"他们听见我喊他们，停下来。我指一指他们走过去的院子，他们退回来，等着我赶到，我们一起来到他们家的院子里。

　　他们在给牛身上泼柴油。正是那头牛发出哧哧哧的声响。"烦死人！"姐姐总是说那头牛。其实是国顺在泼柴油，杨香站在玉米楼下看着他干活。废柴油味儿弥漫开来，像沾在身上一样，躲也躲不开。黄牛拴在障子边的一棵杨树上。三杨也在，在朝着路边的牛背后面，我们没有发现他。他和国顺站在树荫下面，站在牛的两边，轮番用脸盆往牛身上泼着柴油。"躲开！"三杨见到我们过去马上说。我们后退几步，退到他们家仓房下面的一堆木头上，房山上落下斜长的阴影遮住我们。"这是干什么！"他站在木头上半张着嘴，看着眼前的牛身上沾满黑乎乎的柴油，一副弄不明白的样子。柴油滴滴答答地往下流。落下来的树影打到牛的头部。牛哞哞地叫着，鼻孔上穿过来发亮的铁环，铁环拴在绳子上，绳子拴在树干上。"这是干什么！"他口中喃喃自语。我们踩在同一根木头上，他的腿在上面颤悠，带动我们也跟着颤悠起来。"曬！"他又回头看见和仓房连接着的房山，房前房后支着好些柱子，"这还住人！"他惊叹道，"你们还住里面？"他问他们，没有人回答他，"四处漏风！"他看着裂开缝的房子。"躲开躲开！"三杨又说我们，并向我们走过来，"看什么看！"他向我们挥着手，"去去去。"满脸不耐烦的表情让我们离开，不让我们说他的房子，说他的房子裂开的口子，说还能够住人吗？"接着！"他扔过去一支烟。"嗬！"三杨没有准备，烟掉到地上。"接着！"他又扔过去一支，扔得比第一支高。"嗬嗬！"三杨捧着手举起来。"接着！"他再扔过去一支，扔得比前两支都高，两支烟从空中，一前一后往下落。"嗬嗬嗬！"三杨不知道接哪支，捧着手来回跑。哈哈哈……他笑起来。嘿嘿嘿，三杨也冲我们笑起来，把掉到地上的三支烟捡起来。"我回屋抽口烟去。"三杨不再让我们躲开，不再管我们说他的房子。"去吧去吧。"他冲着三杨喊道，好像是他批准他去的。

"就他和他妈住屋里。"国顺看三杨进屋告诉我们。"不是你爹哈！"杨香说。"是我爹！"国顺改口道。"那能住吗？"他撇着嘴冲着房子指一指，又喊道。"反正我不住。"国顺脸红一下，停下手里的活，拎着沾满黑色柴油的脸盆，绕过黑色的柴油桶，走到我们站的仓房下面，离我们一米远的距离，站在充足的阳光里，脸上总是只有一种寄人篱下的复杂表情。"干吗往它身上泼柴油？"他看着他走近，高声问。国顺脸不红了，"噢"了一声。他又高高地扔给他一支烟。"好烟！"国顺接住了，脸上有了巴结他的笑容，低着头看着烟的牌子，把烟夹到耳朵后面。"抽啊！"他让他抽烟。"不行，火挨着柴油就坏啦。"国顺说。"是吗！"他扔掉烟。"你离油桶这么远，没事。"国顺说。"别价，轰的一声我们都得完蛋！小命就没了！"他开始满嘴的油腔滑调，与在我们家里诚恳的表现完全不一样。"我们是乡下。"国顺说，语气低沉下来，脸上充满对他的羡慕。"你们和乡下不一样。"他摇着头。"乡下都一样"，国顺说。"不一样，我们那儿的郊区那才叫乡下！"他用手在脸前比画出来跟他的脸差不多大小的地方，"屁股大小的地方一个村子连着一个村子，像样的山都没有。"他高声告诉我们。

"那才是农村。"姐姐说。她已经跑过去，离开我们，和杨香站在玉米楼下面，和我们隔着乱七八糟的院子，笑眯眯地望着他。"我们不是农村？我头一次听说。""农场！"姐姐说。呵呵呵，国顺笑起来。"不一样就是不一样，一眼望不到头的山，山连着山。"他指着我们视线所及的山脉。连绵起伏的完达山脉，永远发出淡蓝色的光芒。"你不是说像外国的农场？！"姐姐说。"对，像外国的农场，你们都是农场主。骑着一匹马，戴着一顶巴拿马草帽。"他伸手够到仓房房檐下探出来的一根椽木，摇动起来，摇得房顶上的草掉下来。"倒啦！"我说。"是吗？"他叫道。不敢再摇，眨着眼睛往我这边躲一躲身子。"再来一杆枪抱在怀里。"姐姐说。"对！"他转过头冲着姐姐赞叹道。"真带劲儿！"姐姐伸手搂住杨香的脖子，摇晃着杨香，眼睛里闪闪发光。杨香咯咯地笑起来。"外国，"国顺摇着头，"外国，"他嘀咕着，拎着盆走回到黑色的柴油桶跟前，拧开带丝扣的桶盖儿，快把油桶推倒，才倒出来满满一盆柴油，"那是做梦！"他端起脸盆，把半盆柴油泼到牛背上。"没有梦就没有现实。"姐姐继续摇着杨香，杨香继续笑着。"你做梦去吧，"国顺绕到黄牛前面，"你现实去吧。"又把半盆柴油泼过去。

咔吧一声，我们脚下的木头断了。"哎唷！"他跳出去，站到阳光下。"有什么好看的！"姐姐放开杨香，跑过院子，拽住他的手。"我看看。"他弯下腰，看到牛头上除了两只眼睛、鼻子、嘴都变成黑色，还在滴滴答答流着柴油，柴油滴了满地。"走啊！"姐姐把他拽到风化石路上。"我看看，"他侧着身子往后看着，"干吗往它身上泼柴油？"他边往后看着边问。"因为牛身上都是癣。"姐姐说。"牛身上也生癣吗？"他站下来。"当然生癣啦！"姐姐说。"我以为就人身上生癣。"他眨着眼睛。"快点儿。"姐姐又听到篮球声，用力一拽他，她喜欢看他打篮球。他们往三杨家房后跑去。

　　"你和他长得像。"杨香一直走到路边，倚在园障上，看着他们跑进球场，才向我投过来耐人寻味的目光。"他是我哥。"我瞅着牛脑门上一圈一圈的卷毛儿。"你哥！——"杨香拖着长声，"他是你哥呀！"——声音越拖越长。"对呀！——"我学着她拉着长声。"可是你妈是城市人，"她不再拉长声，"我们都不是城市人。"她指一指国顺。"我也不是城市人，"我说，"我爹是本地人。"我看看杨香，又看看国顺，他还在干活。"我爹也是本地人，"杨香说，"国顺他爹也是本地人。"杨香甩一下头。"那我们都是东北人。"我跟着她说。"我爹和国顺的爹一样，"杨香又说，"他们是本地人，"杨香骄傲起来，"是开荒种地的本地人。""行了。"国顺说。"我爹也是开荒种地的本地人。"我说。"你妈不是啊，"杨香又拉起来长声，"郑图声也不是啊，"她拉着长声提到一个伙夫，"崔瑞兰也不是啊。"又拉着长声提到一个饲养员。"行啦！"国顺说。"怎么啦！"我看见她那双挑衅的眼睛。"你妈干活总戴头巾。"她又不再拉长声，"崔瑞兰干活总戴着手套。"她把嘴撇开来，"郑图声做饭总叼着烟斗。""怎么啦？"我说。"你妈来这之前不认识你爹，”她把眼睛也瞥起来，“那时候就有你哥，你们是一个妈生的！”她终于说道。“非得是一个妈生的。”我说。“喊——哥！”她喊着学一声“哥”。“非得是我妈生的我才叫哥。”我说。“你别没话找话。”国顺干完活，满手黑乎乎。“你妈早就生过孩子！”杨香变得傲慢起来。“杨香！”国顺喊着她。“本来就是！”杨香也喊道。“你别理她。”国顺说。“我没有理她。”我说。嘿嘿嘿，国顺又有了巴结的笑容，笑着拽下来房檐上的一把草，来回来去地擦呀擦呀，擦着手上黑乎乎的柴油。

天完全阴下来，阴得低低的，灰蒙蒙的，仿佛一片灰色的草。我们坐在树桩上面。一共六个树桩。我们五个人。剩下一个空着，爹把脚踩在上面。爹坐着一个踩着另一个。

“等我过几天带你上山去。”姐姐说。

“别听她的。”妈妈说。

“听咱爹的。”他说。他说爹不说爸。他们是两个人。

“我才不愿意听他们说。”姐姐噘起嘴，表现出与她年龄不相符的天真神态。

“听着听着。”他说。

爹放下脚来，没有说话。他在抽烟。阴沉沉的天气里，吸进去的烟，从鼻孔喷出来，在脸前散开，脸变得模糊不清。

“我进过一次山，山里头什么都没有，”姐姐说，“我以为什么都有。”

“听着听着。”他说。

“我也进过山。”我说。

“你们别坐那么近。”妈妈说。

姐姐的两只手拄在他的膝盖上，头好像要扎进他的怀里。我们看见一匹马从房后面走出来。我们并没有注意他们。马低着头绕着树干走，从一棵树下走到另一棵树下。在每一棵树干上闻一闻，打一个响鼻儿。

“你们还坐那么近？”妈妈说。

“我哥怕什么！”姐姐说。

爹看他们一眼。他侧身坐着。余光看到他们。

“起来起来，”他把姐姐推起来，“坐好啦。”

“不！不！”姐姐又噘起嘴。

“瞅你的样子！”妈妈说。

“谁？！”爹说。

“绷着脸给谁看！”妈妈说。

“我就烦那么严肃。”姐姐说。

“有你什么事！”我说。

“你也少插嘴！”妈妈说。

“你去把它哄走。”爹说，他用夹住烟的手指着房山对面。对面一排树，在阴天里，树干上渗出一层细密的水珠儿——树在阴天里出汗。

“你把它哄走。”爹说。

“我去。”他站起来。

“你坐着！”爹说。

“我去。”我站起来。

马开始啃树干上的皮。马白色的牙露出来，往上翻动的唇部露出来，一下一下抽动着，皱起来黢黑的鼻子。隐隐约约有雷声在遥远的山顶上响起来。我走近马，看见它竖起耳朵不停地颤抖。

“爹！我想我还是回去。”他说。

“回去干吗？！”妈妈的声音吃惊又空洞，好像在胸腔里转悠半天才传出来。

"你要走！"姐姐喊道。

"爹！"他说。

爹没有说话。他们在我身后一动不动，仿佛他的话没有说过，仿佛爹在思考着很遥远的事情。"爹！"这个称呼仿佛不是对爹说的。"爹！我想回去"这话肯定不是对爹说的，也不是想回去的意思。

"你听见没有！"妈妈探过身子，冲着爹喊道，"喊你那么多声爹爹爹，你听见没有！"

爹"噢"了一声，笑一笑，脸上皱起许多褶子。他没有说什么，只是这么"噢"了两声。

"你说话呀！"妈妈说。

"爹！"姐姐喊道。

"什么！"爹说。

"爹，我回去吗？"他说。

爹"噢"了第三声。

"你噢什么噢！"妈妈说。

我用脚不断地踹马的屁股。它总是在下一棵树下停顿，总是把嘴伸到树皮上面。我必须接二连三、无休止地踹它，直到把它踹到房后为止。

我往回走，看到灰暗的天上有积雨云在发展在壮大。我们家的房子，还有他们——爹、妈妈、姐姐和他，坐在树桩上，显得很老实，很呆板，像顺着树桩又长起来的一截一截的树干。他们之间像这会儿阴沉的天空，酝酿着一场大雨来临。

"回去吧！"爹终于说话。

"这是你说的话！"妈妈说，她站起来，离开树桩，手指在爹眼前晃动，"你这叫说话！"她说，"说的什么狗屁话！"

"妈！"他站起来。"

"狗屁话！"妈妈转身往屋里走去。

"爹！"姐姐看着爹喊。"妈！"她又看着妈妈喊。

"妈！妈妈！"他只喊妈，不喊别人。"妈！"他连声喊着，紧跟在妈妈身后，高大漂亮的身躯紧贴在妈妈后背上。手在她肩膀上悬着，随时要放下来，随时要把她搂在怀里。

我们等着火车从四号地里东西走向的山包后面出现。这是一个叫新建的五等小站，和我们家相隔十里地。一条铁路穿过：1、2、3、4，四幢瓦房。瓦房上面涂着黄土粉子。房前房后摞着铁轨下面用的枕木。浸过防腐剂的枕木，黑黢黢地摞成一垛又一垛。人们陆陆续续从我们对面的稻田地里，从我们身后宽敞的土道上，往这条铁轨跟前聚集。聚集起来的人们，说话声音很大。他们说的话我们都听不懂。他们说的是上海话、安徽话、湖南话。或者是男人或者是女人，俩俩一对当中，总有一个是外地人的装束，拎着旅行包，眼睛望着对方，像夫妻、像父子、像母女，共同攥着旅行带，叽里呱啦，连比画带说，旁若无人，表情焦急，好像说也说不完。

我们没有站在一起，我们站成三拨。妈妈和他一拨。他们站在一道铁丝网下面。姐姐和我一拨，我们倚在枕木上。爹自己一个人倚在另一垛枕木上。

"过去看看。"姐姐说。她的头压在胳膊上，胳膊支着枕木。"我想过去看看。"她说。她背朝着我，脸朝他们望去。妈妈也是背朝我们。他的脸一侧朝着我们，另一侧朝着铁轨对面的黄色房子，正面朝着稻田地。"我想过去看看。"姐姐光是嘴上说，没有行动。他们也没有任何动作，手垂在衣服两边，各自望着各自的方向，一动也不动。也看不见他们嘴动，他们应该在说话。他们又该说什么？我们在想。"我真想过去呀！"姐姐几乎喊起来，不停地用脚踢枕木，眼神里充满了急躁。

铁轨周围的人们，脸上停止了焦急的表情，一起扭向一个方向，一起行动起来，离开铁轨，向两边跑开，让出来铁轨两边七八米远的距离。人们突然都不说话了，一起望着那个方向。山包后面出现火车头喷出来的白色蒸汽，一股接着一股，连成一道又粗又长的白线，横着飘散开来，越飘越宽，变成一片白雾挂在更低的积雨云下面，也不消散。

爹从我们身边走过去。"爹！"我想把他叫住。"干吗！"他虽然答应着我，但没有停下来，摇晃着身子，两只手背在背后，迈着自信而又稳健的步伐。姐姐在我眼前挺直身体，看见爹走过去，她指指爹，没有出声，摆摆手，也不让我出声，自己悄悄地跟上去。我没有她那么小心，跟在她身后看着她小题大做的样子。

我们离他们很近，我们停下来，看着他们——妈妈和她的儿子。不包括我，我好像不是她的儿子。我看着另外一对母子，他们即将分别。爹也和我一样，不是他的爹，也不是妈妈的丈夫，是他们的局外人，他们之间还有一个人，我们看不见他，但他存在着，横在我们中间。我们平静地看着他们，看着那个看不见的人。

"过去呀！"姐姐推推爹，又推推我。她不像我们，她把他真正当成哥，真正把自己当成他们中间的一员。她脸色发红，眼睛发亮，激动得浑身上下都在跳动。"干吗！"爹故作镇静，"让他们说会儿话。"他说。我们不再吭声。我顺着两条铁轨看出去，它们发出两条耀眼的亮光，在越来越远的地方，变得越来越窄，变得光线在上面闪烁。爹对着妈妈头发浓密的后脑勺，眯着眼睛，好像那里面埋藏着他不知道的所有内容，令他迷惘，令他费解，更令他愤愤不平。姐姐呢，我正想到她。"哥！"她已经做出回答。她丰满的圆脸庞，像成熟的柿子，鲜艳夺目。她的喊声被四周的嘈杂声压下去。

"他听不见我喊他。"姐姐告诉我们，转身奔过去，横在妈妈和他的中间。

"妹妹。"他低沉地说。妈妈紧闭着嘴没有说话。他们脸色沉闷，像刚刚苏醒一样，刚刚从谁也说不清的里面苏醒，连他们自己也说不清楚。我们长吁一口气，是我和爹，不是他们。我们不看他们，都面向铁轨，等着火车进站，铁轨发出咣当咣当的震动声，连同我们脚下的地面一起震动起来。

"你！"他伸出手臂，越过姐姐，双手扶着妈妈的肩膀探过头，"你要对我妈妈好。"他说的是"你"，不再是他的爹，不再是我妈妈，是他的妈妈，"你要对我妈妈好！"他瞪大眼睛喊起来，好像是另外一个人，一个我们谁都不认识的人，呼喊着自己的妈妈，警告着另外一个人。

"给！"爹转过身，好像没有人喊他，他出人意料地掏出来一沓钱——三百块钱。爹没有瞅他，晃动着手里的钱，钱松松散散地展开来，一张又一张耷拉下来。"我不要钱！"他几乎要冲过来。"拿着！"妈妈说。"不要我不要！"他喊起来。"哥！"姐姐尖厉地叫一声，抓住他越过自己的一只胳膊，把它拽下来，拽到自己的脸上，把她的脸压到他的手掌上，"你干吗要离开妈妈，干吗要离开我！"她的声音从手掌里发出来，发出来她和他共同的妈妈。

蒸汽机车头开进站，巨大的车头连同巨大的曲轴从我们眼前轰轰隆隆地掠过去，带来的风吹动妈妈的头发，还有我们身上的衣服随即鼓起来。

"拿着吧！"爹停下晃动的手，把钱放到指向自己的空着的手里。"我不缺钱！"他的声音低下来。"就算我给的。"妈妈接过钱来，说明钱归属了她，说明她和爹分开来。"行！"他接过去钱，放进上衣口袋里。"别放那儿！"妈妈把钱掏出来，"放哪儿呢？"在他身上寻找着安全的地方。"放这儿！"姐姐抬起头，夺过去钱，拉开他的夹克衫，把钱放进背面的兜里，从自己怀里解下一个别针，别在兜盖和衣服之间。"没有人敢偷我。"他说，脸上又生动起来，又变得油腔滑调起来，但一瞬间又消失了。火车停下来。"快上车吧！"爹说。"才停一分钟！"我说。"我走了。"他盯着妈妈，盯着妈妈朝后退过去，退到车门口，撞到梯子上，转身抓住车厢上的把手，踩住梯级，把身体用劲带上去。信号员在我们前面笔直地站住，打开两面旗子，一面红的一面绿的，举到头顶上，交叉着摇晃起来。

"妈！"他挂在车门上，车门上还挂着几个人，"妈！"他半截身子伸出来，几个人也伸出来半截身子，也都呼喊着各自的亲人。"妈妈！"我们拽住妈妈，不让她往前跑，不让她离开我们，不让她和我们周围跑起来的人一起奔跑。"撒开我！"妈妈严厉地说。我们撒开手。她并没有往前跑，没有离开我们，也没有流眼泪，一点表情也没有。"哥！"姐姐跑了起来。火车开过去，奔跑的人都停住了脚步，只有她随着车尾跑呀跑。大雨下了起来，很快又很急，把她奔跑的身影渐渐地吞没。

梦想与现实

我们干吗要走进陷脚的麦地里，还下着这么大的雨。爹也不告诉我他的打算。好像他要做一件大事情去，要不然怎么这个时候出来。他的脚深深地陷在前面的垄地里，跟着他的脚陷下去的还有麦苗儿。它们再也抬不起头来啦。

"谁叫你把车停在里面的！"爹拔出来一只脚，回头看着踩进脚印里的麦苗儿。

我也不知道他这时候出车！我这么想并没有这么说。

爹没有再说话。

雨水流进踩出来的脚印里，看不出来任何迹象，好像没有人踩过一样。麦地里浮着一层水，麦苗儿在水面上迅速成长。它们已经不再是一两片叶子，它们有更细的麦秆儿从下面不断地拔出节儿来。雨点儿打在一节一节开放出来的麦叶儿上面。扁长的麦叶儿颤动着。

爹拉开拖拉机的铁门，哗啦啦，铁门的响声压过沙沙的雨声。"你蹲在地里干吗呢！"爹把着门把手，看见我蹲在地里不知道我看着麦子在成长。我没有告诉他。我披着妈妈披着往雨里跑的那块塑料布，雨点把塑料布敲打得砰砰响。爹戴着一顶宽边草帽儿，他嫌塑料布碍事。"麦子开始拔节啦！"我还是告诉他。爹的宽帽檐上细密的雨水，像雨帘儿一样流下来。"快点儿上去！"他催着我。我跳上车，爹在下面拽了四下才启动车。"油箱进水啦！"他坐进来，"放到后面去！"他递给我启动车的绳子，绳子又湿又沉。"走！"他像赶一辆马车。拖拉机调过头，两条链轨转动起来，下透雨的麦地把链轨陷到驱动轴上面的位置,大片的麦子陷到泥里面。"啧啧啧……"爹回头从后窗望出去，脸上一副心疼的表情。更多的麦子被转动的链轨压进泥水里再也不能成长。"我哪知道雨天里出车！我哪知道！"拖拉机在爹的啧啧声里离开麦地。

　　"你们要干吗去呀！"妈妈推开了窗户，姐姐也推开窗户，她们每个人守着一扇敞开的窗口探出头，掩饰不住急切又兴奋的心情，冲着我们招手。"回去！"爹也向她们摆手，让她们回到窗户里面。姐姐缩回头，妈妈没有缩回头。"我们都看到啦！"她反而把头伸出窗户，"你们快来看呀！"伸出房檐儿，伸到雨里面,继续往外面伸,要把整个身子伸出来，伸到雨里面。"回去！让你妈回去！"爹用手指向姐姐指过去。"妈妈——"姐姐离开她那扇敞开的窗户，来到妈妈那扇窗户后面,拽住妈妈后背上的衣服，"回来吧。"她嘴上说着让妈妈缩回头，却并没有阻止，知道也阻止不了。"他们谁也不来看一看……"妈妈更加起劲地扬着头，更加起劲地伸出去手臂，伸到雨里面比比画画，像是在替姐姐扬着头替姐姐说话替姐姐比画，"你也说句话呀——"并且回过头也要姐姐说出来，"你也告诉他们呀——"也要姐姐告诉我们，"你也伸出手来呀——"也让姐姐把手臂伸到窗户外面的雨里面。

　　整个空地里都是雨，像是深深的水从天而降，看不清她们在另一头的窗户后面冲我们比画什么，她们又看到了什么，又让我们看到什么。在这么阴沉的连阴雨天里，掩饰不住兴奋的东西到底是什么？到底是什么不能叫她们安静下来？我不由自主地把油门关小。"别管她们！"爹果断地阻止道。妈的！他盯着前方，神情严肃地咒骂道。

我们沿着木工房后面的大道驶上公路。雨里面的烘炉山显得又翠又绿，还有路两边的杨树和草丛，都闪动着水光。许多牛站在树下面，雨再大也不能耽误它们吃草，就像它们肚子下面的奶包，一天不挤奶都不行，都会憋得嗷嗷叫。它们嘴里没有嚼草，没有卷动舌头，只是那样伫立着，和在圈里拴在水泥槽帮上没有区别。它拖着硕大的奶包，却没有嗷嗷地叫唤。但是在内部，在它们短短的绒毛下面，流动的血液和骨骼中间，有一种东西不间断地涌动。在举架宽大的牛舍下面，这种东西会在它们内部冲撞着，从它们憋足的奶包中呈现出来，从它们嗷嗷的叫声中呈现出来，从它们不间断的动作中呈现出来：它们踢得水泥地咚咚直响，把拴在脖子上的铁链拽得哗啦啦四处摇晃。在雨里，在雨的巨大的铅灰色苍穹下面，那种东西没有憋得嗷嗷叫，没有踢得大地咚咚响，而是顺着它们那些纤细的绒毛流淌出来，仿佛唯有这种方法可以使它们舒服使它们安静，感到雨水透过毛皮之后的快活舒畅。

爹也是这样，他身上的那种东西也在不断地涌动不断地冲撞，不断地需要一种方式得以解脱。尤其在连绵不断的雨天里，他身上的那种东西催促着他前进。他是待不住的，尤其在灰暗肮脏的屋子里是一刻钟也待不住的，那种东西会更加明显地东撞西撞，寻找突破口，寻找得以解脱的最终方式。

拖拉机驶过那些静止不动的奶牛身边，它们站在那里，树叶垂落在脊背上面。爹没有注意它们。他盯着道路前面的雨幕，好像那里面有他需要的东西隐藏在某个隐秘的地方，去等着他以一种方式前去寻找，从而使得身上那种东西得以摆脱。

山峦在前面出现，山上的树木笼罩在雨幕中，还有山下采石场上那些黯红色的石料堆，从雨幕里凸显出来。

"停！"爹说道。我从山那边转回头，看见爹还举着一只手，像在指挥着谁，反正不是我，是他头脑里的东西，他在指挥着他头脑里日益壮大的东西。爹放下手，眼睛明亮而专注，紧绷的神经丝毫没有松弛下来的意思。

"我们在干吗？"我看见公路上出现一大片的水洼，"我们能过去的！"我说道，"水洼再深也挡不住拖拉机链轨的，就是没有了链轨，也挡不住带动链轨转动的铁轱辘车轮的。"

"不！"爹摇着头，呵呵呵，他跟着笑起来，笑着缩回身子，抱起胳膊，闭上眼睛，两只脚搭到操纵杆上，两条腿跟着颤悠起来，嘟嘟嘟，还吹起来口哨。

"这是干吗哪！"我不明白。"嗯——"爹瞭我一眼，又闭上眼睛，嘟嘟嘟吹起口哨，一点不像我爹，像我同龄的伙伴，在跟我开着一个玩笑。"我下去！"我坐不住了，"没事干待在雨里吹口哨玩儿！""别动！"爹不让我下去。"那你别吹口哨！"我说道。他还吹，嘟嘟嘟。我们不说话，谁也不理谁。

外面哗哗地下雨，雨点打着车棚砰砰直响。哗哗哗，砰砰砰，嘟嘟嘟。"来啦！"爹没有让这三种声音延长多长时间，他突然坐直身体，四处张望一下，精神抖擞起来，好像发现了猎物。"什么来啦？"我没明白。"油罐车！"爹小声说道。"哪有油罐车？"

我四处看，什么也看不见。"前面前面……"爹指一指前方。

果然，一辆汽车隔着水洼停了下来，喇叭声嘀嘀地响起来，前灯啪啪地闪亮。"别理他！"爹又窝下身，又闭上眼睛。绿色的车身和铝皮油罐在雨里面渐渐地清晰起来。汽车的喇叭声声声不断。

"是不是叫我们让开路？"我问道。爹用鼻音哼了哼，"别理他。"他又说一遍，又闭上眼睛。喇叭声不响了。司机从油罐车上下来，手搭在眉毛上挡住雨，朝我们这边瞭望，朝我们这边"喂喂"地喊。嘟嘟嘟，爹又吹起口哨不理他。司机脱下鞋，卷起裤腿，走到水洼中间，水到他的膝盖上，他停下来，又往上卷一卷裤腿，卷到大腿根上。我也不再吭声，看着他走出水洼，走到拖拉机跟前，敲响机车车门。

"干吗！"爹睁开眼，拉开车门。"帮一把吧。"司机说道。"帮什么一把？"爹好像没有明白过来。"帮帮忙吧！"司机恳求道。"帮什么忙？"爹连连问道。"我是来给你们送油的！"司机说。"给我！"爹指着自己，瞪大眼睛。你们烘炉山上油罐里的油不都是我送来的？司机朝着雨里指一指，你用的油也是我送来的，他转手指着爹。"别说这个啊——"爹绷起脸，我用油我花钱买，他把油表拍得啪啪直响。"唉——"司机叹口气，手往头上抹一把，水顺着头发流下来，他噘着嘴往外吹气，流过脸庞的水吹起来一串水泡儿。"给你钱！"他不再吹气。"你说的哈！"爹一下子抓住他的话，眼光在阴霾的天气里闪烁了一下，犹如闪电。"我说的。""多少钱。""十块钱。"咣当——爹把车门拉上。司机不断地敲前面的玻璃窗，窗户上哗哗地流着水。司机的手在水流上伸出两个手指头。爹摇摇头。司机又伸出五个手指头。爹还是不干。司机将另一只手也拿上来，又加上一个手指头，一共六个。爹才拉开车门，跳下去，收下六十块钱，抬头冲我招着手，让我倒车。

我先调过头，再往那片水洼开过去。他们把一卷钢丝绳拉直。司机拽着一头，蹚着水过去，在汽车保险杠上绕上好几道。爹在这边把另一头用插销插在拖拉机后面的牵引架上。我开始加油门。前面的烟囱冒出黑烟，汽车渐渐地开进水洼里。原来那不是一片水洼，是一个水坑。车轮没全部进去，保险杠也没进去。"停停——停下来！"爹拍拍车门。我停下来。汽车停在水坑中间，发动机进水熄了火。"干吗干吗！"司机隔着水坑喊着跑过来，裤子全都湿了，沉甸甸的。"你这是干吗？"他凶猛地喊着。"一百块钱！"爹说话的腔调很冷淡。"给你！"司机喊着掏出来四十块钱，"加上已经给的六十块钱，一共一百块钱。""这刚四十块钱，还少六十块。"爹掂着四十块钱。"什么！"司机大叫起来。

他们站在拖拉机旁边。我看见他们都是湿淋淋的，像两只斗鸡。爹已经取胜，已经显得漫不经心，显得畅快淋漓。我不忍心看司机，这个比爹大至少二十岁的老司机，留着漂亮的八字胡，胡须都已经发白。但是这些也帮不了他的忙。在爹的面前，老司机伸长了脖子，身体也往前伸着，好像马上要倒下来，倒进爹的怀抱里。

"我不是要给你拉车的，"爹心平气和地说着，"是你要我给你拉车的。"他抓住车门，"你去把钢丝绳收回去。"爹回过头又对他说一句。"是是是——是我要拉车的！"司机抓住爹不让他上车。"撒开我！"爹用力一蹿，蹿进车里。"给你——"司机垂下头，递进来六十块钱。"我操——"他无力地骂了一句。"你骂我？"爹顶他一句。"我骂我自己行不行啊！"司机拍着车门喊道，把六十块钱扔进来。

我和爹把油罐车拽出来。司机上车启动车，缓缓开过来，和我们并齐，摇下车窗，"操你妈——"又冲着爹骂一句，"呸——"又吐过来一口唾沫，"不得好死！"又补充一句。爹都没有回击，好像没有听见，点着烟，看着油罐车的红色尾灯在雨里一闪一闪开过去，消失在雨幕之后。"回家！"他吐出来一长串烟圈儿，吐出来胸中压抑已久的长长的东西，这些东西慢慢散发出来，慢慢推送着成串的烟圈儿，烟圈儿在前面的车窗玻璃上撞开一片烟雾。

　　"你记住了吗？"妈妈问道。"嗯——"姐姐答应着。她趴在炕沿上，两只手放在炕面上，摆弄着那些发黄的照片。那些照片她都看过无数遍，她还是要把它们一一地摆在炕面上，还是要继续做出来仔细地端详它们的样子。"还有吗？"还是要继续做出认真记住它们并且一张都不落下的样子。妈妈还是在她的后面，还是趴在靠墙架起来的箱子上面，箱子还是带插盖的那一个，插板还是立到后墙上。妈妈的手还是要埋在箱子里面翻腾着，脑袋还是几乎要埋进去。"给你！"妈妈还是在要翻腾中抽出来一只手，手里还是要举着一张照片递过来。姐姐还是要侧过身，还是要伸出手接过去，还是要把照片放到眼前，还是要冲着窗户的方向。"怎么都穿大袍呢？"还是要继续询问。窗外照射进来灰暗的光线，正好照到照片上面。"什么呀？"妈妈还是要抬起头。"都穿大袍哪！"还是要继续问下去。嘻嘻嘻……妈妈还是要笑起来。"是蓑衣不是大袍！"妈妈还是要笑着说。"噢——蓑衣呀！"姐姐还是要做出来恍然状回过头，"下雨天穿着蓑衣干活。"还是要冲着妈妈点点头，表示刚刚明白了一样。

　　"我看一看。"妈妈伸过手，拿过去照片，凑到眼睛跟前。

"这一个，"指着照片上正在下雨天的工地上挥动铁锹干活的姑娘，"是你吗？"姐姐看看照片又看看妈妈。"像不像？"妈妈歪着头，手背遮着脸颊。工地上的姑娘歪着头，锹把遮着脸颊。"脑门像。"姐姐看看照片，再看看妈妈。"别的地方不像？"妈妈扭一下脸。"不像！"姐姐摇着头。"眼睛？"妈妈睁大眼睛。"不像！"姐姐说。"鼻子？"妈妈翕动着鼻孔。"不像！"姐姐说。"嘴？"妈妈抿起嘴唇。"不像不像都不像！"姐姐摇着头。"唉——"妈妈皱起眉头。"唉——"妈妈不断叹息着，不断地抬起头又垂下头，"你爹就在大喇叭里面。"最后妈妈垂头丧气地说道。"我爹在大喇叭里面？"姐姐赶紧四下里瞅一圈，好像在寻找爹一样。"你爹在大喇叭里唱歌，"妈妈用劲儿清理一下嗓子，用劲儿地唱了起来，"下定决心不怕牺牲，排除万难去争取胜利……"姐姐"噢"了一声，好像刚刚听到一样感到新鲜。

"就他一个复员兵——就他一个男的在618水库上——"妈妈不再唱歌，不再用劲儿，"——当铁姑娘排排长——"断断续续说出来的情景，"——黑咕隆咚——冰天雪——地——"断断续续陷入沉思，声音也断断续续暗淡下去。

"那她们是谁呀？"姐姐赶紧拿过照片去，指着照片上另外两位身穿蓑衣的姑娘，提了高声调儿，把妈妈拉出她深陷进去的深渊。她们俩和妈妈一字形排开，排在一根扁担的两头，猫下腰准备抬起沉甸甸湿淋淋的抬框。"哪一个？"妈妈眼光跳动了一下，接过去照片。"扬着脸的那一个。"姐姐高声地说。"她家住在南所胡同。"妈妈把照片又递还给姐姐。"南所胡同？"姐姐做出来疑惑不解的样子，"后来呢？""后来回去啦。"妈妈说。"上哪去啦？"姐姐继续看自己疑惑不解的样子。"回老家去啦。"妈妈说。"老家！"姐姐惊讶道，"老家老家……"她一连惊叫了好几遍，让人感觉是一个非常非常遥远又非常非常亲切的地方。

"那这一个呢？"姐姐又亲切地问起来另一个。"她呀——"妈妈终于放开了声音，终于走出了深渊，"她有远大的志向，"妈妈脸上浮现出来向往的笑容，"她立志考上医学院。"浮现出来的仿佛是自己的志向，仿佛自己考上了医学院。"医学院！"姐姐捧住自己的下颏儿，盯着妈妈向往的脸，专注地端详着。"穿上白大褂儿，戴上白帽子，挎上听诊器……"妈妈在自己身上比画着白大褂的款式，在脖子上比画着听诊器的形状，在头顶上比画着白帽子的高矮程度。妈妈自己盯住这些比画出来的东西，这些并不存在的东西。这些存在在妈妈脑海里的东西，好像是她看到了一样，好像是自己穿戴上去这些东西一样，自己面对着自己脑海里的这些东西。"白帽子、白大褂、听诊器……"姐姐也做出来向往这些想也想不出来的东西的口吻，也比画出来妈妈比画出来的这些东西的形状，这些只存在于妈妈脑海里的东西妈妈脑海里的形状。

"后来呢？"姐姐凑近妈妈，快凑到妈妈的脸上，鼓励着妈妈继续讲下去。"后来呀——"妈妈离开了一点儿，停顿了一下，"后来她去了美国。""美国？"姐姐皱一下眉头，"美国。"眉头马上又舒展开来，感觉真的十分遥远，十分可望而不可即。但她能够想到的实际问题是：上医学院没有？"还没上医学院就去了美国。"妈妈告诉她。"和她爹去的！"好像自己知道了一样。"不，和她妈妈！"妈妈摇着头。"那她爹呢？"姐姐继续追问下去。"她爹先去的。"妈妈说。"那去美国上医学院了？"姐姐问。"我不知道。"妈妈摇一摇头。"肯定是！"姐姐替妈妈肯定道。

"我们那个时候都梳着五号头，"妈妈嗓子清亮起来，又低下头拿过来一张照片，贴近眼睛看：工地上三个女孩不再穿蓑衣，穿上了草绿色的军便装，不戴领章，不戴帽徽，头顶上扎着一条独辫，独辫没有编，扎在散开的头发上面，头发刚刚遮住耳朵，遮住半个脑门儿。

"你们都戴着红袖标！"姐姐及时地说道，"还都戴着红像章！还都手捧着红宝书！"姐姐赶紧把这些东西及时地一一地喊出来，"是吗是吗是吗……"妈妈盯住照片，渐渐地回忆了起来："——到农村去到边疆去——"

"那这座桥呢？"姐姐又及时地将妈妈拉回到照片里面的桥上来。桥是一座汉白玉石栏杆的，桥孔高高地隆起来，桥面也高高地隆起来。

"——贫下中农人人夸人人夸——"妈妈还想起了当年别的口号。

"桥上能走人吗？妈——"姐姐用劲拉住妈妈胳膊。"嗯——"妈妈又被拉了回来。"能走人。"妈妈盯着前方说。"走过去后面是什么呀？"姐姐及时地询问下去。"桥面后面是一座城楼。""几个城门哪？""五个城门。""五个怎么不一样高矮吗？""中间的最高，两边的比中间的矮。""最高的上面是什么呢？""天安门！"妈妈兴奋起来。"天安门！"姐姐也兴奋起来，"天安门！"姐姐满屋里拍着手。妈妈也拍起手。"给我——"姐姐接过去妈妈手里的照片，"天安门——"姐姐举着照片摇晃着，在妈妈的拍手声里，围着她转着圈儿，"我爱北京天安门——"姐姐给妈妈唱着歌儿，一遍又一遍，转着圈儿……

她们一直拍着手，一直唱到爹走进里屋。爹正好看见姐姐满屋里转着圈儿，跟着妈妈拍手的节拍还在给妈妈唱着歌。我还没有进里屋，我还在外屋地里，听见姐姐已经又一次唱道："天安门上太阳升——"她不再转圈儿，站在屋地中间，把照片举到爹的眼前，让爹看见照片上天安门上太阳升起来。姐姐不气喘也不出汗，好像还有无穷的力量，还要等着爹给她拍手，她还要给爹唱这支歌，还要给爹转着圈儿。

爹没有理她们，抬手推开照片。"又摆弄这些破玩意儿。"他低头看一眼炕面上摆着一大片发黄的照片，几乎摆得满炕都是，没有一点空缝儿。爹哼哼了两声。

"爹你干吗哼哼呢？"姐姐不满意爹哼哼，"干吗说破玩意儿？"不满意爹说这些东西破玩意儿，但马上感到了自己不对劲儿，站住不再动弹，抿着嘴唇儿，不再说话。

"赶快收起来！"爹催促道，"听见没有！"催促姐姐没有催促妈妈。"不！"妈妈坐回到炕沿中间，转过身去，俯下身贴近满炕的照片，一动也不动地盯着照片看。

我掀开外屋地水缸盖儿，咕咚咕咚喝一瓢扎牙的凉水。"渴死啦！"喝到一半抬起头，喘一口气。"你又喝凉水啦！"妈妈盯住照片还能听到喝水声，"喝凉白开水，凉水有细菌，肚子里面长蛔虫！"哪怕是沉浸在照片里面不能自拔的时候，也要把喝凉水的害处告诉我们。

"有什么好看的！"爹也坐下来，掏出他讹诈到的一沓子钱。"好看好看……"姐姐醒悟过来一般，赶紧挨近妈妈，赶紧安慰起妈妈。

　　我进里屋看见她们俩都快压到那些照片上面了。姐姐一只手撑着炕面，一只手抚摸着妈妈的后背，侧着脸瞅一眼坐在旁边的爹，又瞅一眼靠近的我。我走过去看见铺了整整一炕面的照片。这些摆弄过无数遍的陈旧的老照片，妈妈的眼睛仍旧盯在上面，仍旧好像盯了一千年盯了一万年，仍旧好像钻进照片里面，钻到五花八门的场景里面，难以忘怀的照片里面。

　　"呸——"爹坐在她们旁边，往大拇指指头肚上用劲地吐口吐沫，"一、二、三……"用劲地一张接一张数着钱。"叫他们见一见世面！"妈妈盯着照片徐徐地说道。"这才是世面！"爹把数好的钱用劲地戳到桌子上，咚的一声响。"你那是钱不是世面！"妈妈不看爹就知道爹在干什么。"钱就是世面！"爹又重重地戳下去一张钱，又咚的一声响。"我没听说过钱就是世面！"妈妈轻声地回应道，并轻声地抽动几下鼻子。

　　"妈妈，妈妈……"姐姐听到了妈妈轻轻的抽泣声，几乎整个身子趴下去，几乎遮住那些照片，遮住妈妈的视线，不再让她看见，不再让她回到深渊里面……

　　"躲开！"妈妈突然站起身，"你躲开！"突然抓住姐姐后背的衣服。衣服把姐姐兜紧，妈妈用力往起拽她。

　　"就怨你！"姐姐哭泣着，手里抓着几张照片，衣服上粘着几张。"就怨你！"姐姐的身体悬浮着，她侧着脸，冲着爹大声地叫喊着。

　　"妈的！"爹大声地回骂了一句，"骗我！"他发现有一张一半的十块钱，夹在十六张中间。

　　"谁骗你啦！"妈妈突然扔下姐姐，姐姐落下去，又把照片压住。妈妈的脸凑到爹的跟前，"你说谁骗你啦？"她的脸快挨到爹的脸上，"告诉我呀——"她要去找他们讲道理去！

"行了——"爹厌烦地躲开妈妈的脸，躲开向自己表决心的坚定的目光，把半张钱狠狠地扔到地上。"这些破鸡巴玩意儿——"回过手狠狠地抓住一大把姐姐没有压住的照片，朝着妈妈头顶上奋力地扬了过去。"行了吧——你！"终于冲着妈妈的脸大声吼叫道。

"你你你——"妈妈看着纷纷扬扬散落下来的照片，仿佛看到了自己崩塌下来的世界，"南霸天，狗强盗！想要我低头……"妈妈终于彻底地爆发出起来，终于翘起来了两只脚尖儿，定定地站住，把一只手放到胸前面，攥起来并不存在的一条大辫子，向身后用力地甩过去，用力扬起来脸颊，眼睛里面放射出来更加坚定更加爱憎分明的目光……"一颗心只想着把仇报、把仇报……"爱憎分明的目光穿透糊满发黄的报纸上面郎当着无数灰挂的屋宇，穿透屋外无边无际的雨幕，转变成两道灼人眼目的愤怒的光芒，像两只探照灯，把屋里屋外一下子照亮。

"哎哟——"爹一时间没有反应过来，"哎哟——"一时间不知道该说什么是好，"哎哟——"只能不住地悲叹起来。

"妈妈——"姐姐缓慢起身，缓慢离开炕面，缓慢地站到地面上。"妈妈——"姐姐身上粘满发黄的照片。"妈妈妈妈——"姐姐呼喊着已经不认识的妈妈，已经拉不回来的妈妈，已经控制不了的妈妈，已经无计可施的妈妈……

"千道伤万般痛含恨无言……"妈妈愤怒而明亮的目光从屋外转回到屋子里面，转回到破烂的镜子上面，转过破烂的桌子，转过破烂的被子垛，转过破烂的炕沿，转过破烂的缝纫机，转过破烂的姐姐，转过破烂的我，转了一大圈又转回来落到爹那张已经破破烂烂的脸上……"逼租讨债，打死我爹娘，抛尸河堤！爹娘啊——"踮着脚尖颠向爹。"哎哟哎哟——"爹叹息着没有丝毫办法，面对发作起来的目光明亮的妈妈，只得节节败退下去，退过那些破破烂烂的东西，一直退到另一面炕沿边上，被对面的炕沿挡住，没有了退路……

"从此锁进黑地狱，每日浑身血淋漓……"妈妈的手不再攥在胸前，不再攥成拳头，伸出来一根手指头，力量全部集聚到指头尖上，指尖直指到爹的脸上。爹的脸上已经纹路纵横，已经饱经风霜，已经刀砍斧凿，已经衰老了十年二十年……已经容颜顿失，就是在短短的几秒钟的时间里，判若两人，不再是那个镇定自若狡黠异常的爹。

"想不到今天哪，春风引我到这里来……"

爹乖乖地顺着妈妈手指尖儿的指向，向后面弯下腰，一直弯曲到炕面上，再也弯不下去了，仰面望着妈妈集聚着全部力量的手指头，张合着一张干裂爆皮的厚嘴唇，忍着腰要弯断了的痛苦，继续看着妈妈爆发出来"吴琼花"式的表演……

"望东方已见那光芒四射喷薄欲出的一轮朝阳……"妈妈完全沉浸到《红色娘子军》的伟大进程里面去了：剩下的四个手指头一个接一个地全部展开，展开的手掌慢慢地移动到爹的头顶的上方，眼睛逐渐明亮得无以形容，面容逐渐灿烂得无以形容……

"拨开迷雾照亮我的心……"妈妈仿佛看见了照亮自己心田的朝阳正在冉冉升起，声音变得甜美起来，目光格外纯净，格外干净，望着黄昏前苍茫的大地。

"我也不想再在这个破地方了——我们我们——是不是啊——弟弟——"姐姐不再是为了挽救妈妈走出深渊煞费苦心，而是又一次受到了妈妈的感染。这一次她是彻底地沦陷了下去。她向我伸过来的脸上，布满了激动的红晕，两眼里都是空空荡荡的发亮的光芒。

在这个阴雨绵绵的北方曾经叫作生产建设兵团四十团六连后来叫作8511农场第六作业区破旧阴暗肮脏的屋子里面最后一个曾经饲养公猪的劁猪能手的女知青浑身散发着青储饲料的气息历尽沧桑与广大农妇没有两样的老疯婆子回忆她的青春她的痴心妄想怨恨缅怀无奈直至声嘶力竭地疯唱革命样板戏。

"就怨你——爹！"他的女儿也模仿着她妈妈的唱腔，踮起脚尖一颠一颠地挪向他。

"哎哟——"他已经彻底没有了办法，张合着大大的嘴巴看着自己女儿身上那些纷纷跌落下来的旧照片，看着他的疯婆子那一直在眼前戳动的手指头变换成手心朝上的手掌，向着窗外渺茫的大地伸展开来，还有他的疯婆子穿过雨幕充满坚定意志的纯洁无瑕的疯狂的目光，仿佛它们看到了冉冉升起的巨大的希望。

"妈的——"他把绞尽脑汁讹诈来的钱全部捂到自己的脸上，不想再看她们一眼，"倒了八辈子血霉啦——我！"他用力地将钱在砂纸一样坚硬的脸皮上揉作一团，"造了八辈子孽啦——我！"恨不得揉成碎末儿，揉进眼睛里面，揉进心里面，"我操我八辈子祖宗的——我！"巨大的汗珠儿，顺着沟壑纵横的两颊唰唰地流下来。"呜呜呜——"他张合着的嘴巴，像打开阀门的巨大的风箱，发出来巨大而空洞无望的干号声。

我冷我想回家

我关上门，听见霞在喊我，我又开开门，外面天已经黑了，喊声从黑暗里传过来。她不让我关上门，她要进门来。我说妈妈不在家，虹也不在家，她们给你送钱去了。"我不要钱。"霞说。"那你要什么？"我问她。"我什么都不要。"她说。"你什么都不要要干什么？"我说。"爹呢？"她问我。"爹不在家。"我说。"骗我！"她断然否定道，躲到门后头，门被她晃得哐哐直响。"你晃荡门干吗？"爹在屋里说。"不是我晃荡的。"我说。"那还有谁？"爹说着从屋里出来，手里拎着一根棍子，举着一只手电筒，朝着门外照着，门还在晃荡着，"谁？"爹问道。"呜呜！"霞哭起来，哭声像银针一样尖厉。"我还有哪点对不起你？"爹倒在门框上，冲着黑洞洞的门后问道。"我没有说你对不起我。"霞说。"那你还不回去！"爹无力地说。"我不想回去。"霞又晃荡起门来。我们没有办法，看着她晃荡着门，一直等到天要亮了鸡开始打鸣的时候为止。这样的日子自从霞离开我们那一天起再也没有停过。

她没有离开我们的时候不是这样，我们可以说一些别的话很容易就把她的思路岔开，她就自动跟着岔开的思路想别的事情去了。"你听你听，"她躺在东屋里经常会听到我们听不到的声音，"爹又说我了，"她指着门口说。"爹没有说你，是外面的声音，"我指一指窗外，窗外驶过去一辆卡车，"是拉粮食的卡车发出来的声音。"我告诉她。"是吗？"她马上相信了，翻身下床，趴到窗户上面，朝着外面张望，"还有人坐在车上，"她指着卡车上坐着的装粮食的人，"还有女的。"她不时地把她的发现喊出来。我们便可以离开她。她趴在窗户上可以半天不动窝，看着园地前面风驰电掣开过去的拉粮食的卡车，观察着每一辆经过我们家园地前面的卡车所呈现出来的不同变化，哪怕是细小的差别都逃不过她的眼睛，都通过她的嗓子喊出来，我们听着她喊车门上掉漆了，那块玻璃上裂了一道缝子……我们轻松自如地在园地里干自己的事情，她的喊声对我们没有丝毫的影响，就好像鸡打鸣狗吠叫一样自然。"别叫了，你不怕嗓子干吗？"妈妈经不起她无休无止的叫唤，她放下手里的活叫住一个卖冰棍的，给她买一根冰棍送过去。"你吃。"她接过冰棍总要让妈妈先咬一口。"我不吃。"妈妈躲闪着。"你吃你吃。"她非要妈妈咬一口。"我吃我吃。"妈妈抿一口。"不行不行，"她不干，"咬一口咬一口。"非让妈妈咬一口不可。"行了！"爹看不惯她们你一口我一口咬冰棍的样子。"该干什么干什么去！"爹严厉地说道。妈妈咬着半口冰棍离开她去干活。"妈妈妈妈——"霞望着妈妈离去的背影连声叫道。"哎！哎！"妈妈一边干着活，一边回答着她的呼喊。

　　我们对此已经习以为常，没有过多地注意她们。我们更多地注意着爹，听从着他的分配。

房上的瓦需要重新更换一遍，爹扶着梯子上到房上，接过来我们递给他的瓦，他把瓦顺着房檐码好，一直码到房脊上，房顶上出现崭新的红瓦铺就的景象。

"真好看！"虹不停地拍着手。"等都铺完了更好看！"爹在房顶上看见周围大片崭新的房顶。"那咱家就不比别人家差了！"虹来回看着四周说。"再在园地里扣上塑料大棚，"爹徐徐地说出他的打算，"开春就能早早地卖菜。""那我们家就有钱了！"虹兴奋地喊道。"对，我们家就有钱了！"爹点着头接过去一摞瓦，抱着瓦走到房脊上，准备翻过房脊去铺另一面房顶。"瞎宋来了，"爹在房脊上看到得青光眼的瞎宋顺着大道朝着我们家走过来，"快别叫你姐姐叫了，"爹放下瓦顺着梯子跑下来，跑到房前面，不让霞叫唤。"妈妈妈妈。"她趴在窗户上喊着妈妈，一直就没有停下来，好像喊了几千年。"听见了没有？"爹指着敞开的窗户吼道。"啊！"霞惊叫一声离开窗户，爹伸手把窗户帘拉上。

瞎宋眯缝着眼睛，推开院门走进来，手里捧着一捧瓜子，一边嗑着瓜子，一边朝着妈妈走过去。妈妈不再干活，陪着她走到门口，请她上屋里去。"去屋里干吗？"瞎宋坐到院子里，把瓜子放到眼前，拨给妈妈一半，让妈妈跟她一起嗑着瓜子，说她们家的大丫头不跟养木耳椴的了，妈妈说不是跟了一个倒粮食的吗，她说他们都不给她们家盖洋楼，说着拿出来一个手机，说是倒建材的给她买的，然后嘀嘀嘀地拨了一串号码让妈妈听，妈妈满脸通红地躲闪开。"你听！"她举起手机让爹听。爹摇摇头也不听。"哎！算了！"她冲着手机说道。"你们家真是的！"她收起手机，继续嗑着瓜子，眯着眼睛往东屋里看。东屋的窗户上飘动着粉红色的窗帘，窗帘一会儿飘出来，一会儿飘进去。"你们家大白天拉窗帘干什么？"她看了半天才问爹。爹一直站在窗户外面，用身子挡着吹进东屋里的风，害怕风把窗帘整个掀起来。"啊啊。"爹支吾着不知道怎么回答她。"你站在那里干吗？"她没等爹回答又问道，"我刚才看见你在房顶上苫瓦哪。""不苫了不苫了。"爹摆着手说。"就是，苫什么瓦！"瞎宋指着前面没有苫瓦的房顶说，"盖一栋洋楼多好。""是！"爹抬起头看一看房顶，说，"盖一栋！""嘻嘻！"瞎宋笑了。"嘿嘿。"爹伸直了脖子跟着她笑一笑。"你别跟着我笑。"她听出来爹是在附和她。"我不跟着你笑！"爹紧挨着窗户站着，用劲儿地咽着唾沫。"你干吗老站在那里！"瞎宋笑嘻嘻地看到爹难堪的面孔。"没事儿没事儿。"爹的脑门上渗出来一层汗，他索性坐到窗台上，堵住了敞开的窗口。

"是我宋姨吧？"霞推着门说。

"不是。"我们挡住门口不让她出来。

"是！"她侧着耳朵，"你听你听，"她的耳朵朝着窗户的方向让我们听。

"来来来，"虹拍着手走到她面前，"我们来玩拍手。"虹把霞的手拿起来，让霞拍自己的手。

"你听。"霞还在听。

"玩羊拐，"虹又拿出来布口袋，拿出来染成各种颜色的羊拐，"玩不玩？我给你撒。"她把羊拐撒开来。

"我玩！"霞回过神来，主动把口袋扔起来，抓起一把羊拐，又去抓落下来的口袋。"嘻嘻嘻。"霞笑起来。

"别笑！"虹说。

"干吗？"霞问。

"别出声！"虹听着外面。

"你不玩了？"霞说。

"那你别出声。"虹说。

"我不出声。"霞又扔起来口袋。

"这还差不多。"虹又跟她玩起来。

张必有从我们家园地前面的道路上经过，瞎宋主动叫住他，又把他叫到我们家来。他开始听瞎宋给他打开的手机，他跟手机里面瞎宋的大丫头聊起天来，他一个劲地夸赞着瞎宋的大丫头，说她真行真给她妈妈争气，她妈妈这一辈子可托了她的福。"嘶嘶——"瞎宋用劲儿吸着鼻子，低着头呵呵地笑。"噢是吗！"张必有不再说话，一口一个噢是吗噢是吗！他脸上充满吃惊又羡慕的表情。

"是我张叔！"霞放下羊拐。张必有的声音很大，一个接着一个的惊叹声。

"不是！"虹说。

"你听！"霞指着窗口。

我们也都听得清清楚楚，他的声音太大了，像一口钟一样咣咣地响。

"来！"虹急中生智，带头捂住了耳朵。

"我看看张叔去。"霞往门口走去。

"哪有张叔！"我大声说。

"那不是吗？"霞皱紧眉头。

"不是不是。"虹去捂她的耳朵。

"干吗捂我的耳朵？"霞甩动着脑袋。

"咱们玩。"虹说，她已经想不出来再玩什么游戏。

"我要看看张叔，我都好长时间没有看到张叔了。"霞眼睛里不停闪动着。

"看什么看！"爹伸进来脑袋冲着霞喊道，"你看什么看！"他冲着霞喊道。

"张叔小时候经常带着我，让我坐到他的自行车上去山上采花儿。"霞望着爹说。

"哪有哪有！"爹打开窗帘。院子里已经没有了他们的身影，妈妈送走他们回来，正穿过园地，关上院门。

"妈妈，"霞伸出头望着妈妈，"是不是我张叔？"

"不是！"爹断然吼道。

"妈妈！"霞急切地等着妈妈回答。

妈妈把衣服上的尘土拍打得砰砰直响，她不愿意看到姐姐急切的目光，不愿意糊弄她。

"真的没有吗？"霞回过头又问我们。

"没有！"我们毫不犹豫地回答她。

"我听到的呀！"霞疑惑地说。

"看看人家！看看人家！"爹已经在自言自语，"再看看你！"爹猛然回过头来，"你给我闭嘴吧！"他大声地吼道。

"我怎么了？"姐姐吓得倒在床上，惊恐地望着我们，"我说错了吗？我想看看张叔错了吗？"她问我们。

"快吃药吧！"我无法回答她。

"我没有病！"霞推开我的手。

"这不是药！"我马上改口说。

"那你怎么不吃？"霞说。

"我——"我一时不知道怎么回答。

"给我,"虹一把夺过去,"你看我吃!"她往张开的嘴里扔进去两片药,用劲咽下去,"没了!"张开手给她看。

"你们就让我睡觉!"霞没有办法,她吃下去药,马上变得昏昏沉沉,"我想看看张叔我错了吗?"她抬一下沉重的眼皮最后又问一句,马上进入昏睡中。

"你吐出来呀!"我想到虹吃下去的绿色药片。

"嘻嘻,在这儿哪。"她笑着把袖子往下一垂,顺着袖口掉出来两片药。

"我错了吗?"我们拉上窗帘,走出暗下来的屋子听见她在睡梦中还在问。

我们为一次次地侥幸过关而高兴的同时,也在越来越感到不安,因为这样下去终究不是长久之事,而且她越来越对我们的话感到怀疑,越来越想尽办法出门去寻找答案。她出去马上就会拽住一个人问我错了吗?她的表情里充满了困惑与不解,问得陌生一头雾水,不知道什么事情值得她这么认真地讯问错与对的问题,她脸上的表情却又让人相信确实有难以解开的谜让她感到疑惑。

"什么事情?"人们问她。

"我叫张叔错了吗?"她问道。

"什么?"人们睁大眼睛。

"我叫张叔错了吗?"她又重复一遍。

"张叔?什么张叔不张叔!"人们张皇地抬起头看着我们。

"没有事没有事!"我们赶紧打圆场,并对着人们使着眼色,示意他们不要理她赶快离开。

244

"就是，这算什么事！"人们眨动着眼睛，莫名其妙地看着霞离开了她。

就是这样诸如喊张叔错没错一类早已没有人关心的问题，在她那里却要刨根问底，问得我们无地自容，问得陌生人莫名其妙，问得爹越来越感到抬不起头来。我们都不愿意跟她出去，最后这个任务落到妈妈的身上，她从来没有我们的这种感觉，她等着霞询问完，不让人家离开，继续回答她的提问，人家甩袖而去，妈妈还追上去，拽住人家的袖子，恳求着人家陪着她再听她说一会儿话儿。时间不长，所有的人都感到霞不可理喻，简直是一个疯子，拐得妈妈也成了一个半疯。

爹不准她们再出去，不准霞再靠近窗户，不准她伸出头去张望，任她怎么叫唤也不理会。爹也因为这个公开的秘密感到没有脸面再见人，他一个人闷在屋子里喝酒，很少出门去。房顶上的另一半瓦再也没有苫上去，有一层绿草渐渐长出来。

"我这一辈子活的！"爹喝着酒说。

"我这是造了哪辈子孽了！"爹不停地说。

"我连瞎目愦眼的瞎宋也不如，"爹越说越气愤越觉得自己窝囊，话也越来越没有顾忌，"瞎宋还有一个像模像样的大姑娘，人家的大姑娘还能给她妈盖洋楼买手机，我这个疯丫头扔大街上也没有人要！"

我们在爹的叹息声中不再管霞听没有听见，再不把她听到的声音引导开来。她听见爹的叹息声没有问我们是不是在说她，而是突然变得不再言语，一个人突然沉默下来，用被子蒙着头，不吃饭也不喝水，谁去问她她也不理会。

"不管她！"爹不叫我们管她。

"我的姑娘！"妈妈终于憋不住了。

"你的姑娘你愿意带哪儿就带哪儿去！"爹说。

"我的姑娘！"妈妈擦着眼泪。

"你还哭！"爹指着妈妈喊道，"一个还不够！"

"用不着你们管！"妈妈说。

妈妈到霞的屋里，坐在她的身边，叫她起来吃口饭喝口水，说你不吃饭饿坏了不喝水渴坏了妈妈该怎么办，你听妈妈的话吧，霞！快起来，妈妈看见你这个样子多么伤心！你是妈妈心头上掉下来的肉，你怎么就忍心看着妈妈心疼呀！霞！

"妈妈！"我们都听见她在妈妈声声泪句句情的呼唤下喊妈妈的声音。她的喊声空洞又刺耳，没有我们预想的那样动人。

"我的亲爹在哪里！"霞紧跟着问道。

"你亲爹在家里！"妈妈说。

"不！他不是我亲爹！"霞说。

"别瞎说！"妈妈不让她瞎说。

"我不是瞎说，妈妈！"霞说。

"你就是瞎说！"妈妈说。

"我是小时候妈妈跟别人生的，"霞说，"妈妈对不对？"她目光炯炯地问妈妈。

"瞎说八道！"妈妈断然否定道。

"我不是城的姐姐不是虹的姐姐，我还有一个爹，嘻嘻。"霞悄声笑起来。

"不许你瞎说！"妈妈生起气来。

"妈妈你别生气，你是我的亲妈，妈妈！"霞抱住妈妈摇晃着她。

　　"我的亲爹！你在哪里？！"姐姐从此开始高声地呼喊起她的亲爹来。

　　她的呼喊叫我们感到意外，感到真的有另外一个爹的存在，因为霞同时还告诉我们一个鲜为人知的故事：妈妈同另外一个男人在灾荒年生下来她，因为那个男人养不起她们，妈妈带着她来到东北逃荒又找到爹。说我们不是她的亲弟弟亲妹妹，她还有两个亲弟弟亲妹妹，她说的跟真的一样，并说出来她出生在湖北。我们都不知道湖北在什么地方，只知道南方和北方，我们在北方。要是她说的是哈尔滨或者牡丹江，我们都知道都能够想到她是在瞎说，因为我们也能够随口说出来这些地名。湖北，我们查遍地图才查到它是在南方。这让我们感到意外，感到真有另外一个爹的存在。不是我们的爹，是霞的爹。我们没有问我们的爹，但是却用异样的目光看着他，把爹看得感到不舒服，感到自己真的有了问题。

　　"你们干吗这么看着我？！"爹不安地回敬我们道。
　　"她是出生在湖北吗？"我问爹。
　　"湖北！"爹像我们一样感到陌生。
　　"她说她出生在湖北。"虹说。
　　"你们听她的！"爹指着东屋喊道。
　　"那她怎么知道湖北的？"我问道。
　　"就是，她怎么知道湖北的？"虹问道。
　　"湖北，湖北……"爹陷入莫名其妙的嗫嚅之中。
　　"对！湖北！"霞说。

"瞎说。"爹终于摇着头吼道。

"妈妈，让我出去！"霞拍着门。

"你要上哪去。"妈妈跑过去。

"我要出去！"我们马上听到更加高声的叫喊，"你们干吗不让我出去！"她在和妈妈争执着，撞得门板咣咣直响，"妈妈！你干吗要像他们一样？"她痛苦地问着妈妈。"我没有像他们一样。"妈妈放开她。咣当一声，门被推开了，霞闪出门去。

"快去快去，"爹指着门口喊着我们。我们跟在霞的后面，追赶着她。她跑得真快，沿着一条大道跑过一排粮囤，跑过一座铁匠炉，跑到柏油马路上面。她在马路上开始大声地呼喊，她在呼喊着自己的亲爹，招来好多的路人前来观看。人们已经知道霞，知道她曾经问过他们莫名其妙的话，那些话都已经忘记，她那样认真地讯问他们的神情叫他们难以忘怀。现在霞又那样认真地述说起自己的身世，跟她对我们说完之后的效果一样，好多人都认为这件事情并不莫名其妙，都相信她真的还有一个爹，一个只属于她自己的亲爹。人们纷纷上来问妈妈有没有那么一回事。

"哪有那么回事！"妈妈脸色通红。

"有！妈妈你怎么不说实话！"霞痛苦地问妈妈。

"是吗？"有人到我们家来问爹。

"是什么是！"爹被问得怒火万丈。

"你跟我们急干吗？"人们对爹的表现大为不满。

"我要上湖北！"霞终于再一次让我们大吃一惊。她说她要上湖北去找她的亲爹去，这是我们万万想不到的。这说明她的确深深地感到湖北有她的亲爹的存在。她一反常态，不再叫着闹着要出去，相反变得十分安静，有条不紊地收拾起自己的行囊，还带上一些土特产，真像是给她亲爹带去的见面礼物。她说她不再回来，她找到亲爹之后会给我们寄来好多好东西——给妈妈寄来一条红围脖，给我寄来一辆自行车，给虹寄来一身好衣服。最后她对着爹看着，她知道爹的心思，她首先感谢爹的养育之恩，说她会给爹寄来一个手机，寄来足够盖一栋洋楼的钱。

"我亲爹有的是钱！"她比画着，把钱比画得我们家屋子都盛不下的程度。

我们都有些半信半疑。

"真的！"她完全是一副确有其事的表情。

"你别折腾了。"妈妈把她的行囊拿下来。

"我不是折腾，妈妈你怎么还不相信呢？"她纳闷地看着妈妈，重新挎上行囊。

"霞呀霞呀。"妈妈开始一声一声地叫着她。

"真的呀，真的！"她兴奋地叫道。

"你这是怎么回事！"妈妈感到万分不解地摇着头。

"妈妈，我走了！"她冲着妈妈粲然一笑。

"你干什么去？！"妈妈随着她奔出屋，在院子里面拽住她，不让她出去。

"妈妈你拽我干吗？"霞疑惑地看着妈妈。

"你们怎么光看着！"妈妈扭头朝着屋里喊。

"让她去！"爹穿好衣服跟出去。

"什么？你让她去哪儿！"妈妈说。

"她愿意去哪就去哪儿！"爹说。

"我不是愿意去那儿！"霞说。

"你去吧！"爹亲手给她打开院门，让她出去。霞站在大道上朝着我们招着手，她看上去很平静，又平静又好看，挎着白色的书包，穿着粉红色的上衣，天蓝色的裤子，一双带拉带的平口布鞋上，绣着两朵鲜艳的牡丹花，两只又黑又直的大眼睛里充满了无限的希望，充满了柔和又多情的向往，这是我们从来没有看见过的平静又整洁的霞，充满希望又充满向往的霞。

她真的头也不回地直奔火车站。我们没有上前去阻止。只有妈妈除外。"我要找回我的女儿！"妈妈第一次跟爹发生争执，她是为将要失去的自己的女儿而焦急。爹没有理会她焦急的神态，紧守着屋门不让她跟着霞去车站。我们看着焦急不堪的妈妈，看着冷酷无情的爹，看着墙上的钟表，听着钟表上嘀嗒作响的时间，仿佛看到即将进站的火车，即将跟随着火车永远消失的霞。只有这个关键时刻即将到来的时候，我们才对湖北有没有霞的亲爹真正地产生疑问，并想到那是她的一种向往一种寄托。她为什么要向往要寄托一个子虚乌有的爹呢？！我们却都没有去想，也不愿意去想。我们倒是真的希望有那么一回事，她有那么一个亲爹，把她永远地带走。

"她是你的女儿你不知道吗！"妈妈冲着爹喊道。

"哼哼！"爹在妈妈的喊叫声里，冷冰冰地笑一声，"我倒是希望没有这个女儿！"爹也喊出来我们的希望，"我宁可叫她去死我去坐牢！"他很快重新振作精神，拿起一把锁奔出屋子，反锁上院门，"你们谁也别出去！"爹指着我们，眼神异常凶狠。我们被爹凶狠的目光吓得呆呆地站立着，看着爹同样凶狠的身影朝着车站的方向奔去。

我们等着凶狠的爹带着痛哭流涕的霞回来，一直等到火车轰轰隆隆地开过去，一直等到天完全黑下来，霞没有回来，爹也没有回来。他们就这样消失了，随着开往南方的火车，爹跟随着他的女儿踏上了莫须有的里程。妈妈为他们的消失焦虑不安，她不是为爹，更多地是为她的女儿，她几次要亲自踏上旅途，去找回霞。我们说你上哪里找去，她说上湖北，湖北在哪里湖北有多大！我们问妈妈。她也说不出来。那你怎么找，再说爹不是跟着她呢嘛。

　　"他那是跟着她吗？"妈妈问我们。

　　"那是什么？"我们不明白。

　　"你们跟你爹一个心思。"妈妈说。

　　"我们是什么心思？"我们问她。

　　"你爹是什么心思你们就是什么心思。"妈妈说。

　　"我爹是什么心思？"我们说。

　　"你们忘了吗？"妈妈看着我们。

　　"什么？"我们的心突然加快了跳动。

　　"你爹走的时候那么凶狠地说的话……"妈妈没有再说下去。她看出来我们一下子明白了她话里的含义。爹离开我们的时候留给我们他宁可叫霞去死他去坐牢的誓言，还有他眼睛里异常凶狠的目光，这是他唯一能够让我们记住的东西，还有他那同样凶狠的背影。他是带着同样凶狠的心情踏上旅途的，这样的心情导致什么样的结果出现？茫茫的征途，虚企的霞！还有爹的誓言！我们都不敢想下去。屋子里异常安静，这是没有了霞的安静，没有了她刨根问底的安静，没有了她渴望有一个亲爹的呼喊的安静。可是她为什么要刨根问底？为什么要呼喊？喊不喊张叔有什么关系？爹怎么就不亲呢？这些不成问题的问题我们至今都没有弄明白。

"霞还能回来吗？"妈妈不停地问我们。

"爹能回来她就能回来。"我们说。

"你爹能回来。"妈妈说。

"她就能回来。"我们说。

"她回不来了。"妈妈摇着头。

"不会的不会的。"我们其实希望的不是这样的结果。

"你们跟你爹一样不希望她回来，"妈妈看出来，"你们都恨不得她死了。"她狠狠地瞪着我们。

我们在难挨的时间里等啊等，带着忐忑不安的复杂心情守在大道上，听着火车轰轰隆隆的车轮一次又一次地响起，一次一次地望着道路的尽头。整整盼望了一个春天，什么也干不下去。屋顶上的绿草越长越高，园地里荒芜一片，无名的野花开放起来，燕子重新归来，在腐烂的屋檐下面筑巢。我们复杂的心情是那么的不同：妈妈盼望着霞的归来，我和虹盼望着爹的归来。我们不同的盼望像我们身后不同的花朵一样，在我们心里开放着，从来就没有一致地开放在同一棵枝头上。只要我们相互望上一眼，不同的心情就会暴露无遗，虹和我不由得垂下头去，躲开妈妈敏锐的目光。这样的日子真让人难以忍受。

我们的盼望终于有了结果，爹在一个阳光明媚的夏天出现在大道的尽头。跟他归来的还有霞，这完全出乎我们的意料。我们盼望出现的是爹不是霞，妈妈盼望出现的是霞不是爹，谁都没想到会是两个人同时出现。但是他们真的同时出现还是使得我们激动不已。我和虹奔向爹，妈妈奔向霞。他们的变化让我们大吃一惊，爹已经满头白发，满脸沧桑，眼睛里布满了血丝，再也看不到那种凶狠的目光。霞脸上也没有了离开时的平静，眼睛里充满希望充满向往的光彩消失殆尽，变得越发呆滞，越发茫然。他们的衣服又脏又破，沾满了污迹，头发上落满灰尘和干草。霞牵着爹身后的衣摆，他们就像两个沿街乞讨的乞丐，缓缓地朝着我们走过来，对我们亲切的呼唤反应漠然。

"你们怎么变成这样！"妈妈惊讶地叫道。

"呵呵呵。"爹向我们伸出手来，脸上完全是乞讨的表情。

"爹！"我们大声叫着他。

"噢——"爹眨动一下眼睛，"到家了！"他这才反应过来，"城——虹。"爹才一一地认出我们。

"这是哪儿？"霞仍然一脸的茫然。

"这不是我的家！"霞在一阵长长的睡眠之后苏醒过来，她已经不再认识家，不再认识她终日厮守的东屋，甚至不再认识我们。"你们都骗过我。"她指着我和虹的脸想起往事。我说我是她的弟弟，虹说她是她的妹妹。"我的弟弟妹妹怎么能骗我？"她问我们。"我们没有骗你！"我们说。"你们又骗我！"她惨淡地一笑，"我没有弟弟妹妹，我什么都没有！""爹呢？"我们指着爹说。"爹？"霞看一眼爹，爹不由得垂下头去。"他不是，"霞流下来一行眼泪，"他是一个好人！"霞看着爹徐徐地向后退去。"我是一个好人！"爹对这个判断没有反感，更没有以往的愤怒。他频频地点着头，这个判断已经叫他感到很满意。这就是他们在一起浪迹天涯之后我们所看到的结果，爹成了一个好人！爹依然不能成为她的爹。

"这么多的花！"霞看到荒芜的园地里盛开的花朵，比看到我们要兴奋得多。她奔向花丛，把花朵一朵一朵地摘下来，插得满头满身，然后跑来跑去，发出快乐的笑声。

"妈妈——"霞突然停止了笑声，停止了奔跑，从花丛中猛然回过头来，"妈妈——"她流下来两行热泪，她认出妈妈来。

"霞！"妈妈像她一样热泪盈眶。

"妈妈！"霞跑出花丛，带着满身的花朵，扑向妈妈的怀抱。

她们坐在院子里，紧紧地依偎在一起。

"这是你弟弟，这是你妹妹。"妈妈一一地指着我们说。

"不是！"霞摇着头。

"这是你的家！"妈妈指着身后的屋子。

"不是！"霞摇着头，"我的家，"她的眼睛亮了一下，"我的家像那儿一样，"她指着满院盛开的花朵，"比那儿都好！有花朵有蓝天有我的弟弟妹妹有我的爹，他们都不骗我，妈妈你跟我回家吗？"霞最后问妈妈。

"这就是你的家！"妈妈继续指着身后的屋子说。

"不是！"霞说。

整个夏天霞都在花丛中间奔跑，全身插满新鲜的花朵。跑累了就躺下来望着天空，冥想着她的家。她的家一会儿在树上，一会儿在花丛里，从来没有一个固定的地方可以落脚。屋檐下的燕子奔向花丛，花丛中招来了金黄色的蜜蜂和斑斓的蜻蜓，它们追随着霞，在她的头顶上纷飞，听从着她的召唤，从早晨到深夜，伴随着她睡去。下雨天她也不进屋，在雨水打击下的花朵中间发出来咯咯的笑声，笑声穿过雨幕传到我们耳朵里，像一阵铜铃一样清晰。

"快回来吧！"妈妈隔着玻璃喊道。

"妈妈！"霞转过头，头发和衣服湿淋淋的，满身的花朵纷纷落下来。

"你会感冒的。"妈妈说。

"你过来，妈妈，看我的家多好啊！"她在雨水中伸展开手臂，仰起头冲着天，"我的家在天上，妈妈你过来！"她长久地仰望着大雨滂沱的天空，把她的家固定在天上，招呼着妈妈过去，"妈妈你跟我回天上的家里。"她高喊道。

"霞，霞。"妈妈喊着她，奔进雨里，奔到她身边。

"我不叫霞。"霞垂下头。

"你就叫霞！"妈妈耐心地告诉着她自己的名字。

"不叫。"霞认真地摇着头。

"那你叫什么？"妈妈往屋里拽她。

"我没有名字，"霞挣脱开妈妈，跑到更远处，"我的名字在天上！"她指着落下来滂沱大雨的灰蒙蒙的天空大声地告诉妈妈。

她的家在天上，她的名字也在天上！我们从来没有听说过谁的家在天上，谁在天上具有姓名。

"呵呵呵……"爹的脸紧紧地贴在玻璃上，发出来暗哑干燥的笑声。他已经不再管她们，任她们在那里折腾。他只是呆呆地望着，像一个巨大的蜘蛛趴在玻璃上，一动也不动。

第一场霜冻终于打落了荒芜的园地里生长出来的花朵，我们终于长长地松了一口气，感到胸中压抑已久的郁闷跟随着消失的花朵而减轻了一些压力。它们已经叫我们什么也干不了，光听到霞整天整夜在那里呼喊着她的家她的名字。现在降落下来的霜冻帮助了我们。霞望着一夜之间变得颓败的花朵，她的那些不着边际的呼喊戛然而止。我们谁也没有惊动她，看着她呆呆地站在院子里，望着园地里一片颓败的景象：燕子离开了巢穴，蜜蜂飞离了花朵，蜻蜓破碎了翅膀。她身上头上的花朵同样地颓败下来，只剩下一些枯枝败叶。霞站了整整一天，直到黄昏来临，直到黑暗把屋子外面的一切景象完全笼罩，才敲响屋门，像是在敲一扇陌生的家门，敲得又小心又有节制。妈妈打开门。

"对不起。"她看着我们，好像惊动了我们在给我们道歉。

"你终于回家了。"妈妈悄声说道。

"这不是我的家。"她朝着灰暗的屋顶看一眼，回到东屋里，一个人翻腾半天又出来，把手里的一个指甲刀递给我，一把铜把的拢子递给虹，一件通红的上衣亲手穿在妈妈的身上。

"对不起，"她看着爹，"我没有什么给您的。"说着低垂下眼帘。

"我什么也不要。"爹无奈地摇着头。

"等我回到我在天上的家里，那里什么都有，我会给您的。"霞的眼睛马上又变得闪闪发亮，使我们又看到她的希望她的向往的光彩，"我去看看我宋姨看看我张叔。"她晃动着手里另外两件东西走出屋去。

她去了不长时间，便兴冲冲地回到家里。

"我送给他们一人一件东西，"她高兴地对我们说，她已经两手空空，"我告诉他们我要回家，妈妈跟我回家吧。"她拽住妈妈的手，把她拽进东屋里，让妈妈脱下衣服跟她睡在一起，

"妈妈你是我的亲妈妈，你是我唯一的亲人，妈妈我会想你的，跟我回家吧。"她整整一夜都把妈妈紧紧地搂在怀里，跟她说呀说，说的都是小时候的事情，说到高兴的事情咯咯地笑，笑声一直延续到黎明，"妈妈跟我回家吧！我一个人会孤单的。"霞整整折腾了我们一夜，我们听着她大声地说话，听着妈妈不停地安慰着她，让她睡一会儿觉。妈妈说着说着睡着了，我们也睡着了。

"我要回家，妈妈！"霞在我们还在睡觉的时候起来，一个人梳好头，换上一身新衣服，"妈妈，我要回到天上我的家里去，"她亲一口妈妈，陪着熟睡的妈妈坐一会儿，看到喷薄而出的朝霞映红窗户，"我走了，"她又看一眼妈妈，才恋恋不舍地走出家门，迎着朝霞满天的天空走到一片水里，"妈妈！"她最后朝着岸上看一眼，岸上一片衰败的草，一片枯黄的树叶，"这么难看！"她失望地低下头，"我的家多么漂亮！"她看见水面映满朝霞的天空，"我回家了！"她兴奋地伏下身去，沿着一条闪烁着波光的道路飞向她的映满朝霞的天国。

我们在终于安静下来的秋天里，看到杨廷芳来到我们家。他身后跟着已经怀孕的妻子。他们站在院子里喊着爹的名字，叫他出去。爹缓慢地出来，看到他们两个人手里抬着一筐鱼，他说他们家的鱼一条也卖不出去，因为霞污染了他们家的鱼塘，没有人愿意买他们家的鱼，他的妻子怀孕要生小孩等着卖鱼的钱用。"你看怎么办吧？"他指着他妻子的大肚子问爹。"你看我们家哪还有东西赔你们！"爹指着身后的屋子让他们看。他们看见屋顶上荒草萋萋的景象，看到屋里没有一件值钱的东西。最后他们还是牵走了我们家唯一的一头牛，带走了唯一的一辆牛车。我们看着他们无情地带走我们唯一的财产，没有一个人动身前去阻拦。我们觉得任何东西都没有比安静下来的时光更能叫我们感到安慰。

妈妈一直不让我们关上门，她说她知道霞没有离开，她还要回来。我们静静地等待着，又好奇又害怕。直到有一天晚上，门帘啪嗒响了一声，她果然沿着门框沿着墙角悄悄地来到我们面前，一张硕大的脸庞上布满了焦虑的神态，她说她感到寒冷感到孤单。妈妈问她我们给她送去的纸钱收到了没有。她说她收到了，但是她还想回家，回到她真正的家里，回到我们的身边来。"这里才是我真正的家！"她嘤嘤地哭起来，"这才是我真正的弟弟妹妹，"她一一地认出我们。"爹！"她喊着爹。喊声整夜不停，直到黎明来临，鸡叫起来为止。

"我还有哪里对不起你呀！"爹往墙上撞着头问道。

"你没有对不起我。"霞说。

"那你干吗还不离开？"爹问她。

"我冷我想回家！"她哭着说。

我们听着她的哭声，感到万分难受，想起来她曾经是我们的姐姐。但是我们并不想让她回来，除了妈妈之外，就是霞变成了灰烬变成了牛变成了马妈妈都想让她回到自己的身边。所以她总是不让我们关门！就是在冬天也要敞着门让寒风吹进屋，等着她回来，谁也没有办法阻拦。不过我们宁可永远过着寒冷的日子还是不想让她回来，尽管她曾经是我们的姐姐，尽管我们万分难受。

三匹马

　　三匹马拴在院子里。我们通过敞开的窗户，看见三匹马发亮的马背。马背前面是我家的园子。我们用镢头刨出来的，不到一亩地，种满青菜。园子前面的开阔地里丛生着灌木。成群的鸟儿从那里起飞，飞到我们视线所及的山脉。连绵起伏的完达山脉永远散发出淡蓝色的光芒。

　　"不能总让它们吃草。"妈妈说，她两手沾满面看着我们。

　　"得给它们钉个槽子。"爹说。

　　"吃完饭再钉！"妈妈说。

　　我们没有理会。我们出了屋子，从仓房里拖出来两块木板，爹把木板用沾墨的线画好，开始在长凳上又刨又推起来。

　　"看来没有我的事啦！"爹用眼睛专注地瞄着刨出崭新木纹的板子。

　　"我得看看它们去，我得和它们混熟。"我走近拴在树上的三匹马。它们一下子扬起头，拽得树干颤颤悠悠的。三匹马惊恐的玻璃眼里映出我来，我成了一个又矮又圆的木桶。

　　"嚯嚯嚯。"我用手轻轻地摸它们鼻梁以上的部位，从脑门摸到潮湿的嘴巴。每一匹马鼻梁上面的颜色都和马背上的颜色不一样。姐姐在把马嘴下面的地面打扫干净。

"驾!"我拍一下马背，马的四蹄践踏起来。"哎唷！"姐姐惊叫着扔下笤帚跑到屋里去。"吁吁吁。"我又抚摸它们的鼻梁。马朝我喷出来带水的响鼻。

"这是一个好兆头！你别跟它们胡来。"爹抬一抬头。他已经开始叮叮当当地钉钉子，两米多长的马槽只剩下两个堵头没有钉。柔软的刨花堆在爹的脚周围。

"你真是没有事情闲的。"妈妈说。门响之后，妈妈把洗菜水泼到地上。

从敞开的窗户里面溢出来做饭的蒸气和铁锅的声音。姐姐伸出毛茸茸的脑袋喊道：吃饭啦。

爹钉完最后一颗钉子，我们把崭新的槽子抬到马嘴下面，把散落到地上的草放进去，拌上料。"好啦吃吧。"爹说。他搓着两只手，转身朝屋里走去。"把后窗户打开。"爹进屋后感到空气不流通。"过堂风。"妈妈说。爹推开窗户。"你出一身汗哪。"妈妈说。她也没有关后窗。

爹坐到炕里面，我们坐到炕沿上开始吃饭。过堂风吸得顶棚上的报纸呼嗒呼嗒地响。

"真烦人。"姐姐说，并不是指顶棚发出来的声音。

后窗下面是一棵樱桃树，樱桃刚刚红。樱桃树后面是一条土道，土道挨着排水沟，沟沿上生长着碗口粗的柞树，堆放着我们家过冬的劈柴。

"真烦人！"我们知道令姐姐心烦的是什么声音。

"没完没了。"她皱着眉头，摇着两条干巴巴的辫子。

那声音总在午饭后响起：哧哧哧哧。

姐姐放下饭碗，哀愁地望着我们。

"你去把它哄走。"妈妈说。我冲着后窗外面喊一声："噢去。""你当那是鸡哪！"妈妈说。我知道那不是鸡。我出门听见马嚼草的动静。拐过墙角，我看见水沟上面那棵笔直的松树。黄牛在树干上蹭背：哧哧哧哧。松油发出来油脂的亮光。牛蹲下身子努力往接近脊梁骨的部位蹭。它喘息着，像拖着犁干活，喷出来带水珠的气息。

我把牛赶跑，但它一会儿又来啦。姐姐在红樱桃树后面望着我。牛在不远处的风化石道路上站住。

"你们快吃饭吧！"我坐到松树下面的石板上说，"我给你们守着。"

"你等着。"姐姐消失的头重又出现。"这么大丫头翻窗台。"妈妈说。姐姐翻过窗台，碰得樱桃树摇晃起来，姐姐把饭碗递给我，转身穿过土道，又翻过窗台回到屋里。我端着饭碗坐在松树下面吃饭。

面对晨曦下面的那片开阔地，爹把手搭到眉毛上面望出去。"先得砍倒那些灌木。"爹放下手说。"马就用不上了。"我说。三匹马跟在我们身后，拖着爹打保养间借来的犁。"碰上粗树还得用。"爹说完离开我，弓着身向一棵碗口粗的柞树进军。我不能在这儿站着，我的任务是打一条防火道出来。

咣咣咣，斧头的声音在无遮无拦的旷野上尽情地奔跑，成块的木头顺着新鲜的木茬溅出来。

我向灌木丛深处走去，停在一片塌条和软椴木跟前，准备使用镰刀把它们割倒。

　　爹的斧头不时地停下来，那是碰到了斧头砍起来费时间的粗树。他把辕马的缰绳从犁上解下来，拴在树根上，鞭子在马头上摇晃着，"喔喔喔"地喊着。

　　辕马往前迈开步伐，感到来自树根的力量，它低下头，新钉的铁掌吃进土里边。树叶哗啦啦地响起来。我听到树叶的响声，听到马的嘶叫声。马蹄很快在灌木丛中践踏起来，树枝在马的肚子周围摇摇晃晃。马的身后拖着一棵树，树根带着崭新的泥土和新鲜的草皮。在我们能够看见的地方，辕马停下来，马背上渗出来一层纤细的汗珠儿，被初升的太阳照亮。"咳咳咳。"马甩动着脖子，脸转向我们，一副轻松自如的神态，就像听到招呼，朝我们走过来。走过我身边的时候，伸过头朝我喷出来一串儿响鼻儿，带出来一股潮湿的鼻息。它并没有停下来，继续蹚着树丛。它宽厚的胸廓撞得树枝弯曲下去。树枝划过它腹部，从两股之间抬起头。长鬃的尾巴俯在树枝上面，被抬起头的枝头弹起来又落下去。

　　我继续使用镰刀，割倒那些拇指粗的灌木。那些灌木压弯的地方，树皮绷紧，刀刃碰上去马上蹦出许多木茬儿。爹在我身后继续挥动着斧头，斧头的声音铿锵有力地传过来。马蹄的声音叮叮咚咚传过来。还有马的嘶叫声、哗哗啦啦的树叶声也传过来。太阳渐渐把开阔地上面那些雾气蒸发干净。鸟儿落在枝头上，它们望着我们，对闯入者发出一种尖锐的嘶鸣声，这是因为它们用树棍和干草搭的窝挂在树丫中间。有一只山雀几乎擦着我的头顶盘旋着，上下扇动着翅膀，停在半空中哀鸣不止。草窝里面有什么东西我没有看见，我用镰刀尖儿挑起它，把它放到附近一棵粗树上面。把它留给爹吧！我不愿意看见里面那些没有长毛的小东西，它们光溜溜，灰突突，令人恶心。如果没有头顶上一直盘旋着的哀鸣，完全会是另一种情况。我转过身，躲开它们，准备收拾割倒的树枝。灌木丛中发出唰啦唰啦的响动，这是帆布裤子划动的声音。

"你把它们拢成堆儿。"爹扛着斧子走过来，走在一条三米宽的道路中间。道路两边生长着灌木丛。"够不够宽？"我指着道路问道。"我量一量。"爹用平常走路的步子量着，一共五步，"要是风不大还行，"爹停下来，"主要是那些高树，"爹下嘴唇上沾着烟卷儿，说话的时候，翘起来和上嘴唇粘一下，烟雾冒出来，呛得他眯起来一只眼睛，瞄着脚下开阔的地域，"你把它们捆起来。"爹说完又去砍树，我又去使用镰刀。

我们这样干了几天之后，开阔地里出现了崭新的景象：倒下去的树木摞成了柴火垛，三匹马来回来去地奔跑，跑到道路上，跑到树丛里。我们把砍倒的树木和捆好的灌木装上马车，沿着割出来的道路，走到马蹄践踏出来的小径上，穿过一片绿茵茵的菜地。妈妈和姐姐在地头上翘首仰望。"这么多柴火！"妈妈惊喜地拍着手，跟在车后面走过房山下的一大片阴影，树木和柴火捆堆到房后的沟沿上。

哧哧哧哧哧哧，那头牛仍在松树上蹭着背。

"真烦人。"姐姐说。

现在就剩下点火啦。我们站在院子里望出去，黄昏降临在那片开阔地上面，那条防火道已经牢牢地围绕着方圆几里地的一块沃土。

人们都站在风化石路上看着我们点着火。妈妈和姐姐通过窗口向外望去。"他们都骑在马上。"姐姐发现了我们。她趴在窗台上，双手捧着下颏儿，脸朝着窗外。隔着院子，隔着一排高树，就是冒起浓烟的开阔地域：火苗擦着地面的茅草延伸出去，面积越来越大，点燃了灌木，转变成火焰和浓烟，在开阔地上空翻卷起来。

我们骑在马背上，手里拎着树条，沿着防火道跑来跑去，扑灭企图越过去的火苗儿。一直没有什么事发生，火苗也不旺，很容易扑灭。后来从完达山山脉上涌现出来大片的黑云，风从黑云下面钻出来，转向的风把烟灰吹向我们家的方向，吹向那片没有砍伐的高树，它们把火势推向高潮：黑烟和草木灰越过树冠，越过菜地，席卷过去，遮住房子前面的树和园障。

"看不见他们啦！"姐姐转过头，"能不能烧着房子？"姐姐想到。她跳下炕沿。"不会的。"妈妈说。"会的。"姐姐拽住妈妈的袖子，跺一下脚。

我们事先没有在园障外面打出一条防火道。紧挨着园障有一排榆树，十多米高，青绿的树干青绿的树叶，饱含着充足的水分。我们以为它们足可以挡住火势。

火势真的逼近，树干和枝丫发出噼里啪啦的响声，就像炉灶间烧湿柴火的时候经常听得到的噼啪声。

站在风化石路上的人们，看见那排榆树冒起滚滚浓烟。

我们在开阔地的烟雾后面，看不见那边的情况。我和爹骑在马背上。我骑着一匹灰色的外套，爹骑着栗色的辕马。翻卷的火头迎面压下来，外套和辕马发出咴咴的嘶叫声，前肢抬起，倒立起来，踢蹬几下，又落下去，然后扭头跑开来。

"吁！"爹勒住缰绳。"你看！"他让我看。我看见爹的

264

脸上全是烟灰，两只眼睛分外突出，分外明亮。"看那边别看我！"爹不让我看他，让我看园障的方向。"烟太大！"我看见烟雾，没有发现别的情况。"火！"爹在烟雾后面说道。"什么火？"我还是没有弄明白爹指的是哪里的火。

园障下面的那排榆树在我纳闷时，经过浓烟的熏染，轰的一声巨响，变成熊熊烈火。防火道围住的开阔地里已经烧干净，只剩下零星的火苗和隐约可闻的噼啪声。所以那边的烈火分外明显。

"快！"爹喊一声，挥动着手里的树枝，"驾！"爹用树枝抽打两下马背，辕马的前蹄又一次腾空，后蹄跟着也腾空起来，四肢扬起来灰烬下面的火星，爹消失在噼啪作响的火星里面。

"怎么办？"姐姐望着越来越亮的火光说。"快出来！"妈妈拽住她。火光把屋子照亮。

妈妈拽着姐姐跑出屋门，跑到风化石路上，随着路上的人们向房后散去。浓烟整个笼罩下的家园，草木灰纷纷落到屋顶上来，一层接着一层。"烧不着房子吧！"姐姐想到。菜园中间有一棵沙果树。"沙果树可别着火！"妈妈嘀咕着，转动着身体，焦急的神情挂在脸上。"砍倒它！"有人建议道。"谁去砍我们家园子里的沙果树？！"妈妈神色张皇地四下张望着。没有人答应。"用不着你们管！"姐姐说完转身悄然消失在人们背后。"她去干吗？"妈妈问道。没有人理她。人们在静观着火势，他们都被突如其来的大火弄得张大嘴，一言不发。

姐姐跑过风化石路面，跑下路基，拍响邻居家的木门，没有人回应，她又跑回来。有人已经跑上路基，举起斧子，无声地向着冒着浓烟的园障奔去。"截住他！"人们猛醒过来。他已经撞开园障的木栅栏门，奔跑在土豆地的垄沟里。黑烟渐渐压到土豆秧上面，他的上半身完全裹在黑烟里，和黑烟混为一体，仅剩下两条腿清晰地向前摆动着。"我也去！"姐姐往前跑两步，想朝那个黑烟吞没的身影跑过去，但身后被一双大手紧紧地拽着，退到排水沟后面。"别拽我！"姐姐挣脱开，又想往前跑，又被妈妈拽住。许多人开始把我们家的劈柴垛往后面的球场上搬运，防止更大的火势席卷开来。

遥远山脉上出现的黑云，万马奔腾地扑过来，布满家园的上空。

"你们干吗拽我！"姐姐疑惑地问，"你们不去也不让我去，"她回过头，发现人们充满理解的目光，"他是谁我都不知道。"她的声音低得变成了自语，身体变得瘫软下来，蹲在地上。

我怎么抽骑着的那匹灰马，它都只是在防火道上转悠，却怎么也不肯踏入被荒火烧过的开阔地。

爹已经冲出黑色烟雾的屏障，火头够着那棵园中的沙果树，火焰侵入树叶的内部，吸干里面的水分，变成一团燃烧的烈火。爹发现那个举着斧子的人，斧头正无力地向树干砍去，随着落下去的斧头，身体打着晃儿，烟雾早已把他呛晕，他就要随着落下去的斧头倒下去。爹在马背上看着他。马蹄踏着火奔跑，越跑越近，扬起火星和烟灰。爹埋下头，身体躲在马背的另一侧，经过那片园子，伸手抓住他的后背，把他拎起来，跑出浓烟滚滚的菜园。

火势借助着沙果树这个跳板，轻易地跑到苫草的房顶上面。

"真是天意啊！"姐姐为那人得救激动地坐到地上。

"真是天意啊！"那人激动得拍打着身上的烟灰。

"真是天意啊！"妈妈和更多的人看见黑烟上面的乌云骤然化作暴雨的情景。

"真是天意啊！"人们像姐姐像那人一样，倏忽间，紧绷的神经松弛下来。

我们站在雨水里，面对瞬间变成一片灰烬的房顶，以及房顶下面的家具、镜框，还有一台全频道的半导体、一台十九英寸的彩色电视机。我们没有任何悲伤。如果不是雨水及时降临，火灾将把邻居家的房屋、连同后面的牧场，一同化为灰烬。这个道理同我们脸上流下来的汗水和雨水混在一起，叫我们感到舒畅感到安慰。三匹马在雨里面低着头，雨水冲洗着马背，像绸缎一样光滑。它们好像睡着啦，一副宁静的姿态。

风

　　"我们得把院子夹上。"妈妈说。她出门给牲口添完料回来了。没有遮挡的麦地吹过来大风，带着土粒扑打着我们家外面的墙壁。"没有院子不行。"妈妈掸着吹进头发里的土粒。没有人注意妈妈说话。"灯老摇晃。"姐姐说。窗台上面掉着一盏二十五瓦的电灯泡，窗户在两个屋子中间的墙壁上，灯光照亮里屋又照亮外屋。我们的身影打在顶棚上，一个又一个，随着灯影摇晃。爹看着我们。"本来就是。"姐姐说。她瞅一眼爹，没有瞅妈妈，又继续对着一面椭圆形的镜子，看着镜子里面自己的脸。镜子反出来的亮光固定在对面墙壁上，比电灯本身发出来的光还要亮。"照，你就知道照！"爹说。他站在屋地中央，头顶和顶棚一样高。顶棚上新糊上去的报纸颜色很新鲜。风在外面刮来刮去。屋里的灯摇晃来摇晃去。"灯老是摇晃。"姐姐又说。她的脸在镜子里跟着摇晃。"没有事认识认识字，"妈妈说，"像你弟弟那样。"妈妈指指我。我躺在叫火烤热的炕席上面，仰脸看着报纸上面的字迹："塞外古泽高桥镇依山傍海。"我把一行字大声念出来。"不念泽念驿。"妈妈举起手，手指贴在报纸上。报纸糊出来一条褶子。"念驿。"妈妈指着褶皱上的字。

"太黑了我看不清。"我说。"往下念！"妈妈说，手指挣着一行黑体字往下指。"刻有高桥铺的三个大字的石质门楣……"我念道。"不念铺念镇。"妈妈说。"刻有高桥镇的……"我把脚搭到窗台上，上面钉着一块玻璃。"你别把脚放上面。"妈妈放下手。我放下脚。"你自己念。"她不再教我，到外屋地去了。

风从房顶上苫着草的橡木中间钻进来，在房梁和二棚之间窜动，把报纸吸上去又落下来，发出呼嗒呼嗒的起落声，像要将报纸撕开一道口子钻到下面来。

"外面的风真大。"姐姐听见报纸声。她把镜子翻过来，背面有个电影明星苏菲·玛索的头像，正面的亮光转到另一面墙壁上。"你们听外面。"她指着外面。我们没有理会。我自己在念字，妈妈不再教我。爹坐在对面弄着自己的东西，他从不教我。"你们听呀！"姐姐喊道。我停下来。爹抬起头。姐姐坐在灯影里，侧着脸，手掌放到耳朵后面。"你们听呀！"她眨动着眼睛，手掌顺着耳朵正对着的方向，一下一下来回滑动着。

我们被她聆听的架势吸引过去，去听她的耳朵正对的方向。这个方向穿过屋子穿过墙壁，通向外面。我们听到风从遥远的山脉上吹过来，夹杂着土粒扑打到附近的树干上、墙上以及牲口背上，这些东西发出来的声音不足为奇。

"大惊小怪！"爹说出来。他又低下头，弄手里一截皮鞭梢子，这是他自己的东西，不让我们动的东西。顶棚上那么多晃动的影子，飘过来飘过去，屋子里模糊起来。"我才没有大惊小怪！"姐姐依然侧着脸，聆听外面的动静。电灯泡咔嗒咔嗒咔嗒地撞击着玻璃，咔嗒咔嗒咔嗒的马蹄表一样。我又把脚放上去。"你又放上去！"妈妈马上说。她看见脚的影子通过玻璃，落到外屋的墙上晃悠着。"你早晚得把玻璃踢碎！"她的声音穿过门缝，和钻进屋的蒸汽一起传进来。"把脚拿下来。"爹说。"碎玻璃掉进锅里你们吃一肚子玻璃碴儿。"妈妈的声音又传进屋里来。

外屋的锅台盘在窗户下面。我把脚挪到旁边墙上，影子回到屋里。"我才没有大惊小怪！"姐姐站起来，两条腿紧挨着炕沿，上半身向着耳朵正对的方向，用力地倾斜过去，"你听你听……"她说。她似乎抓住外面猛烈的风中那个异常的动静。"我听不见。"我说。"真的！"姐姐说。她焦急的神态真让人相信一种异常的东西存在着。只是我没有听见。我听见熟悉的风声在我们家房子周围呼啸，再没有别的声音。"就像一个小孩哭！"姐姐说。"是吗！"爹站起来，"是不是牛叫声？"他也没听见，他问姐姐。"不是牛叫声！"姐姐摇摇头，"也不像一个小孩哭！"她又改变了说法。"会不会是狼！"爹突然想到，"狼叫就像小孩哭！"他蹿出屋子，在外屋抄起一把叉子。门咣当响一声。"不是不是……"姐姐继续改变着她的说法。"是什么？"我问。"我也听不清楚。"姐姐继续聆听着。"不清楚什么？"我说。"肯定有东西！"姐姐盯着我，"你不去看看？""我——"我有些犹豫。"我去！"姐姐挺起身子，"你不去？"她要出去时问我。外屋的门又咣当一声。"是不是狼？"妈妈担心的声音在外屋响起。"狼有两只绿森森的眼睛。"我赶紧说。"你竟没事找事。"爹很快进屋说姐姐。妈妈也跟进屋，给爹拍打身上的土。"反正得把院子夹上。"妈妈说，"把院子夹上就不用担心狼不狼的了。""不是不是……"姐姐瞪着眼睛望着我们，说不清楚不是不是的东西又是什么东西。

风停止在太阳出来的时候。一夜之间，房屋与麦地之间的一段空地上，变得阳光明媚起来。"我要亲眼看一看去，"姐姐在早晨清晰的光线里，眯起来就像整夜没有睡觉的眼睛，"我就是听见啦！"她头也不回地往麦地深处走去，往她认为有东西又说不清楚什么东西的地方走去。

麦地和房顶上都有大风刮过的迹象：麦地愈加平坦愈加清洁，一直延伸到远处的灌木丛跟前。苫在房顶上的苫草一绺一绺地翘起来，像一个人头顶上怎么也压不平的头发。

"你去把梯子搬过来。"爹站在我背后，紧靠房山的地方，望着叫风吹乱的房顶。房顶上面是晴朗的天空，天空上挂着一些风吹散的云彩。

"在房子后面。"妈妈从后窗户伸出头，告诉我梯子所在的方位。

我走过爹身边。爹腰带上别着剪树枝用的大号剪刀。我走到房后面，看见牲口棚四根柱子中的一根，叫风齐腰吹断，牲口棚倒向一边。棚顶上堆着的麦秸和稻草，挂到了道边的树杈上，像老鸹搭上去的窝。喂牲口的草料更是七零八落，到处都是。两头小牛犊站在两棵榆树之间，看不出来一点儿的惊慌，抬起前蹄踢打着对方，对方跳起来又过来踢打它。

"快把梯子扛过来！"爹的声音传过来。

两头小牛犊一头跑起来，另一头跟着跑起来，我也跟着跑起来。梯子和牲口棚倒在一起。我扛着梯子中间的横梁，两个尖头随着我的走动往上蹿动着。爹接过来梯子，冲着房脊立到房山上，抬脚登上第一个梯蹬。我扶住梯子。"不用扶，"爹上到第二个梯蹬上，"你去把梢条递上来。"爹边说边上第三第四第五个梯蹬，最后骑到房脊上面，像骑到马背上一样，两条腿奔拉到山墙上。

剪树枝的铁剪子剪着翘上去的草，发出来不间断的咔嚓声，十分清脆，十分悦耳。

"别把房顶踩漏。"妈妈走出屋，仰头望着房顶。房顶上剪掉翘起来的草，显得层次分明起来，像梯田的形状。

我扛过去成捆梢条，顺着梯子举上去。"要它干吗用？"妈妈感到不解，"这样多好看！"她指着梯形的房顶说。爹顺着房顶的斜面推下来剪掉的草。"我看不用梢条。"妈妈望着爹，"你说呢？"她又望着我。"我看不见。"我还举着梢条。爹也看不见，他骑在房脊上看不见房顶好不好看。"用梢条盖住不好看。"妈妈跑过来和我一起举着成捆的梢条。"不盖住再刮风又得掀掉。"我看着妈妈清晰的脸说。"主要得压住茬儿，"爹接住梢条捆，往上拽去，"那也得压上东西。"他蹲在房顶的斜面上，一只脚高一只脚低，双手奔拉在膝盖上，两只并不黑的眼睛看着妈妈犹豫起来。"用架条，一格一格地压在上面。"妈妈比画着她想到房顶上出现的一格一格的形状。"行不行？"我说。"行！"爹同意了。我又返回房后，去扛供蔬菜爬蔓儿用的架条。我又看见大风刮过的崭新的迹象：我们家旁边旧房子上黑黢黢的房架，已经炭化的房梁，还有一根碳化的椽木，齐刷刷地折断，露出里面崭新的断茬儿，阳光照在上面，又白又刺眼，格外醒目。一只芦花鸡站在断茬儿上，张开翅膀，脑袋伸出去又缩回来。"你又在看什么？"爹在房顶上，正好看见我。"那么硬的木头……"我指着空旷的房架说了一半话，看见鸡不再缩回去，一下子飞起来，没有一点声息，落到风化石路边的树枝上。"昨天晚上的风你没看见。"爹接过我的话，眼睛眯起来，仿佛看到记住的内容。"我听见啦。"我想起昨天晚上传到屋里的风声。我扛起架条，上面缠着去年死去的豆角秧，比活的时候缠得还牢固。"我给牛添料时天刚刚黑。"我扛着架条听见妈妈说。"你没有看见天黑以后。"爹站在房上说。他们一个在房上，一个在房下，脸对着脸，回忆着昨天晚上刮大风时的感受。"太阳还没有落山的时候，被风刮得黄乎乎，仿佛要融化了，像碗里搅拌开的鸡蛋黄儿。"妈妈比喻着。爹没有比喻，他从来不比喻任何东西。"鸡蛋黄化开了又变成了红彤彤的晚霞。"鸡跳下树枝，落到地上。妈妈还在比喻着她喜欢的晚霞。

我递上去架条，爹把架条一根一根压到剪好的苫草上，一茬儿压住一茬儿，间隔出来四方形的格子。爹用铁丝把架条拧到椽木上，压住梯田形的草。"对，这样就好看了！"妈妈点着头看着房顶的景象说。爹干完一面房顶，翻过房脊，去收拾另一面房顶。

杨菊拎着一篓子鱼来到我们家门口。"冯姨冯姨——"她轻声叫道。妈妈转过身，发现她站在空荡荡的地上，头发乱糟糟的，沾着一层露水，手里拎着尼龙线织的鱼篓。她们相隔一段距离谁也没有再往前走。"十条鱼你们买了吧！"杨菊说。"十条鱼才十块钱你们买了吧！"她接着说。"我们不买鱼。"妈妈说。她站在剪下来的碎草中间。"是我奶奶要用十块钱。"杨菊说。"你们家总你奶奶你奶奶有没有完！"妈妈说完，不再理她，弯下腰去收拾地上的碎草。"冯姨冯姨——"她不断地叫着妈妈，手里的鱼在鱼篓里，不停地撞动着尼龙丝线。十条鱼都有半斤沉，都是新鲜的鲫鱼，都有完好的鳞完好的鳃。鱼在一下一下张着鳃张着嘴，想象着在水里呼吸的情景。"十条鱼才十块钱呀！"杨菊说。她跟妈妈后面，妈妈抱着草进屋，她也进屋。她把鱼放到锅盖上，坐到锅台上。"你别坐锅台上！"妈妈说。她又去抱一抱草进屋。"你不买鱼我就坐锅台上。"杨菊两条短腿奔拉到锅台下面，脚后跟扬起来又落下去，落到炉门上，炉门咣当咣当地响。"我不惯你这毛病！"妈妈拎起鱼篓，冲着敞开的屋门扔出去。鱼摔在空地里。空地上干干净净，没有丝毫尘土。鱼蹦跳着。"你再不出来我把它扔麦地里去！"妈妈出来，指指地上的鱼，又指指不远处的麦地说。鱼疼得直张嘴。"你把鱼摔死啦！"杨菊跑出屋。"我们不要鱼，"妈妈又说一遍，"骑上你们家摩托车赶大集卖去吧。""不是我们家的摩托车。"杨菊说。"那我就不明白啦，"妈妈故意眨动着眼睛，"三杨不是你爹吗？"妈妈说起来总是风驰电掣出现又消失的三杨。"是我爹是我爹……"杨菊的嗓子眼叫东西噎住，一下一下咽着唾沫。"是你爹你还要哭啊！"妈妈盯住杨菊不断闪动的眼窝。"你哭我就买你鱼啦？"妈妈问她。"嗯嗯嗯……"杨菊支支吾吾，"是我奶奶……"她点着头。"不会买你的鱼，"妈妈脸上纳闷的表情完全消失，"不会老听你奶奶你奶奶的。"她们眼睛对着眼睛，谁也不离开，没有发现鱼跑出鱼篓。她们在对视中好像期待着什么。是杨菊期待着，妈妈喜欢看她期待的目光。鱼又翻了个身。杨菊移开目光，移到房顶整齐的苦草上面。上面不时出现爹蹿动的脑袋。妈妈从杨菊耳朵旁边看出去，看到播完种的麦地深处走过来姐姐的身影，另外有个人走在她身边。他们时而挨近，时而又疏远。

"她们吵什么？"爹看一眼房前。房后这面房顶的苦草已经剪完，像前面一样，出现梯形的草茬儿。"你去看一看。"爹低下头，让我到房前看一看去。我把架条放下来，走出阳光明媚的房后，走进房前的阴影里。杨菊没有发现。我朝她们继续走着。妈妈也没有发现。我看见地上的鱼正往小坑里蹦。鱼靠脊背做支点，头和尾巴用劲儿往地上砸去。鱼整个弹起来，摔进小坑里。

"鱼！"我说。我又发现鱼篓像活的一样在光溜溜的地上蠕动。"都是鱼！"我兴奋起来。"才十块钱。"杨菊说，又黑又亮的眼睛闪动着。"什么十块钱？"我盯着鱼篓里的鱼。"十条鱼才十块钱。"杨菊说。"我们不买！"妈妈说，"跟他说没有用！"妈妈瞅瞅我，又去瞅麦地里走来的两个人。鱼在小坑里不再动弹，小坑里没有叫风吹走的土沾到鱼身上。鱼一下一下张嘴。鱼嘴里很新鲜。"我知道，"杨菊说，"我知道啦。"她连说两遍，蹲下去。"鱼呀——没有人要你，"他又对着鱼说，声音像唱歌，"鱼呀——你真没有用，"开始拍打鱼，伴着对鱼的诅咒声。"妈，"我说，我心头涌上来一腔热忱，"妈！"我接着说。"你连一分钱都不值呀！"杨菊越说越动听，颤动着肩膀，把跑出的鱼装进鱼篓。鱼都活着。"干什么？"妈妈说。"妈！"我说。"她和谁在一起！"妈妈没有理我，指着走出麦地的两个人，"你看，她那是跟谁在一起！"妈妈让我看。"该死的！"妈妈骂道。

姐姐和那个人走到我们跟前。那个人是先和杨香现在又和杨菊住在一起的国顺。杨香和杨菊是姐妹俩。国顺戴着草帽，戴着墨镜，提着渔网，自动退到姐姐后面。他们裤脚和鞋面沾满尘土，国顺裤脚上除了尘土，还沾上更多更清晰的油污。还有那张渔网，网纲拖在地上，网孔兜住土，把网粘在一起。他们跺着脚，尘土涌上来。

"别跺！"妈妈说。她盯着他们身后两排脚印，脚印弯弯曲曲，消失在麦地深处。"你再跺一跺。"姐姐回头指着国顺的脚，示意他跺干净脚上的土。国顺没有跺脚。他摘下墨镜，盯着蹲在光溜溜的地上的杨菊。杨菊的肩膀不再颤动，眼睛不再闪动，里面干干巴巴，没有一点泪影儿，也看不出有过泪影的样子。他们互相看着，好像分别已久，彼此已经陌生。

"你们俩从哪里出来？"杨菊警觉起来，眼瞅着国顺的腿。"我又去里边泡子撒了几网。"国顺告诉她。"他的腿叫沙枪打得都是窟窿眼。"姐姐蹲下去，卷起国顺的裤腿，露出来布满伤痕的光腿，腿肚子上有一排结了嘎巴儿的疤，一个挨着一个，"疼不疼？"姐姐摸着嘎巴儿问他。我们知道这是他去人家鱼泡子偷鱼的后果！谁都没有吱声。"用不着你管！"杨菊推开姐姐，往自己怀里拽一下国顺。裤腿从姐姐手里离开，遮住那条腿。"我们用不着你关心！"杨菊瞪着姐姐，拽起国顺，向我们家旁边的风化石路走去。国顺走起路来，腿向两边撇拉着。"我的鱼，"杨菊想起鱼，她离开国顺，跑回来，拎起忘在地上的鱼篓，"我们不卖鱼！"冲着我们用劲往地上砸几下鱼篓，鱼在鱼篓里往起蹦几下，"等等我！"她转身又去追国顺。国顺没等她，继续往前走。"瞧她那两条短腿！"姐姐说。杨菊的短腿跑起来一扭一扭。"像不像只鸭子？"姐姐说。"别管别人！"妈妈说。杨菊追上国顺，他们走到我们家旧房子对面的路段上。"十条鱼才十块钱。"杨菊说。她的话从他们家的院子里传过来。他们消失在他们家的园障后面，很快又出现在玉米楼的梯子上面。"呸！"杨菊回头朝我们吐口唾沫，转身把玉米楼的门砰地关死。"嘻嘻嘻……"姐姐没有生气，反而笑着弯下腰，笑罢又直起腰挥一下手臂，把一块石头打过去，打到玉米楼的门板上砰地响了一声。

　　鱼！我想起小坑里的鲫鱼。鲫鱼沾满土。我抓起鱼。鱼还活着，还在一下一下张嘴。我触到鱼鳃，鱼吧嗒甩一下尾巴，头扬起来，发出来咕噜噜咕噜噜像冒泡的声音。鱼的眼睛渐渐发白，我看着鱼慢慢死去。

山岗

　　我驾驶着拖拉机，妈妈和姐姐，她们俩站在牵引架后面挂着的播种机上面，用棍子搅拌着播种箱里的种子，麦种通过一排胶皮管流进垄沟里面。麦地经过平整镇压，在我们眼前有条不紊地铺展开来。我们能够看见爹，他和我们相隔着一个拱起来的山岗。爹在山岗后面用三匹马耕地，马的脑袋和爹的脑袋时隐时现。机车调过头，妈妈跳下播种机，跑到机车前面挥动着两只手。

　　"怎么回事？"我停下来没有熄灭油门。"还能怎么回事！"姐姐也正在从脚踏板上往下跳。她们满脸灰土，只剩下两只眼睛在闪动。呸呸呸，妈妈吐着嘴里的灰土。呸呸呸，姐姐也跟着妈妈学着吐。我看见爹出现在山岗上面。"就怨你！"姐姐开始埋怨我，"你跑得那么快肯定有漏播的地方。"妈妈迎上去。"不怨我，我们跟在后面，脚不时陷进松软的土里。我不管！"姐姐说。"管不管！"我抓住她的胳膊。"撒开！"她喊道，往两边扭动着身体。我撒开手。爹来到我们身边，并没有理我们，脸上也没有愠怒的表情。他凑近妈妈耳边低声说着什么，两只手向身体外侧摊开来，半天没有收回来。妈妈听完，跟着爹往山岗上走去。"我们不播种啦？"姐姐问。爹没有听见。"我去把火熄灭。"我说。"你去我等着你。"姐姐蹲下来，把露在外面的麦粒用土埋好。等我关掉机车油门，返回来时发现姐姐已经不在。我顺着他们留在地里的三行脚印跑过去。

他们停在一片洼地里，洼地刚刚翻过，像我们播种之前的耕地一样：大块的土翻过来，露着树根和草皮。马站在上面，没有任何动作，低着头跟在爹身后。"你看。"姐姐抓住我的手，让我看见一匹马躺在地里。正是三匹马中的辕马。辕马躺得很安静，好像是在休息。"怎么啦？"我不明白他们为什么不吭声。爹蹲下去，回头看看我，他的眼睛里有一种令人不安的东西。"它累了？"我也蹲下去，手伸到马的身体下面，手上沾上一层汗，"起来！"我拍它一下让它站起来。"别动！"妈妈说。"不是不是。"爹摇着头，也没有说出不是的内容。

我挪到马头的位置上，两匹外套也跟过来，伸过来脑袋，将嘴贴到辕马的脸上，往它的鼻子眼睛耳朵里面呼嗒呼嗒地喷气，辕马也没有睁开眼睛。

"从倒下去就没有睁开眼睛。"爹抚摸着马的腹部，抬头看看我，又看看他们。"那不是在动？！"妈妈说。她发现辕马身上一层茸毛正在微微地颤动，就像风掠过草地。"不！"爹摇着头，目光转向遥远的山脉那边，山离我们仍然那么远，仍然是淡蓝色的。

"我去叫兽医！"姐姐说。她看看爹又看看我。"我去叫！"我眼睛盯住妈妈。"让她去吧！"妈妈看着爹。爹没有说话，还在看着蓝色的山脉。"去吧！"妈妈说。姐姐撒开腿，往我们家的方向奔去。"慢点儿！"妈妈说。她的脚从翻起来的土块上滑下去，再提上来，再绊到树根上，膝盖跪下去，再直起来，踉跄的身影消失在灌木丛后面。

我们脑子里一片空白，好像木偶一样，呆呆地杵在各自的位置上。你们瞅着我干吗！爹突然紧张起来。其实我们谁也没有瞅他，他自己感觉谁都在瞅他。我离开他们，把另外两匹马从马套里解下来，牵到烧过荒又滋生出来的再生草跟前。青草又绿又嫩，它们却不吃，又跟在我身后，回到辕马身边。爹又把它们牵回去，拴在两根手腕粗的树干上。它们过不来，但它们扬着头往这边张望着，咴咴地叫唤，拽得树叶哗哗作响。

兽医来到我们面前仿佛从天而降。他们肩膀上背着画上红十字的药箱，胳膊上套着套袖，脖子上挎着听诊器。姐姐已经气喘吁吁，她不时停下来等着兽医跟上来，来到我们跟前，又在翻过来的土块上绊一跤。"慢点儿。"妈妈说。"我来晚了没有！"姐姐急切地喊道。

我们站起来，兽医蹲下去。他们是三个人，分别蹲在辕马的脑袋肚子和屁股的位置上。一个兽医把马尾巴掀起来，把带刻度的玻璃棒杵进去。一个兽医用听诊器听着马的腹部，听一下移动一下位置。另一位捏着镊子，撑开马的眼皮。我们看见马的眼睛里蒙上一层血丝，还有一层白色的黏膜蒙在血丝上面。

别叫它们叫！拿玻璃棒的兽医指着另外两匹马。它们在用蹄子刨着地叫唤。我和爹跑过去，拽住它们脸上的笼头。"吁吁吁！"爹冲着马的耳朵说。"你们别叫唤。"我用手去捂它们的嘴，把它们的脑袋抱在怀里。它们仍然挣扎，仍然叫唤。把我和爹甩来甩去，就好像甩嘴边上的草一样。"不行不行。"爹脱下衣服，扎起两只袖子，蒙到马脸上。我照着爹那样蒙住另一匹马。两匹马被蒙在衣服里，发出来呜呜的闷声。衣服一会儿粘到马脸上，一会儿鼓起个大包。我们没有别的办法！爹冲着兽医摊开双手。兽医没有理会，他们把爹叫着离开我们，到没有耕过的灌木丛后面。他们在灌木丛后面，脑袋挨着脑袋。光能看见三个兽医在说话，爹盯着地上的草一言不发。一个兽医先站起来，走到辕马跟前打开红十字药箱，拿出来粗大的针管，吸上满管暗红色的药水，长长的针头扎进马的腿部的肌肉里，辕马开始哆嗦。"一会儿就会站起来。"兽医说。这是他们第一次对我们说话，严肃的脸上第一次露出笑容。

我们长吁口气，这才感到四周的空气在阳光下流动，才感到空中乌鸦在聒噪。"一会儿就会站起来！"姐姐不顾脚下凹凸不平的土地，又拍手又跳跃。我们注视着辕马，它的身子一半躺在耕地上，一半躺在翻起的树根上。"眼睛睁开啦！"妈妈首先说。我们看见辕马果然睁开眼睛。它先是朝着另外两匹马嘶鸣的方向望过去。"快把它们脸上的衣服解下来！"妈妈说。我解下它们头上蒙着的衣服。它们朝着辕马的方向伸长脖颈，长嘶不已。辕马翻过身，卧在地上，先是两条后腿站起来，跟着前腿站起来，四条腿再把整个身体撑起来，颤颤巍巍地向着那边的两匹马走过去。三匹马的脸凑在一起，相互磨蹭着，发出来轻微的咴咴声。

我们经过一场虚惊重新翻过山岗去播种麦子。"干吗让他们牵走！"姐姐跟在后面说。她的话起初没有引起我们注意。我和妈妈走在前面。我们已经走过刚刚翻过的荒地，来到正在播种麦子的松土里。"干吗叫他们牵走！"姐姐又说。她追上来问我们。我们回过头才发现兽医牵着辕马已走到耕地外面，消失在我们家旁边的风化石路上。"干吗让他们牵走？"我们返回来问爹。爹依然蹲在灌木丛后面。"你说！"妈妈推着他。他低着头不瞅我们。"你说呀！"我和姐姐也去推他。我们把爹团团围住。"我说什么！"爹仰起脸，脸上布满阴云，仿佛就要化作雨水流下来，流到草丛里。"你们让我说什么！"爹冲着我们喊道。

我们奔跑在牧场的两排畜栏中间。"我跑不动啦！"姐姐两只手扒住畜栏的横栏，才不至于坐到地上。"我们非要把它牵回来！"她喘息半天，终于扶着横栏站起来，脸色已经煞白，腿在打哆嗦。

兽医所的铁皮屋顶在前面出现。"我抄近道过去！"我说。"我还得站一会儿！"姐姐说。我没有再绕道，朝着畜栏外面一座积肥堆径直地跑去。积肥堆上长满蒿草，踩上去咕噜咕噜地冒出来发黄的水泡。"你别陷进去！"姐姐在后面注视着我，"你把蒿草压倒踩脚底下。"她叮嘱着我。兽医所的后窗户对着积肥堆，窗户上钉着白色的纱帘，看不见里面的情况。

我沿着后墙绕到房子前面，房前种着一排细瘦的杨树。杨树和杨树之间用半截砖头围成花圃，种着一簇一簇的扫帚梅。花朵要在九月里开放，现在像一丛丛树丛的形状。房前房后的窗户敞开着。前窗没有钉纱帘。房子里面打着水泥地，给牲口看病的架子直接筑在水泥地里，地上扔满沾着紫药水红药水的药棉花，药味扑鼻，直浸进肺里。还有两扇门，门上的玻璃有一块是透明的。我扒在透明的玻璃上往里看，里面没有人，有一排分成许多木格的架子，木格里摆满装药的广口瓶。另一扇门上的毛玻璃隔得很严，看不见里面的情况。两扇门都敲不开。

"怎么回事！"姐姐从前面敞开的窗口往里探进头来。"不知道。"我说。我出来。我们站在房前，注视着兽医所前面的景象：一片十亩地面积的水面，水面前面一大片玉米地，玉米地里矗立着一座废窑，一条土路穿过玉米地穿过废窑，通向更远的地方。"我们上哪去？"姐姐问。"上哪去！"我看着更远的方向想，"马在哪儿我们上哪儿！"我想起来。"马在哪呀？"姐姐说。她的脸色依然苍白。"看我有什么用！"她推我一下说，"我们去找！"

我们离开兽医所，离开来时的路线，沿着墙根下延伸出去的小路，朝着一片慢坡上走去。"他们真该死！"姐姐说。"真该死！"我也说。路上的砖头瓦块绊她一下。"看着点儿！"我说。"你听！"她停住脚，苍白的脸色十分警觉，"有马嘶叫的声音。""是它！"姐姐说。"跑啊！"我说。我们跑到慢坡顶上，看见经过球场通向礼堂的道路上走动着许多人。我们来的时候没有通过那条风化石大道，我们沿着场院后面的机耕道直奔牧场，以为那样可以抄近道，所以犯下不可饶恕的错误！

"等等我！"姐姐发出呼嗒呼嗒的喘息声，"等等我！"她一个劲地喊。"你慢慢跑！"我没有放慢脚步。"马不叫啦！"姐姐站住。马已经不再叫。

球场上发生的事情被一幢涮上白灰的房子挡住。我们在房子后面奔跑。涮上白灰的墙壁上写着红色的大字：农业的根本在于机械化。每个字都有半个人那么大，硕大的红字在我们眼睛里跳动。呜呜呜，姐姐张大嘴，嘴里发出来风一样的声音。

"你别叫。"我说。"我不叫！"姐姐咬住嘴唇。我们已经知道发生的事情。我们慢下来，来到房子前面。前面的球场上聚集着许多人，仿佛是所有的人，手里都拿着盆。看见我们，他们背过去身，把盆扣在脸上，不瞅我们，就好像不认识我们。我们推开人群往里挤。"别叫他们过来！"屠夫说。他从人群中伸长脖子。他叫王启路，又打铁又杀牛。是铁匠又是屠夫，脸上长满肉瘤，长满倒立的胡须。"你们脸上都是汗！"他们突然说，像是关心我们。"别让他们过来！"屠夫用沾满血的手指指着我们。人们挡住我们，往路基上推我们。"放开我！"姐姐说。她被推到另一边，靠在球架的铁管子上面。"这是怎么回事！"她问道。"不是你们家的马。"他们说。他们相互看一眼，相互间显得心照不宣。"用不着骗我。"姐姐说。我靠在这一边的球架上，听见姐姐的说话声。看见好多人挡着我，也不让我过去，不让我看到悲惨的场面。"过来吧！"屠夫停了一会儿才说。他已经干完活，已经无所谓，脸上挂着轻松的笑容。人们这才闪开一条道，道路通向前面，好像无限远！迎面撞上屠夫，屠夫拖着马的尾巴，马变成一张毛朝下的马皮，在他身后铺展开来，在球场的碎石上发出来唰啦唰啦的响声。"是你们家的马吗？"屠夫问我们，好像他不知道谁家的马，围裙上沾着鲜红的血迹，让我们辨认着朝上一面鲜红的东西。"这是怎么回事！"姐姐已经认不出马。"我操你妈！"我骂屠夫，低头冲着他撞过去。他闪开身，嘿嘿嘿！他低头笑起来。我跟跟踉踉，马！我在想。脑袋里嗡嗡作响，像个柳罐斗子那么大！

闪开的道路上有一条马皮拖过的血迹。我不愿意看到它躺在那里，我不能看到它躺在那里。它已经不是那匹马！这是怎么回事！我也和姐姐一样。呜呜呜，我们一样。但我不能！我把快要涌上来的东西重新吸进身体里，不让它们流在脸上。

"分肉啦分肉啦。"屠夫说。他哈哈大笑起来。人们都跟着哈哈大笑起来。没有人理我们。我和姐姐的脸在哆嗦。"没有办法！"兽医说。他一直站在人群里面，双手插在白色大褂的立兜里。"那你还打一针干吗！"姐姐说。"打一针为了让它自己站起来。"兽医说。"站起来怎么还不行！"姐姐说。"站起来也不行，你们不懂！"兽医不想再说。他离开我们。

我们没有走近那匹马，那堆支离破碎的东西。它们要被装进那些被端在手里的盆里。我走到马的另一边——它被分成了两边，走到它被扔在另一边的马皮跟前。

早晨它还不是这样，它还能动，还能够散发出来激动人心的热气。现在里面空空荡荡，从前装在里面的东西在哪儿，它是一些激动人心的东西！那变幻的四肢，那喷出来的气息，那回过头看我的眼神……现在它血淋淋地铺在地上。"我不想看到它！"姐姐说。她的脸色更加苍白，表情却无动于衷起来。"走！"我说。"行！"她变得听起我的话来。"你别怕。"我说。"我一点儿劲都没有！"她说。我拽着它往家里走去。"我以前一点儿都闻不了它的气味。"她说。"我也不愿意闻。"我说。我们走在风化石路上，我把它顶在头上，走在路中间。血腥的气味儿黑烟一样压下来，压得我胸闷，压得我气喘吁吁。我张大嘴发出来呜呜的声音。"我们用不着忍着。"姐姐说。她的脚摩擦路面的声音我听得清清楚楚。

我一直顶着它，它流着血的那面冲着天。我们一直走到松软的麦地深处。"咱爹！"姐姐首先发现爹。我看不见他，我在它里面听见爹的喊叫声。喊叫声混杂着地里的尘土迎面扑来。"谁让你们把它弄回来！"爹喊叫道。他在刚刚翻过的地里弯着腰，身子往前伸着，从一块草皮土跳到另一块草皮土上，两只手臂在身体两侧张开着，像两只弯曲的弓。他来到离我们不远的地段，又像一只受到攻击的猫，蹿到电线杆顶端的瓷瓶上，趴在上面，头朝下耸立起来全身的短毛。

我停下来，把它放到地上，又细又密的垄沟和垄台凹凸不平。姐姐拽着一边，我拽着另一边，把它拽平坦，放下去，又跟垄沟垄台一样凹凸不平，怎么也弄不平展。我和姐姐看着它，铺展在地上，血红的那面，像一面叫风吹皱的旗子，散发着血腥气味儿。

麦地辽阔平坦井然有序，红漆剥落的拖拉机停在麦地另一端，地里向上蒸发着淡紫色的气息，麦子在土里面发芽。爹依然奔跑在松软的土地上，越跑越近，一只脚陷进土里，另一只脚拔出来，步伐生硬有力，带起来的尘土，在身后飞扬。他就像一匹马，一匹死去变成马皮的那匹辕马。姐姐眼睛里的晶莹的东西无声无息地流过发白的脸庞，流到蓝布衣襟上面，浸进布纹里面。

"我不会的！"我在对自己说。我要像在球场上对待那些人一样面对爹。我认为爹和他们一样，是他们的帮凶。

"谁让你们把它弄回来的！"爹吼叫着，他的面孔越来越清晰，越来越让我们看到全部的表情。"我们没有错！"姐姐没有这么说，我能感到她在对自己这么说，她的脸上表现出来这句话的内容，带着发自心底的力量，带着沸腾的血液在她皮肤下奔跑的情景。爹的表情专注蛮横又紧张。我们望着他，没有丝毫的退缩。我们知道我们和爹之间正在较量着某种东西，像箭镞或像刀刃。姐姐和我一样明白这个道理，她一动不动，攥着拳头，扬着下颏儿。我们渐渐看见爹垮下来，他先是低垂下目光，跟着是脸上专注蛮横的表情随着松弛的肌肉变得木然。"谁让你们把它弄回来的！"爹低下头，自言自语着从我们眼前走过去，蹲下去，对着那张生动的马皮，"我也没有办法。"他说，"我一点儿办法也没有。"他总是说这么一句话，手在像从前那样抚摸他的那匹辕马，现在是他想象中的马匹，哕哕嘶鸣着，挂着细密的汗珠儿，四肢变幻着，走过他身边，低下头，冲着他打一串儿饱满的响鼻儿。他把它卷起来，抱在怀里。他的手已经染红。爹抱着它往家里走去，背影渐渐远去，不再像朝着我们奔来时那样有力那样矫健，显得衰老，显得疲惫不堪。爹一直走出麦地，走到我们家简易房后面，返回屋里拿出来一把锹，在两棵榆树之间，挖了一个坑儿，把它埋进去，让它拱起一个土包，变成一座坟墓。我们看到它变成坟墓才转过头。

"妈！"妈妈已经站在我们身后，低着头冲着地死死地盯着，那是它最后铺展过的地方，现在什么也没有。"妈！"我们想把她叫回来，她好像钻进了地里面，听不见我们叫她。

后记 我遥远的本家先生

与何锐先生的结识，大概是文学期刊不景气的20世纪90年代末期。先生逆流而上，在西南边陲把一本《山花》做得风生水起。我蛰居于北方《小说林》编辑部陋室里，昏昏然终于有了一份虚妄的期待，期盼新一期《山花》邮来，看《山花》一时成为未泯文学理想办刊人的一份念想。若说是颓唐中获得砥砺前行的动力，或许有些矫情成分，真实情景应该是每每可以调正一些坐姿，埋头浏览并迅速进入阅读状态：从开本到装帧再到插图。栏目设计最为醒目，可以觉得出来诗意且锋芒，含有先生姓名中锐字的含义。埋头阅读文章更可以读出来血性气概。这样的篇章值得带回家中细读后，凝神远眺一下阑珊灯火深处，至于是不是眺望到了什么奥秘，并没有具体概念，倒是有些不甘与侠气，往往从字里行间探出头来，做一个鬼脸，吐一口仙气，摆一下手势，须臾间叫我想到先生与我同姓，不禁一怔，至于愣怔到了什么，也无从谈起，只是于浑然不觉中想到一位与我同姓的先生在西南高原之上，忽然提枪拍马，独擎起奋战风车之勇，辟出来一片卓然的天地。不自觉地又想到旧版《堂吉诃德》，瘦马破枪，屡屡奔赴沙场，将风车当成巨人，客店当作城堡，于幽默中演绎的却是不朽的精神与气节，该是怎样一副怪诞景象？竟然起身翻找到《堂吉诃德》老旧版本，书中嵌入着夺目的木刻作品，如梦似幻，依然不朽，多雷插图尤其提神，夸张容貌乃至怪诞变形，成就了大丑至极的喜剧效果，赋予世间少有的喜悦。捧腹之后，不禁热泪慢慢溢出，满纸沧桑与凄凉。心头顿时一凉。惴惴中合上纸页。世间真有这般夸张的唐突吗？终于把自己化作苍凉的喜悦，给予世人的却是实在的提醒与鞭策，冥冥中有了更多期待，期待验证理想主义者独特存在方式。

然后就是小说在《山花》上发表，是先生手下得力干将正万兄弟转述先生意见，就稿件中内容，诸如用语、人物，寥寥几句，再无赘述，可谓言简意赅、惜墨如金，这增添了我对先生几分正襟危坐的遐想，符合不苟言笑、相貌堂堂大先生形象。终于有这么一天，大约初冬早晨，天还未亮，电话响起：我是何锐。然后，就是听不清楚的方言。急忙询问什么意思，到底没有听明白，电话已挂掉。再按来电号码拨回，已是空对一片忙音。甚憾！

真正和先生见面是在天津。《小说月报》百花奖颁奖现场，与先生同获责任编辑奖。于喧闹红毯上听到前后左右窃窃私语——何锐何锐——都悄然传递着敬佩的语气，略带神秘与诧异，间或夹杂着一些悄笑。听着这样的笑声，寻着那样的目光，终于看到先生独立红毯外面，径直昂着头，面朝另一侧，看或不看，与己无关伫立着：长长西服，紧绷的裤子，支棱的衣领，并不合脚的皮鞋，不修边幅中透着不同凡响的瘦，瘦得有些嶙峋，有些筋骨毕现的模糊，看不到昂起的目光，两腮有些凹陷，颧骨与额头有些突兀，应该是符合天赋异禀之相，于俊男靓女中有些煞风景的幽默形象，像是一匹闯入殿堂的公牛。我忙上前谦虚地称呼先生您好，并未得到回应，伸出手掌更未得到接应，一副在或不在的状态，一瞬间看到多雷插图现实版再现。我想这就是现实版堂吉诃德吧！理想主义之光芒绽放，往往不是那么地正襟危坐，而是毕现筋骨透着夸张力道，张扬着个性，燃烧着热情，浸染着赤诚。

现在，已不用翻阅老版《堂吉诃德》，知道先生随它而去，提枪拍马，真正去迎接破败风车了……此刻是2019年8月16日23时24分，那面西南边陲猎猎而起的文学旗帜——开放、兼容、前卫——到底为唤醒民族内在精神觉醒之奥义，几度伫立几度倒下，周而复始，前仆后继——我的纸烟几次熄灭几次燃起，只因潸然而下的泪水——懦弱与颓唐，沉沦与不争，蹉跎与迷茫，辜负了我们同姓先生，辜负了先生苍凉的不屈，倒是看到更多为文学繁荣而奋起的少年郎——愿以梦为马的他们，庄严勇敢激越，前仆后继，践行着先生精神实质——这便是希望所在，先生可否瞑目？小弟洒下一腔浊泪以致敬意！